FOLIO POLICIER

Pierre Magnan

La maison assassinée

Denoël

ESSAI D'AUTOBIOGRAPHIE

Auteur français né à Manosque le 19 septembre 1922. Études succinctes au collège de sa ville natale jusqu'à douze ans. De treize à vingt ans, typographe dans une imprimerie locale, chantiers de jeunesse (équivalent d'alors du service militaire) puis réfractaire au Service du Travail Obligatoire, réfugié dans un maquis de l'Isère.

Publie son premier roman, *L'aube insolite*, en 1946 avec un certain succès d'estime, critique favorable notamment de Robert Kemp, Robert Kanters, mais le public n'adhère pas. Trois autres romans suivront avec un égal insuccès. L'auteur, pour vivre, entre alors dans une société de transports frigorifiques où il demeure vingt-sept ans, continuant toutefois à écrire des romans que personne ne publie.

En 1976, il est licencié pour raisons économiques et profite de ses loisirs forcés pour écrire un roman policier, *Le sang des Atrides*, qui obtient le prix du Quai des Orfèvres en 1978. C'est, à cinquante-six ans, le départ d'une nouvelle carrière où il obtient le prix RTL-Grand public pour *La maison assassinée*, le prix de la nouvelle Rotary-Club pour *Les secrets de Laviolette* et quelques autres.

Pierre Magnan vit avec son épouse en Haute-Provence dans un pigeonnier sur trois niveaux très étroits mais donnant sur une vue imprenable. L'exiguïté de sa maison l'oblige à une sélection stricte de ses livres, de ses meubles, de ses amis. Il aime les vins de Bordeaux (rouges), les promenades solitaires ou en groupe, les animaux, les conversations avec ses amis des Alpes-de-Haute-Provence, la contemplation de son cadre de vie.

Il est apolitique, asocial, atrabilaire, agnostique et, si l'on ose écrire, aphilosophique.

P. M.

Pierre Magnan est décédé en avril 2012.

A ma sœur
Alice Magnan

Monge était sur le qui-vive. Il faisait une de ces nuits qui vous commandent de veiller si l'on veut échapper aux mauvaises surprises ; une nuit où l'on retient son souffle, où tout peut arriver dans ces parages.

Monge venait de bouchonner aux écuries les chevaux de remonte du courrier de Gap, imbibés comme des serpillières. Il faudrait se lever à trois heures pour les nourrir car, à l'aube, ils seraient attelés en limoniers au haquet d'Embrun qui faisait les messageries.

Il venait aussi de pourvoir d'un pain de ménage et d'un saucisson, le dévoirant qui gîtait depuis tout à l'heure parmi les harnais, sur un tas de sacs des Postes. Celui-là, il était arrivé au crépuscule comme un cheveu sur la soupe : la canne enrubannée, pimpant comme un novi. Quoique trempé et le chapeau tromblon luisant d'eau, il avait crié : « Salut la compagnie ! » à des gens qui écarquillaient des yeux démesurés, à force d'épier la pénombre. Monge l'avait mené aux écuries séance tenante.

Le maître roulier suspendit sa limousine derrière la porte et il contempla son monde avec ce nouveau regard qu'il posait sur tout depuis quelque temps.

On n'avait pas encore allumé la suspension. L'âtre suffisait aux gestes ordinaires. Contre les murs où fleurissait en vert le mal du plâtre, les pulsions des flammes dépenaillaient les ombres des personnages qui respiraient sous le plafond bas.

Le *caquois* piaillait dans son berceau au ras du sol. La Girarde se levait. Elle posait en équilibre une pile de draps au coin de la huche à pain. Elle saisissait le caquois entre ses mains rougeaudes et venait s'asseoir, face au Papé, de l'autre côté de l'âtre.

Au seul froissement du corsage qu'on dégrafait, l'enfant se taisait comme par miracle. Il s'accrochait des deux mains au sein déversé de sa mère et l'on n'entendait plus alors, souligné par le craquement du feu sous la soupe du soir, que le bruit de succion de ses lèvres impatientes.

Le Papé, bouche édentée ouverte sans vergogne, buvait des yeux ce spectacle toujours nouveau pour lui. Il se réjouissait de cette vie commençante où il croyait avoir glissé assez de lui-même pour se perpétuer.

Ce Papé était un philosophe. Depuis qu'il n'avait plus de dents, il ne chiquait plus. Or, pendant cinquante ans, cette mastication incessante du tabac l'avait séparé des bruits du monde, de sorte que, maintenant, il les captait avec des oreilles toutes neuves.

Soudain, ce soir-là, il cessa de s'intéresser au sein de sa fille. Son regard escalada le mur jusqu'aux fleurs du salpêtre qui verdissaient le plâtre. Sans bouger la tête, il appela son gendre de sa voix blanche.

— Monge ! Tu entends rien ?

— Qu'est-ce que vous voulez que j'entende ? grogna Monge.

Le Papé hocha la tête sans répondre. Son oreille où foisonnait le poil blanc, il l'appointait tant qu'il pouvait pour apprivoiser les bruits.

Dehors, la rumeur de la Durance qui roulait bord à bord, des rives friables de Dabisse à la digue de Peyruis, comblait la vallée d'un fond de vacarme qui drainait dans son sillage toute la substance de la plainte du vent et du roulement, parfois, de quelque charroi sur la route ou de quelque troupeau au fond d'une bergerie.

En ce déferlement minéral qui se jouait de la protection des murailles, à peine percevait-on, sous la toile cirée de la table, les rires crapules des deux Monge aînés qui se chatouillaient en catimini.

Monge haussa les épaules, mais tout de même, il alla se planter devant la lucarne, au-dessus de l'évier, et il souleva le rideau.

C'était bien une nuit telle qu'il l'imaginait qui régnait là-devant. Le ciel qui déversait des trombes d'eau depuis trois semaines, s'était, comme chaque soir, dégagé au crépuscule. Les nuages, encore gonflés de pluie, dérivaient lourdement devant la pleine lune. Sous cette froide clarté fonçait le torrent entre ses berges incertaines.

C'était une eau onctueuse comme du mortier, crêtée de vagues rebroussées par les fonds des gués, et qui offrait au regard de Monge sa couleur de pourriture.

Entre la Durance et La Burlière, une belle jetée blanche se dressait derrière la route. C'était le ballast du chemin de fer. Il s'arrêtait là-devant. Demain, cent ouvriers arriveraient — fumant sous la pluie — dans le tintamarre et la vapeur des locomobiles. Ils reprendraient la voie ferrée là où ils l'avaient laissée la veille.

Ils y ajouteraient encore vingt à trente mètres de plus et ainsi chaque jour, jusqu'à ce qu'ils disparaissent au prochain tournant de l'horizon. Et les rails, sous la pluie et les vents, commenceraient à rouiller et puis un beau jour, quand ils auraient atteint Sisteron, quand ils auraient atteint Gap, le train défilerait devant La Burlière et c'en serait fait du métier de Monge. Pourtant, cette perspective qui pouvait avoir des conséquences dramatiques sur sa vie, Monge l'envisageait avec indifférence, machinalement, comme il faisait tout depuis certain soir.

Ce Monge avait la bouche amère. Une idée fixe lui pesait comme un cancer. Depuis des mois, maintenant, il vivait dans un état second. Depuis ce jour où, remontant de la cave, par l'interstice disjoint de la trappe mal refermée, il avait, sans le faire exprès, aperçu une patte velue qui se retirait précipitamment du poignet de la Girarde, sur lequel elle était posée, protectrice. Il n'avait pas voulu, pas osé savoir. Et d'ailleurs ce fut l'espace d'un éclair. Ce jour-là, un samedi, il se faisait un grand croisement de charrois à La Burlière. Des rouliers en grand nombre partaient, arrivaient, réclamaient à boire. Ça faisait dans la cour et dans la maison un charivari de jurons, d'interpellations, de claquements de fouet, de rires, d'allées et venues sur des souliers ferrés. Comment reconnaître dans ce tohu-bohu celui qui avait risqué ce geste, bien reçu, puisque la Girarde n'avait pas retiré sa main ? D'ailleurs, encore aurait-il fallu en avoir la volonté. Monge n'avait pas eu ce courage. Il avait été trop surpris pour avoir tout de suite envie de se jeter dans un drame. Cela aurait dérangé tous ses plans. Il n'avait donc fait semblant de rien, mais depuis il ruminait.

Il regardait, sans rien dire, se développer cette nouvelle femme à ses côtés que pourtant rien ne distinguait de l'ancienne. Il l'épiait passionnément sans qu'aucun changement chez lui non plus ne soit venu modifier son visage ordinaire. Mais il avait été récompensé de sa dissimulation. Certaine nuit, à côté de lui, un étrange bruit l'avait réveillé. C'était la Girarde qui rêvait. Elle criait tout bas en dormant. Était-ce cri de bête blessée ? Était-ce cri de bête amoureuse ? Monge ne savait pas distinguer. En tout cas, ces cris, ils ne s'adressaient pas à lui, Monge. Ils lui passaient par-dessus la tête, ils lui passaient par-dessus le corps. Ils appelaient quelqu'un au secours ou bien ils manifestaient leur joie à ce quelqu'un.

Cela se reproduisit plusieurs fois au long des nuits, tandis que sous l'édredon le ventre de la Girarde finissait par faire un monticule qui tirait à lui draps et couvertures. Monge allumait la lampe à huile et il restait là, de longues minutes, appuyé sur le coude, à contempler balbutier les grosses lèvres de la Girarde. Jamais il n'en sortait un mot distinct, mais la véhémence des paroles incohérentes permettait à Monge d'imaginer n'importe quoi et il ne s'en privait pas. L'agitation cessait, d'ailleurs, aussi brusquement qu'elle avait commencé. Soudain, le visage de la dormeuse redevenait parfaitement lunaire, parfaitement repu ; comme si le rêve qui s'était organisé dans son inconscient avait suffi à l'apaiser.

Sous cette surveillance obstinée, la Girarde ne s'éveilla jamais. C'était Monge à la fin qui soufflait la lampe et qui restait là, bouleversé, à capter quelque réconfort dans le bruit du dehors, le vent dans les pins, le murmure de la Durance, le tintement de la cloche, là-haut, chez les frères de Ganagobie qui avaient dit adieu à ce monde où les femmes rêvaient à haute voix dans les lits conjugaux.

Mais dès le réveil, alors, il ruminait. Plusieurs fois, il se fit rabrouer par les cochers et les valets de flèche pour leur avoir présenté de travers les chevaux de renfort.

Il rumina bien davantage lorsque la Girarde accoucha. Quand le caquois naquit, il eut, six heures durant, une tête inconnue de tous, une tête qui n'existait pas dans la famille. Une tête qui n'était pas d'ici. C'est ainsi, du moins, que Monge crut la voir. Il crut aussi que, pleine d'appréhension, la sage-femme détournait les yeux en l'élevant devant elle dans le chambron ; qu'elle s'efforçait de le soustraire aux lueurs des chandelles ; qu'elle l'aurait volontiers enfoncé sous son tablier si elle avait osé et que là, lui mettant la tête sous le bras, elle l'eût étouffé comme on étouffe un pigeon qui palpite. Il crut encore — Monge — que la Girarde — sous prétexte de douleur — gardait obstinément le front collé contre le mur, comme si l'enfant était la manifestation d'une trop criante vérité.

Monge se tenait là-devant comme un foudroyé.

Depuis, le caquois était devenu blond et lisse comme un ange de plafond d'église. La tête inconnue s'était fondue sous ce visage séraphique. Mais cette première physionomie — peut-être fallacieuse — Monge se l'était imprimée dans la mémoire. Il ne voyait pas la nouvelle. Il détournait la tête pour ne pas la voir.

C'est en ruminant ces souvenirs récents que Monge captait, au reflet de la lucarne, l'image du lardon suspendu au sein de sa mère. Il se retourna, revint vers la grande table où les aînés chuchotaient à ses pieds avec des rires crispants. Il en ouvrit brusquement le tiroir qui grinça. Il dénombra longuement les objets à l'intérieur. Il le repoussa.

Il alla passer la main sur la poussière de la huche à pain. Il fourragea dans la boîte à boutons. Il décrocha la manivelle de l'horloge qu'il enclencha dans le cadran et se mit à remonter les poids, lentement. Il avança les aiguilles de dix minutes.

— Monge ! clama le Papé. Tu n'entends vraiment rien ?

Monge ne répondit pas. Il fit signe que non distraitement. A la hotte de l'âtre il s'était emparé de sa vieille pétoire. Il en vérifiait la culasse machinalement.

La Girarde, tout en changeant le lardon de sein, épiait son mari, la tête un peu penchée. De convulsions qui l'avaient frappée au berceau, elle avait gardé un œil chaviré, au regard incertain qui dérivait un peu vers le plafond ; mais l'autre, bien centré et bleu pervenche, suivait avec vigilance tous les mouvements de Monge.

Depuis des mois, elle ne cessait de le surveiller. Il changeait de semaine en semaine. Ils ne s'étaient jamais dit grand-chose en douze ans de vie commune, mais du moins, l'air était calme entre eux. Chacun vaquait à son labeur, et pour le reste le profond sommeil des gens vannés suppléait à la tendresse. Quand elle avait besoin de tendresse... Mais justement c'était cette pensée qu'il convenait de chasser devant Monge.

Avait-il surpris quelque éclat de bonheur dans son

œil bleu valide ? Elle se le demandait chaque soir pendant qu'il ruminait...

Monge remit la pétoire au râtelier et lentement il entreprit d'explorer son domaine. Il ouvrit la porte du placard qui gémit. Il dénombra les provisions, les confitures. Il compta sur l'étagère les pièces de savon en pyramide. Sur le mur, ensuite, il remit d'aplomb le calendrier des Postes qu'on avait bousculé.

Souvent, depuis qu'il ruminait, il inspectait ainsi tous ses biens. On eût dit qu'il les reconnaissait, qu'il les mettait en balance. Il ne se contentait pas, d'ailleurs, de les regarder. Ils les palpait comme un aveugle. Les cruches, les mazagrans alignés sur la crédence, les bonbonnes à huile dans l'ombre des recoins, la batterie des casseroles de cuivre, la panetière, la bassinoire, la machine à coudre marque Cornélia, il posait ses mains sur tous ces objets, comme s'il voulait en conserver le dessin sous ses doigts.

Mais aussi, il palpait, il frôlait chaque paroi, chaque angle rugueux où sa peau, depuis l'enfance, s'était un jour écorchée. Il caressait la protubérance d'une pierre trop grosse pour être à l'alignement et qu'on avait quand même enduite de plâtre. Cette pierre, il l'avait percutée de la tête, le jour où son père, d'un coup de pied au cul, l'avait envoyé dinguer contre le mur. Et il ne savait plus pourquoi...

Mais surtout, ce qui attirait Monge, c'était le recoin le plus noir, entre le pied-droit de l'âtre et la réserve à fascines. Là, sous la broche suspendue qu'on ne décrochait que pour la Noël, une grossière salière en planches de sapin pendait au bout d'une ficelle. Bricolée par quelque aïeul pour un usage provisoire, elle noircissait là, depuis cent ans peut-être. D'ordinaire,

Monge se contentait de se planter devant cette boîte et là, se malaxant le menton entre ses doigts carrés, on eût dit qu'il ruminait de plus belle.

Or ce soir-là, cette boîte à sel, il la décrocha brusquement. Il passa sa main bien à plat sur la place vide plus claire et qui tranchait sur le mur noir. Son front se plissa sous quelque effort mental. Soudain il se pencha. Au bord du foyer, là où les cendres étaient à peines chaudes, il appuya fortement ses paumes. Il écrasa entre ses doigts quelques débris de charbonnille éteinte et, se servant de ses mains comme d'une truelle, il en mâchura méticuleusement la place de la boîte à sel. Après quoi, il la raccrocha.

La Girarde et le Papé n'avaient pas perdu un seul de ses gestes. Quand il se retourna vers eux, ils s'efforcèrent de capter son regard, mais ses yeux étaient glauques comme ceux d'un cheval.

— Monge ! Si cette fois tu entends rien, c'est que tu es balourd !

Le Papé s'était à demi soulevé de son fauteuil. Il se tournait vers la porte dont la serrure jouait dans sa gâche, sous les coups de boutoir du vent.

On aurait dit que la maison était larguée par la terre, qu'elle lui avait échappé et qu'elle naviguait avec la Durance autour d'elle et qu'elle descendait avec elle vers la mer. Seule dominait le vacarme, la rumeur des grands arbres sous le vent. A part ça, que pouvait-on entendre d'autre ?

Néanmoins, Monge revint vers la lucarne pour se rendre compte. Au bout du dernier rail posé luisait une draisine à pompe, les bras dressés vers le ciel. Au-delà, le flot compact de la Durance rebroussait sous son souffle les feuillages tordus des saules, en sens contraire du vent. Sous la lune, un gros arbre renversé défilait sur le courant, enlaçant les tourbillons dans les tentacules de ses racines.

Dans la vitre, reflétée par les flammes de l'âtre, flottait sur le déferlement des eaux l'image de la Girarde et du caquois suspendu à son sein. Délicate et charmante, cette fragile nativité narguait la brutalité de la nuit. Elle caracolait sur les entonnoirs d'air qui s'enfonçaient jusqu'au fond du courant en meuglant leur appel désolé avec des voix de cor de chasse.

Monge profitait avidement de cette vision à peine esquissée, car, de face, au grand jour, il n'osait jamais observer ce spectacle autrement qu'à la dérobée. La lueur du feu, contrecarrée à travers la vitre par celle du clair de lune, soulignait de bronze les traits de la mère et de l'enfant. Et alors, comme si les deux sources lumineuses des flammes de l'âtre et du clair de lune ne s'étaient conjuguées que pour tirer de l'ombre une vérité que Monge refusait d'admettre, soudain, les traits de sa naissance, évanouis aussitôt qu'apparus, remodelèrent la frimousse de l'enfant.

Il parut à Monge, en un éclair, que, entre la route et lui, entre la draisine et lui, entre la Durance et lui, flottait en filigrane au gré du courant une face d'homme inconnu.

Monge était si désorienté par les affres diverses où il se débattait qu'il avait failli aller, cet après-midi même, jusqu'à demander conseil au Zorme. Ce Zorme, c'était un homme à ne pas voir. Il était silencieux comme un corbeau. Il se trouvait à votre gauche sans que rien ne vous prévienne. Vous vous tourniez, il était là. On faisait bonne contenance en sa présence. Il fallait maîtriser son appréhension. Qu'on ait peur de lui le rendait sourcilleux.

C'était un homme qui vivait sans rien faire et qui vivait bien. L'herbe croissait sans contrainte sur le chemin qui commandait sa maison. Il pouvait laisser la clé sur la porte, le portefeuille sur la table, la daube sur le feu, le litre de vin entamé. Par des croix runiques creusées sur certaines pierres de safre, les itinéraires gitans qui se croisaient en étoile, entre le château de Peyruis et les Pénitents des Mées, s'étaient interdit les environs de cette maison. Le détour imposé s'étendait sur un pourtour d'un kilomètre.

La crainte de cet homme, nul ne savait sur quoi elle était précisément fondée. Mais si, par hasard, son nom échappait à quiconque, on eût voulu le rattraper comme un papillon pour le faire rentrer en soi. Si un enfant, à son endroit, posait une question innocente, on le rabrouait, on lui intimait l'ordre de manger sa soupe. Même la préposée à l'état civil, lorsqu'il avait besoin d'un extrait de naissance, avalait sa salive, avant de calligraphier les lettres de ce nom.

C'était cet homme qui était venu à La Burlière, comme tant d'autres fois, vers quatre heures cet après-midi, par pluie battante. Comme ça : sans raison... Ne disant même rien, attendant que les autres parlent.

Depuis plusieurs jours ainsi, il passait — par hasard disait-il — depuis que la Durance avait pris cette couleur funèbre de rivière pourrie.

Il furetait autour de La Burlière comme un corbeau inquiet. Il était là, mains croisées derrière le dos et tricotant des doigts, la tête un peu de travers. Sa grosse moustache noire — taillée pour rassurer — lui donnait l'air bonasse.

Monge serrait les fesses en sa présence. Cet après-midi pendant que la pluie tombait, il le sentait tourner autour de lui, le flairer, lui respirer dessus.

Monge l'avait épié s'en aller, sous le grand parapluie rouge. Il l'avait vu de dos escalader le ballast tout neuf, contourner la draisine, qu'il avait considérée fixement plusieurs secondes durant, dégringoler de l'autre côté vers le courant à ras du rivage du torrent bord à bord, se pencher, toucher l'eau de la main, la puiser dans sa paume et la soupeser pendant qu'elle s'écoulait. Après quoi, il avait longuement scruté l'horizon bouché d'où le torrent surgissait comme s'il venait de naître spontanément derrière ces basses brumes saturées d'eau.

Et alors, sous le parapluie, sous le chapeau renvoyé en arrière, Monge avait pu voir le Zorme parler à haute voix comme s'il s'adressait à quelqu'un, comme s'il posait une interminable question. Son front bosselé était plissé par l'inquiétude.

Tout en se remémorant cette bizarre attitude du Zorme, Monge s'aperçut qu'il avait machinalement posé contre les vitres ses mains aux doigts écartés, pour s'épargner la vision de la Girarde et du lardon étroitement liés par ce sein qui se soulevait.

Il se retourna brusquement. La Girarde leva sur lui son regard à l'œil chaviré. Elle se dressa, alla reposer le caquois dans son berceau, revint à sa place, mit ses mains bien à plat sur ses cuisses. Le Papé avait la tête penchée de côté. Manifestement, il n'avait pas renoncé à entendre autre chose que les rires crispants des deux aînés sous la table.

La maison frémissait sous le ressac de la tempête qui

giflait ses murailles. Au fond des écuries, on entendait regimber les chevaux de remonte.

Mais le Papé avait probablement raison. En dépit du vacarme élémentaire que conjugaient la rivière et le ciel, il semblait bien, en effet, qu'un soupir furtif — une présence d'homme — réussissait à se glisser sous les hurlements du vent.

Monge revint vers l'âtre. Il fit des deux mains, de nouveau, le simulacre de décrocher la boîte à sel, puis il y renonça.

Alors, il marcha lourdement vers la table. A pas comptés. De nouveau, il ouvrit le tiroir. Mais cette fois sans bruit.

Les deux aînés, sous la toile cirée, s'arrêtèrent de rire.

Sous cette lune qui la rendait brillante, La Burlière vue du dehors, encore mal ressuyée de la pluie récente, c'était une bastide aux rares fenêtres, faite de murs droits en galets de Durance, avec des bas-fonds d'écuries qui allaient se perdre plus loin que la bâtisse, dans le safre sulfureux où elles étaient creusées. Les chevaux là-dedans, au reflet des calens se paraient de couleur d'or.

Elle n'avait, cette maison, que des portes cochères où s'engouffraient haquets et fardiers, triqueballes et charrettes doubles, que des portes de fenière où engranger le fourrage. Tout y était agencé pour la commodité des chevaux et des voitures ; rien pour celle des hommes.

Quand on la contemplait par une nuit pareille, étendant sa muraille aveugle jusqu'au tournant de la route, on lui trouvait les arêtes coupantes et l'étroite sveltesse d'un grand cercueil. Aux angles des cours dallées, plantés on ne sait quand, quatre cyprès d'Italie y luisaient verts comme d'énormes cierges.

C'est ainsi du moins que les voyaient luire les trois hommes tapis dans l'ombre, entre le hangar aux harnais et le cimetière des voitures aux brancards brisés, aux roues décerclées ; épaves de véhicules qui avaient couru des hasards terribles par toutes les routes de la montagne et qu'on avait ramenés ici pour qu'ils y pourrissent tranquilles.

A travers ce rempart ajouré, les trois hommes épiaient la seule lucarne de la façade où un peu de clarté vivotait.

Depuis un bon moment déjà, ils étaient là, serrés l'un contre l'autre. Leurs vêtements lourds sentaient la pluie et l'odeur des buis géants entre lesquels ils s'étaient coulés en silence pour arriver jusqu'ici. Car ils n'étaient pas venus par la route. Ils avaient suivi les bords du canal d'arrosage. Ils avaient traversé la ruine du pont romain. Ils étaient arrivés au-dessus de La Burlière et longtemps, ils s'étaient tapis derrière les cades. A la nuit close — avant que le ciel s'éclaircisse sous la lune — ils avaient dévalé le talus pour venir se musser là, entre le hangar et les charrettes mortes. Depuis, ils se donnaient courage en chuchotant.

— Tu crois qu'ils iront se coucher à la fin ?

— A la fin oui.

— Comment on fera pour lui faire dire ?

— Comme les collègues : on lui chauffera un peu les pieds...

— Tu l'as bien regardé le Monge ?

— Quoi bien regardé ? Il a des pieds, non, comme tout le monde.

— Alors tu l'as pas bien regardé si tu crois ça. Moi, je l'ai vu... Un jour de foire. Il se faisait arracher une dent chez le Grec.

— Celui que sa fille joue du tambour ?

— Oui, ben justement ! Pour Monge elle a pas eu besoin d'en jouer pour couvrir ses cris. Il à pas crié ! C'est tout juste s'il se tâtait un peu la joue, après...

— Entre une dent et de la charbonnille rouge y a un monde. Il est pas en fer l'Uillaou...

— Je sais pas... Un jour je l'ai vu donner un coup de poing sur la gueule d'un étalon qui venait de le mordre... J'ai jamais vu un cheval se mettre au garde-à-vous comme ça...

— Il a raison... Ce Monge il a un cœur de fer... On est bien placés tous les trois pour savoir qu'il a un cœur de fer...

— Chut ! Taisez-vous tous les deux !

— Qu'est-ce qu'y a ?

— Vous entendez rien ?

— Qu'est-ce que tu veux qu'on entende ?

Ici, à nu, à même la terre, exclus de la protection des murailles, on ne pouvait rien entendre, sauf si l'on avait l'estomac tordu par l'angoisse. Ce torrent qui portait la montagne à la mer en un déchirant charruage éventrait les corridors de la nuit. Son vacarme étouffait même celui de la bourrasque qui soulevait les forêts de yeuses depuis les pentes de Ganagobie jusqu'aux contreforts de Lure, là-bas, sur les ponchons de Mallefougasse. On la devinait seulement, à voir les arbres aspirés d'un seul coup vers la lune comme s'ils levaient les bras au ciel.

Les trois hommes chuchotaient. Aussi bien eussent-ils pu hurler. Nul ne les eût repérés.

— Je te dis que j'entends quelque chose !

Même si c'était improbable, ils se mussèrent encore davantage tous les trois, au ras du sol. On voyait bien qu'ils étaient prêts à entendre n'importe quoi. Parfois, l'un d'entre eux jetait par-dessus son épaule un regard de lièvre apeuré. Et le seul réconfort qu'il tirait de ce clin d'œil, c'était l'enclume de Ganagobie qui cinglait sous la lune comme un navire de pierre. On ne savait s'il fallait attendre d'elle maléfice ou bénéfice. Ce tribunal de falaises entassées, qui camouflait sa menaçante nature sous une benoîte forêt de chênes verts, réservait son verdict de toute éternité.

Comme chaque fois qu'une montagne paraît aux hommes suspecte de turbulence, on avait sommé celle-ci d'un sanctuaire pour la maîtriser. Et d'ici, depuis la cour de La Burlière, on pouvait y apercevoir une lueur comme un tison prêt à s'éteindre. Ce devait être les derniers moines de la confrérie, priant sous quelque bougie solitaire, avant d'aller s'étendre sur leur planche.

— Tu vois bien que j'entendais quelque chose !

Les trois hommes eurent soudain froid entre les omoplates. Une silhouette noire surgissait qui leur tournait le dos et marchait vers la maison. Sur les dalles bombées de la cour aux rouliers, quelqu'un, venant de la route, luttait contre le courant d'air qui faisait bouffer son pantalon et sa veste, estompant les contours de son corps et le rendant méconnaissable. On voyait seulement qu'il était grand ; qu'il tenait ses bras un peu arrondis et ses mains ouvertes, comme quelqu'un qui s'apprête à saisir un adversaire à bras-le-corps.

Tandis que le personnage s'approchait de la porte basse, la bourrasque redoublait son désordre, le vent qui tournait rabattait le bruit du torrent vers La Burlière comme s'il se ruait avec lui pour défoncer les murs.

L'homme se tenait maintenant devant l'entrée. Il levait le poing pour frapper au battant puis il se ravisait et tirait d'un coup sec sur la ficelle de la clenche. Comme s'il eût mal tourné sur ses gonds, le vantail s'ouvrait en rechignant et se refermait sur l'homme.

Les trois acolytes accroupis derrière les roues observaient la lucarne de tous leurs yeux. C'était tout ce qui leur restait pour savoir ce qui se passait à l'intérieur. Parfois l'ombre d'une main, l'ombre d'une tête, obscurcissaient la source de clarté qui venait de l'âtre. Parfois, plus longtemps, un corps entier s'interposait devant la lumière. Ils attendaient. Ils ne prononçaient plus une parole.

Soudain, la porte s'ouvrit et cette fois toute grande. Le personnage de tout à l'heure la boucha tout entière de son grand corps, l'espace d'un éclair. Il en surgit comme si on le poussait de l'intérieur, comme si on le jetait dehors. Pourtant, il tira le battant et se trouva en pleine clarté lunaire devant les trois hommes. Mais il était trop loin, là-bas, pour qu'ils puissent, en dépit de la lune, mettre un nom sur son visage.

La bourrasque qui n'avait pas cédé d'un pouce gonflait à nouveau le pantalon et la veste du personnage qui s'en allait vers le puits, les bras légèrement écartés, les poings fermés. Bien qu'il avançât, mais à pas comptés, il paraissait immobile, en une dégaine d'épouvantail prêt à s'abîmer au sol. Ils le virent contourner l'abreuvoir des chevaux, s'agripper des deux mains à la margelle de marbre, se pencher. Croyant qu'il allait se jeter dans le trou, ils se retinrent solidement par le bras, les uns les autres, afin de s'interdire mutuellement d'aller l'en empêcher. Il ne se jeta pas. Il se redressa. Sous l'obscurité d'un nuage qui défilait devant la lune, il passa si près des embusqués qu'ils sentirent son odeur de tabac refroidi et qu'ils le reconnurent.

Il s'embroncha dans les ornières du charroi, creusées dans les dalles depuis des siècles. Il traversa la route, bousculé par le vent. Il gravit le ballast, se cramponna à la draisine, l'escalada. Péniblement d'abord, il commença de ramer à la pompe. Ses vêtements bouffants flottaient en drapeau autour de lui. Sur la draisine fantomatique, il disparut comme un cauchemar dans la bourrasque, du côté de la gare de Lurs qui rutilait toute blanche et neuve, là-bas, au tournant de la voie.

Alors, un bruit prodigieux s'infiltra dans le vacarme du torrent qui charriait son gravier. Perçant la tempête qui essorait les pins et les yeuses avec une voix de malheur, la cloche du prieuré, là-haut, sur le plateau de Ganagobie, se mit à sonner matines.

Ce simple tintement de cloche qui avait le pouvoir de percer à travers les éléments déchaînés, rappela aux trois hommes qu'ils devaient se hâter.

Alors, tous ensemble, soudés l'un contre l'autre comme un seul corps pour se faire courage, ils se ruèrent vers la maison. Les *mourails* à récolter le miel dont ils étaient masqués leur faisaient des têtes carrées de fœtus mal finis. Les lames de leurs couteaux à découper le cuir semblaient, sous la lune, portées par un seul bras.

A travers la lucarne, les flammes de l'âtre palpitaient comme sur un feu qui meurt.

Me Bellaffaire, notaire à Peyruis, tenait sous son regard une sorte d'archange dont les pectoraux distendaient le tricot de corps délavé qui lui tenait lieu de chemise.

Il admirait qu'en tant d'occasions — durant quatre ans de guerre — une aussi large poitrine n'ait jamais réussi à arrêter une seule balle. C'était même étonnant comme ça pouvait avoir conservé, les tranchées.

Il était difficile de faire coïncider l'aspect de ce rescapé avec tout ce qu'on avait dit de ces lieux infernaux où, à aucun prix, il ne fallait se laisser envoyer. Comment pouvait-on s'en être tiré avec cette souplesse dans les muscles, ce teint de matin de Pâques, cette peau que pas une seule ride ne distendait...

De son côté, Séraphin Monge contemplait ce notaire avec le regard des enfants de l'Assistance publique. Il était entré dans la vie sans nulle confiance en l'humanité. Les sœurs de la Charité ne la lui avaient pas enseignée. Il avait peur des hommes comme elles en avaient peur ; l'aumônier, monseigneur l'évêque, l'économe, le bienfaiteur... Elles vivaient prosternées devant ces entités et avaient accoutumé Séraphin à les imiter. Dieu, Dieu lui-même, elles le craignaient à l'égal des hommes et n'en attendaient aucun quartier. Elles avaient réussi à le rendre puissamment crédible aux yeux de Séraphin, à force de le lui présenter terrible et sans pitié.

Au sortir de cette éducation, quatre ans de guerre n'avaient pas amélioré cette perception globale du monde qui parait d'un certain attrait la perspective constante de la mort.

Du reste, cette défiance envers le prochain n'était pas une arme entre les mains de Séraphin. Quoiqu'il vît clair en les hommes, il ne savait pas, pour autant, se défendre contre leurs entreprises, c'est pourquoi il écoutait avec un sourire d'ange ce notaire qui l'emberlificotait dans des comptes d'homme de loi.

Que disait-il ce notaire ? Il parlait de la guerre précisément. Il poussait un léger soupir.

— J'aurais dû, bien sûr — nous aurions dû — vous rendre des comptes... Avant... Mais, malheureusement, il y a eu un petit contretemps... Auparavant n'est-ce pas... Il ne pouvait y avoir de conseil de famille, par le fait, vous n'en aviez plus aucune. Il a fallu parer au plus pressé : vous fournir nourrice, aide, protection et ensuite, éducation... Dame ! ça coûte cher, quoi qu'on en dise, les sœurs de la Charité, quand on a du bien au soleil...

Sous son doigt humecté, il faisait glisser bruyamment des papiers qu'il consultait par-dessus ses lunettes.

— Les terres, bien sûr, ont été vendues... La maison, hélas...

Il prit un air contrit.

— Nous n'avons pas pu vendre la maison...

— Pourquoi ? demanda Séraphin machinalement.

— Pourquoi ? Mais... Parce que... Enfin... Vous savez bien ?

— Non, dit Séraphin.

— Comment ? vous ne savez pas ? Mais... Vous avez bien lu votre livret de famille ?

— Je sais que je suis orphelin..., répondit Séraphin à voix basse comme s'il en avait honte.

La prudence notariale commandait à Me Bellaffaire de briser là sur le sujet et de mentir simplement par omission — c'est ce qu'aurait réussi à faire son père, sans qu'un muscle de son visage ne tressaillît. Mais, lorsque certaine vision s'impose à votre esprit, il est bien difficile de commander entièrement à son émotion. Il prononça d'un ton neutre :

— Moi, vous savez, en ces temps lointains, j'avais dix ans et on m'avait mis interne au pensionnat Saint-Charles à Manosque... Alors...

Ses mains blanches enjolivées de manchettes esquissèrent un beau mouvement d'ailes.

— Mais que vous importe dans le fond ? Le passé c'est le passé !

Pour la première fois, Séraphin leva son regard vers le notaire qui en préserva aussitôt le sien en louchant vers l'armoire aux minutes.

— Vous avez été élevé par les sœurs de la Charité, vous ? demanda Séraphin.

— N... non ! balbutia Me Bellaffaire. Naturellement que non !

— Moi si..., dit Séraphin à voix douce.

— Bref ! trancha le notaire. Il reste mille deux cent

cinquante francs cinquante centimes, sur la vente des terres et du cheptel vif et mort...

Il tapait de la main sur la somme en espèces toute comptée à sa droite et il parlait, avec volubilité, de la parfaite honnêteté de tous en ces pénibles circonstances. Il brandissait la liasse où tout était expliqué en une belle calligraphie de clerc minutieux. Selon lui, tout était en règle. Il n'y avait pas d'entourloupe (il prononça le mot fermement).

— Bref ! Nous disons : mille deux cent cinquante francs et cinquante centimes ! Plus la maison dont voici la clé !

Ce disant, il déposa l'objet sur le bureau, à côté de la somme. Cela fit sur le bois de chêne un claquement sec comme un coup de fouet. Séraphin la considéra fixement. C'était une grosse clé tordue, usée de partout et sur laquelle on voyait s'étendre la lèpre de quelques pustules d'osidie jaune d'or comme du lichen.

Le notaire se leva pour contourner son bureau. Il glissa les billets et la monnaie dans l'enveloppe préparée à cet effet et qu'il tendit à Séraphin en même temps que la clé.

— Voilà ! dit-il. Épluchez vos comptes ! Et si — par hasard — vous y trouviez quelque chose à redire ne manquez pas de m'en faire part...

— Oh... je suis sûr qu'ils sont justes..., dit Séraphin de sa voix lente.

Le notaire s'avisa que son client triturait la clé entre ses gros doigts et qu'il l'examinait avec une attention soutenue. En vérité, Séraphin la trouvait étrangement froide pour venir de sortir d'un lieu aussi douillet qu'un tiroir de bureau, chez ce notaire, par ce matin de printemps...

Il restait là, planté sur ses jambes, encombrant, ne se décidant pas à s'en aller.

— Quelque chose vous tracasse ? demanda Me Bellaffaire.

— Dites-moi monsieur le notaire... Je voulais vous demander... Quand j'étais au front... Tous les mois à peu près... Je recevais un colis d'ici... Vous savez pas qui me l'envoyait ?

— Un colis ? Non...

Il se rattrapa :

— Ce devait être mon pauvre père... Il était si bon...

Séraphin secoua la tête.

— Votre pauvre père... Il est mort en 16, je crois ?

— Oui... Oui..., avoua Me Bellaffaire.

— Alors, ce ne pouvait être lui. J'en ai reçu jusqu'à la fin... Jusqu'au mois dernier... Juste avant d'être démobilisé...

— Mais... Il n'y avait pas le nom de l'expéditeur ?

— Non... Jamais.

— Alors ce sera quelque bonne âme... Vous voyez ! Le monde est plein de braves gens.

Afin de le reconduire plus vite, il essaya de poser la main sur l'épaule de Séraphin. Ça ne donnait rien. Il lui fallait lever le bras trop haut et ça n'avait plus du tout l'air protecteur.

— Vous ont-ils bien pourvu au moins ? demanda-t-il.

— J'ai une place de cantonnier...

— De cantonnier ! s'exclama Me Bellaffaire. C'est bien ça ! Aux Ponts et Chaussées, vous ne manquerez jamais d'ouvrage. Et puis... Vous aurez la retraite !

Il ne dit pas « sacré veinard ! » mais il le pensa si fort qu'on put lire les mots sur ses lèvres.

Quand il eut refermé la porte sur lui, à travers les grands rideaux de sa grande fenêtre solidement garnie de barreaux, Me Bellaffaire, mains au dos, regarda s'éloigner l'orphelin.

Il était impressionné par cette masse tranquille qui se déplaçait en silence et qu'on n'entendait même pas respirer.

Sur la placette où s'ouvrait l'étude, coulait une fontaine à l'ombre des platanes. Séraphin s'en approcha. Il saisit à pleines mains le canon de cuivre et se renversa la tête sous le jet d'eau. Ce geste lui fit remonter sous les aisselles le tricot délavé. Les muscles qui soulignaient ses côtes palpitaient comme des cordes. D'autres muscles défendaient son ventre creux. Le tricot béant sur le corps tordu pour présenter sa bouche au mascaron grimaçant révélait son sternum proéminent.

De l'autre côté du pilier historié de scènes érotiques, une fille qui remplissait son *pêchier* le laissait déborder. Les yeux écarquillés, elle admirait la lumière de ce visage aux paupières closes qui recevait l'eau au fond de son gosier ouvert comme s'il la mordait à belles dents.

Le vieux Burle, qui venait de caler une chique derrière ses dernières dents, détaillait en connaisseur les mouvements puissants de Séraphin en train de soulever la hie. Ils regarnissaient tous deux le virage du pont du canal où les roues à bandages des camions dégradaient la chaussée.

C'était déjà l'été, mais ce soir-là, les lointains, sur la Durance, se poudraient d'une poussière noire sournoise qui ne dessinait même pas la forme ordinaire des nuages. Elle était diffuse, légère. Il fallait l'observer longtemps, avant de s'apercevoir qu'elle s'était substituée au bleu du ciel et que, déjà, elle s'avançait devant le soleil.

— Petit ! Il va faire chavanne ! augura le vieux Burle. On ferait pas mal de se rapprocher de la cabane !

Séraphin reposa la dame et se tourna vers lui.

— Et si M. Anglès passe ? Il nous a bien dit que ça pressait ce virage...

— Oh ! M. Anglès... M. Anglès... C'est pas lui qui prendra la chavanne sur le dos ! Il sera bien avancé, M. Anglès, si moi, après, je peux plus me redresser de quinze jours !

Sans répondre, Séraphin poursuivit son travail tandis que Burle, à pas comptés, lui rapportait une ou deux pelletées de concassé.

— Ces camions avec leurs bandages, maugréait-il, c'est la mort des cantonniers !

Il enfonça sa pelle dans le tas de cailloux déversé sur la berme, se cracha dans les mains un peu de jus de chique et de nouveau il scruta l'horizon, l'œil mauvais.

— Tu vois, petit, quand les Mées ont cette couleur... Ça veut dire qu'il va tomber l'Empèri ! Tu vas voir ça ! Il va faire une brave chavanne !

Son bras tendu désignait la procession de ces rochers qu'on appelle les Pénitents et qu'un maléfice paraît avoir pétrifiés juste avant qu'ils atteignent la Durance. Ils dominaient le village, là-bas, de l'autre côté du torrent et l'aspect funèbre de ces moines immenses, encagoulés de mitres pointues, ne disait rien qui vaille au père Burle.

— Regarde petit ! C'est pas souvent que tu les verras

de cette couleur, les Mées ! Comment tu t'appelles, déjà ?

— Séraphin.

— Séraphin ? Ah ! Tu t'appelles Séraphin ?

Le père Burle marqua un temps d'arrêt dans la mastication de sa chique. Son bras qui désignait les Pénitents resta tendu. Il parut chercher dans sa mémoire ce que lui rappelait ce prénom. Mais il ne s'attarda pas à y réfléchir. Son attention était tout entière requise par ce qui se préparait autour d'eux.

— Regarde Séraphin ! Regarde la vallée de la Bléone. On dirait qu'il y roule de la poussière à la place de l'eau ! C'est déjà sur le Couar ! Ça vient sur nous ! Dans cinq minutes...

Il n'acheva pas sa phrase. Il se produisit un petit éclair, là-bas sur les osiers nains des Iscles. Et aussitôt un bruit bizarre leur arriva dessus. C'était celui d'un tombereau de gravier qu'on aurait déversé à leurs oreilles jusqu'à les assourdir.

— Vite Séraphin ! Foutons le camp !

Burle balança sa pelle sur le tas de cailloux et s'enfuit en courant. Il était trop tard. Des grêlons gros comme des cerises lui fustigeaient les oreilles.

— Là-haut ! cria-t-il.

Il désignait du doigt deux grands cyprès qui se tordaient dans la tempête puis qui sombraient soudain invisibles. Séraphin déposa sa hie sur la berme et s'élança à la poursuite de son équipier.

— Attendez-moi ! Où vous allez ?

Mais Burle gravissait la pente de toute la vitesse de ses courtes jambes. La foudre le poussait littéralement au derrière. Elle ricochait à ras de terre avec ce méchant bruit de casserole en fer-blanc traînée sur les cailloux que connaissent seuls ceux qu'elle a serrés de près. Tirée par les courants d'air elle s'engouffrait sous les tunnels verts des yeuses. Elle encerclait littéralement les deux hommes, lesquels, sous le déluge solide de grêlons qui leur lacéraient les oreilles, ouvraient la bouche, suffoqués, n'osant crier de douleur, mais en ayant bonne envie.

Burle était déjà là-haut, devant les deux cyprès qui lui avaient servi de point de repère et qui faisaient la faucille sous le vent. Il foulait les dalles bombées d'une ancienne cour de roulage. Il s'orientait. Des hangars crevés, écroulés sur un ossuaire de charrettes et de machines agricoles, ne pouvaient servir d'abri. Burle buta sur un mur orbe, barré d'une porte de chêne solide et qui ne broncha pas sous ses coups de pied.

— Séraphin ! Qu'est-ce que tu fous ? Arrive, tron de pas dieu !

Il le vit surgir hors des grêlons comme un noyé, ses cheveux blonds pendant autour de son crâne, mais marchant sous le déluge toujours du même pas posé. A cet instant un éclair fusa si proche que le coup de tonnerre immédiat les assourdit. Ce fut à l'occasion de cette lumière aveuglante que le vieux Burle découvrit soudain les traits essentiels de Séraphin burinés autrement qu'à la clarté ordinaire du jour.

— Nom de Dieu ! proféra-t-il.

Mais quand on reçoit sur la gueule, depuis cinq minutes, le contenu d'un tombereau de grêle ; que les grêlons ont roulé, par le col de la chemise, bien au-delà de la taillole, jusqu'au caleçon où ils se sont amoncelés en creusant un nid de glace où les bourses reposent, on n'a guère le loisir, dans cet état, de pousser à fond certaines réflexions qui vous traversent l'esprit.

— Qu'est-ce que tu fous ? cria-t-il. Viens m'aider à enfoncer cette porte !

Séraphin se dressait devant lui. Il le dominait de toute sa taille, mais ne remuait pas. Enseveli sous le déluge des grêlons, il contemplait fixement cette porte. Elle était condamnée par deux vieux cachets de cire noire que reliait entre eux une cordelière de chanvre en parfait état. Mais ce que Burle voyait surtout, c'est que Séraphin lui tendait une grosse clé, vieille, tordue, usée.

Il s'en empara et la tourna dans la serrure. Les scellés cédèrent avec un bruit de voile déchiré.

Le vieux Burle s'engouffra par la porte béante et se retourna. Séraphin restait figé sur le seuil malgré les grêlons qui lui lacéraient les oreilles.

— Et alors ? Qu'est-ce que tu fous ? lui cria Burle. Tu veux attraper la mort ? Allez, rentre !

— Non, s'exclama Séraphin sourdement.

Burle se jeta en avant et bouscula cette masse inerte. Séraphin pénétra dans cet antre poussé à coups de pied, à coups de poings. Il se laissa manœuvrer comme un grand pantin gauche, dégingandé. Une odeur encore stagnante de sel et d'âtre froid et de fer battu lui caressa le visage, familière comme celle d'un foyer retrouvé. Il y flottait encore des remugles de lait caillé et de sarriette en poussière.

— Je m'appelle Séraphin Monge..., murmura Séraphin.

— Et alors ? dit Burle qui s'essuyait la figure avec son mouchoir. Tu crois que ça t'empêchera d'attraper la crève ? Lève ton veston, lève ta chemise. Fous-toi à poil ! Regarde-moi voir par là s'y a encore du bois... Attends voir que je regarde si mes allumettes sont sèches... Heureusement que j'ai une blague en caoutchouc... Tiens ! fous-moi ce fagot sur le tas de cendres, ça prendra quand même... Tu comprends... J'en ai vu trois dans ma putain de vie, qui sont morts en juillet, d'une double pulmonie...

Poils de poitrine blancs, jambes en cerceau, courts bras maigres et presque sans muscles, il était déjà en caleçon long quand le feu se mit à pétiller. Il présenta son dos aux flammes.

— C'est surtout par l'esquine, petit, que le mal vient ! Tu es costaud mais ne t'y fie pas ! Plus on est fort, plus les poumons sont transparents... J'en ai vu deux, dans ma putain de vie, deux cantonniers presque aussi costauds que toi... Après un coup comme celui d'aujourd'hui, il leur a fallu que huit jours pour mourir. Et — c'est pour te dire — il a fallu se mettre à six pour porter leur caisse...

Il se dressait. Il secouait par la ceinture son pantalon à la housarde. Les grêlons qui s'y étaient entassés cascadaient sur le sol avec un bruit de billes.

Dehors, l'orage roulait grand train. Parfois, des grêlons ricochaient dans le conduit de la cheminée. Burle réchauffé se comprimait une chique neuve.

— Tu te rends compte petit... Le bois qui brûle, là... Y a vingt-trois ans qu'il est coupé... Vingt-trois ans... Il est bien sec... Qu'est-ce que tu fais ? Tu m'écoutes ?

— Je regarde, dit Séraphin.

Les hautes flammes du fagot qui crépitait avaient expulsé les ombres de tous les recoins.

— Pousse la porte ! commanda Burle. Si jamais la foudre s'aperçoit qu'y a un courant d'air...

Séraphin obéit. Derrière le battant, accrochées à des patères de fortune, pendaient deux houppelandes dédaignées par les mites, pour quelque obscure raison. Elles voisinaient avec un fouet de roulier et une lanterne sourde. Des relents d'écurie traînaient encore dans leurs plis.

— Alors... Tu t'appelles Séraphin Monge ? dit Burle.

— Oui.

— Alors, c'est toi qu'on a emporté à trois semaines, chez les sœurs de la Charité ?

Il se claqua la cuisse avec la main.

— Qu'histoire mon ami ! C'est qu'on trouvait personne, tu comprends ? Les nourrices en piaillaient de peur... Oh y en a qui ont essayé ! Elles disaient que leur sein se glaçait dès que tu l'embouchais ! C'était plus fort qu'elles ! Elles te l'arrachaient. Tu hurlais... Qu'histoire ! Finalement on en a trouvé une, du côté de Guillestre — une avec un goître — et encore... Il a fallu que le curé lui parle des souffrances du Christ... Alors c'est toi, le Séraphin Monge ? De garce ! Tu as profité !

Il courba l'échine. La foudre éclatait dans la cour. En dépit de la porte close et du volet fermé sur la lucarne, sa lueur avait fait pâlir les flammes de l'âtre.

— Oh pute de mort ! Il va finir par nous avoir l'enfant de garce ! On aura échappé à la guerre et à la grippe espagnole pour finir foudroyés !

Burle brandit sa main ouverte vers l'extérieur où l'orage vociférait au ras de la Durance.

Tout nu au coin de l'âtre, Séraphin ne tressaillait pas aux lueurs des éclairs, au fracas du tonnerre. Son regard attentif prenait possession des êtres. Il errait de la huche à pain au placard aux portes noires de fumée. Il repérait l'horloge dans l'angle le plus reculé. Derrière son hublot obstrué de crasse le balancier était invisible mais le cadran en revanche était resté clair.

On y lisait dix heures quarante. L'heure où, au bout de son mécanisme, les poids posés sur le sol, le morbier s'était arrêté de battre.

Le regard de Séraphin descendit de là vers les bonbonnes rangées sur les dalles, vers l'évier aux carreaux rouges, vers la batterie de cuisine, vers le calendrier des Postes, de travers sur le mur. Il considéra longuement la table entourée de bancs et de chaises. Elle était recouverte d'une toile cirée tachée de sombre et lacérée au milieu par une grande déchirure.

Le rebord de cette table soulignait un meuble tapi entre les scourtins à faire de l'huile, sous la crédence. C'était, posée à même le sol, les barreaux poignardés de rouge par la danse des flammes, une bercelonnette à bascule, à peine haute de cinquante centimètres. En dépit de la poussière grise amoncelée sur les sculptures profondes, la lueur du foyer animait encore les rayons des rosaces qui l'enjolivaient. Séraphin la couvait des yeux, subjugué.

— Ils ont simplement enlevé les cadavres, dit Burle, et ils t'ont emporté. A part ça, à part les trois doigts de poussière, la dernière fois où j'ai mis les pieds ici — ça fait vingt-trois ans, juste l'âge que tu as... — tout était comme ça...

Il exécuta du bras un vaste mouvement circulaire.

— Seulement alors, pardon ! dit-il. Propre hé ! La Girarde, tout reluisait chez elle. C'était une femme que pardon !

Il avança la main le poing fermé, le pouce levé.

— La Girarde ? questionna Séraphin.

— Ta mère ! lui jeta-t-il.

— Ma mère..., prononça Séraphin. Ma mère...

Le mot glissait lentement de ses lèvres et il le

répétait à plusieurs reprises comme s'il comptait une à une des pièces d'or.

Il fléchit sur ses jambes jusqu'à se trouver assis au coin de la cheminée, sur les dalles du potager. Burle, debout, put enfin poser la main sur l'épaule du jeune homme.

— Personne a osé te raconter ? questionna-t-il.

— Non, répondit Séraphin, personne.

— Tu veux savoir ? demanda Burle.

— Oui, répondit Séraphin.

— Alors, je vais te dire...

Il avisa, pour la première fois lui parut-il, depuis qu'il était dans la pièce — et pourtant il encombrait le devant de l'âtre — un vieux fauteuil paillé. Ce siège était avachi et éloquent comme si quelqu'un l'occupait encore. Il en émanait un commandement auquel il était difficile de se soustraire. Quand Burle se laissa choir enfin sur la paille qui grinça, il lui sembla distinctement, en un nouvel assaut de la tempête qui le fit sursauter, qu'il s'assoyait sur quelqu'un et il se mit à parler précipitamment pour effacer cette pénible impression.

— Voilà ! dit-il. C'est des rouliers qui venaient d'Embrun qui sont venus me chercher. Moi, j'étais sur la route, comme d'habitude depuis quarante ans. Ils sont arrivés en courant et, au passage, ils avaient ameuté aussi les équipes qui construisaient la voie ferrée. Ça fait que... devant cette porte-là, que tu vois fermée, nous étions peut-être cinquante... cloués sur place... muets... Dans cette pièce, ce matin-là, il n'y avait que deux bruits : celui de l'horloge qui marchait toujours et un bébé qui pleurait à gueule ouverte : c'était toi qui avais faim. Le reste... Et alors... Ce que je me rappelle... C'est l'odeur... Depuis, petit, jamais plus j'ai pu *ajuder* personne à tuer le cochon. Ça sentait le sang... Ça sentait le sang chaud... Il pleuvait une odeur de sang comme à Gravelines... Tu peux pas te figurer.

— Oh ! soupira Séraphin, si... Je peux...

Burle le regarda interloqué.

— Ah ! oui... C'est vrai..., dit-il. Toi, cette odeur, maintenant tu sais... Mais moi j'avais pas fait la guerre — je l'ai jamais faite d'ailleurs. Alors je savais pas... Je savais pas la couleur que ça peut prendre, le sang, quand y en a tant... Y en avait partout ! Partout où tu vois cette poussière, là, par terre c'était plein de *piades* de sang ! Des pieds qui avaient pataugé dedans. Y en avait contre la mastre, contre la porte du placard, tu comprendras pourquoi tout à l'heure... Contre l'horloge. Tiens ! L'horloge ! Si tu effaces la poussière du hublot, tu le trouveras éclaboussé de taches noires... Et alors...

Burle se leva du fauteuil qu'il considéra avec suspicion. Il pointa l'index vers la place qu'il venait de quitter.

— Là ! dit-il. Là, où j'étais assis, y avait le Papé — c'était le père de ta mère. Il avait les yeux grands ouverts. Le sang... lui faisait une grande barbe rouge sur le devantier... On aurait dit qu'on lui avait attaché une serviette rouge autour du cou pour lui faire manger sa soupe...

D'un tour de main autour de son propre visage, il dessina cette barbe dans l'air du souvenir. Il déglutissait avec bruit comme si quelque chose le gênait au fond du gosier.

— Et là ! poursuivit-il un ton plus bas, à côté de lui, écroulé contre le mur, une main dans les cendres, il y avait *Moungé l'Uillaou,* Monge l'Éclair, parce qu'il était vif comme ça ! Petit, maigre, sec, mais alors une lame... Un rusé... Un que, si tu le jetais en l'air, il restait accroché au plafond, tellement il avait les doigts crochus... Un... sans-pitié, ajouta Burle.

Et il se tut.

— Moungé l'Uillaou..., répéta Séraphin.

— Ton père..., murmura Burle.

Il se détourna pour désigner un point précis à côté de l'âtre.

— Et alors ses mains... Ses mains ! Elles avaient laissé des traces rouges autour de la boîte à sel ! Tiens tu les vois encore ! Là autour de la boîte à sel, les taches noires.

Il se tourna vers Séraphin.

— On a jamais su comment il avait pu venir jusque-là, parce que...

A grands pas, il s'avança vers la table.

— L'assassin l'avait loupé. Il avait aussi le cou ouvert comme un cochon, mais pas en plein. Il a dû se défendre comme si on lui prenait un sac d'or... Regarde !

Il désignait de la main l'accroc de la toile cirée.

— Regarde bien cette table : c'est du noyer ! Du temps de ton pauvre père, elle avait déjà plus de cent ans et le noyer ça durcit en vieillissant... Eh bien, regarde ! Tu vois ce trou ? Tu vois ces taches noires autour du trou comme du vin renversé ? Ici encore c'est le sang de ton père. L'assassin l'a embroché avec la broche de la Noël qui était suspendue là-bas... Et ton père, ton père... Avec cette broche passée au travers du corps, il a encore eu la force de se traîner jusqu'à la boîte à sel...

Son doigt resta pointé plusieurs secondes vers cet objet comme s'il l'accusait.

— On a jamais su pourquoi ! conclut-il.

Lentement, lourdement, comme s'il allait s'écrouler à chaque pas, il refit la distance qui le séparait de ce point où était tombé Moungé l'Uillaou, afin de bien mimer la scène, comme si la parole ne suffisait pas. Et, ce faisant, il se comprimait la poitrine avec les mains comme s'il les crispait autour d'une broche invisible. Il entendit un bruit de bois martyrisé. C'était Séraphin qui s'était laissé choir sur une chaise.

— Tu veux... que je m'arrête ? demanda Burle.

— Non, répondit Séraphin.

Alors, Burle s'avança vers le placard sombre tout au fond de la pièce, à côté de la trappe qui conduisait aux caves et aux écuries que l'on pouvait encore discerner, en dépit de la couche de poussière, grâce au gros anneau de fer qui permettait de la basculer, lequel, pour quelque raison inconnue, était demeuré soulevé sur son logement.

Burle, avec décision, tira sur le bouchon à ficelle qui commandait la clenche du placard. Alors, en dépit du tumulte du tonnerre et de la grêle, on entendit en un froissement de dentelle toutes les toiles d'araignée se déchirer ensemble et la porte, sur ses gonds rouillés par l'immobilité, produire ce bruit désespéré des choses qui se sont longtemps arrêtées de vivre.

Burle l'ouvrit toute grande et il désigna l'espace obscur d'un doigt qu'il garda longtemps tendu.

— Tes deux frères... étaient amoulonnés là au fond... La gorge ouverte eux aussi... Comme le Papé et ton père. On les avait tirassés là, je sais pas pourquoi. Les traces menaient droit de la table au placard...

Quand il disait : « Gorge ouverte », il traçait sur son propre cou une entaille définitive, avec le tranchant de la main. Ses bras courts et ses doigts expressifs dessinaient la course fulgurante des personnages inconnus, semblables, vingt-trois ans après, à des fantômes, mais qui, cernés encore par l'ombre, sur l'espace restreint de cette salle, rendaient la voix de Burle tremblante d'une terreur sans nom.

C'est à partir du placard qu'il parut d'ailleurs hésiter à poursuivre. Il restait là, bras ballants, au centre de l'espace, observant fixement à ses pieds cette nappe de poussière grise qui masquait les dalles.

— Et alors là..., dit-il en hésitant. Enfin, je crois que c'est là... Oui... En plein travers... Oui, ce doit être là puisqu'il a fallu — après — faire un détour pour aller ouvrir le placard où on avait enfermé tes frères... Oui, c'était là. Là, il y avait la Girarde, allongée, les cotillons relevés...

Il entendit craquer la chaise où Séraphin, jambes coupées, s'était laissé choir.

— Non non... Rassure-toi... On ne l'avait pas violée ! dit Burle précipitamment.

— Ma mère..., prononça Séraphin d'une voix sans timbre.

— Oui ta mère, confirma Burle. Oh ! note bien, elle aussi, elle avait la gorge tranchée d'un bord à l'autre, seulement elle, va savoir ? C'était la seule qui avait les yeux fermés. Tous les autres, y vous regardaient encore.

— Elle avait... souffert ?

Mais comme Séraphin avait parlé en même temps que le tonnerre éclatait, Burle n'entendit pas ses paroles et lui ne les répéta pas.

— Avec ses cotillons relevés..., reprit le vieil homme. On détournait tous la tête. Et, comme je t'ai dit, on était peut-être cinquante. Mais cette pauvre femme morte, là... livrée à nos regards... On pouvait pas... On avait pas la force... Et pourtant, on voyait quand même... Que je te dise : elle allaitait... Alors, ses seins étaient sortis du corsage... Et au bout, il y avait encore une goutte de lait qui avait caillé...

— Assez ! cria Séraphin.

Encore une fois, il parlait en même temps que le tonnerre, mais cette fois, ce vacarme péremptoire ne couvrait pas sa voix.

— Tu voulais savoir..., s'excusa Burle en haussant les épaules.

Il se secoua.

— Et alors ! s'exclama-t-il. Là ! A côté de la mastre, à côté du placard, il y avait toi ! Dans ce berceau !

Il donna au meuble un léger coup de pied et aussitôt, docilement, la bercelonnette se mit à danser sur ses arceaux avec un petit ronron de rouet comme si l'on balançait encore l'enfançon qu'elle avait contenu.

— Tu étais là ! insista Burle les bras ballants.

Il considéra Séraphin qui mettait une bûche sur le feu pour lui dissimuler son visage. Il considéra la bercelonnette qui lentement s'immobilisait. L'incrédulité était peinte sur ses traits comme elle avait dû l'être, sans doute, vingt-trois ans auparavant.

— On sait pas s'ils t'ont pas vu. Oh ! tu avais bien un peu les draps que ta mère avait pliés qui t'étaient tombés dessus... Entre parenthèses, ils étaient aussi éclaboussés de sang... Mais enfin ! Quand même ! On te voyait ! Et puis ! Tu devais bramer ! Enfin on sait pas...

S'ils t'ont pas vu... S'ils ont voulu t'épargner... Ce qu'on sait, c'est que tu es resté seul vivant !

Il revint vers l'âtre pour s'affaler dans le fauteuil du Papé. Et cette fois, il ne lui sembla plus qu'il s'assoyait sur quelqu'un.

— Si tu avais vu ça..., dit-il. Et le pire, c'est que tu l'as vu ! Y avait une voisine — miséricordieuse — qui t'a porté au cimetière derrière l'enterrement de toute ta famille... Ça a fait un bruit du tonnerre de Dieu... Un bruit qui est allé jusqu'à Paris ! Y avait peut-être deux mille personnes... Y avait même ceux qui aimaient pas ton père et ça faisait beaucoup de monde... Y avait les gendarmes, à cheval, qui écoutaient, qui espinchaient, qui disaient qu'un criminel — forcément — ça assiste toujours à l'enterrement de ses victimes. Et celui-là, d'enterrement, mon pauvre petit, on n'en avait jamais vu comme ça à Lurs... Ils avaient emprunté le corbillard des Mées et celui de Peyruis... Et tes deux frères, on les a emportés au cimetière sur des comètes... Trois corbillards et deux comètes... Et la voisine, toute noire, toute seule, derrière tout ce tremblement de morts et toi qu'elle portait, tout blanc, minuscule et qui bramait — c'était le seul bruit qu'on entendait quand le curé ne chantait pas... Et tu bramais comme si tu savais ce qui venait de t'arriver...

Séraphin se leva de sa chaise et Burle le vit immense devant lui, qui le surplombait.

— Et..., dit-il.

— Rassieds-toi ! Rassieds-toi ! s'exclama Burle précipitamment. Que tu me donnes le vertige ! Té ! avant, tourne un peu les chemises et les pantalons, qu'y sèchent aussi de l'autre côté... Bon, ça va ! Je sais ce que tu voulais me dire. Oui, bien sûr, on les a attrapés à la fin, les assassins. Soi-disant, c'était trois qui travaillaient à la voie du chemin de fer que juste, il arrivait ici cette fois-là... Soi-disant qu'on les a retrouvés ivres morts, avec quatre bouteilles d'eau-de-vie de ton père entamées à côté de leur grabat. Ils venaient de par là-bas, au tonnerre de Dieu, un soi-disant pays, je crois, qu'on appelle l'Herzégovine... Ils savaient pas trois mots de français... Et pour trouver un interprète ça été la croix et la bannière... Puis alors, leurs godasses avaient barboté dans le sang. Les piades qu'on avait relevées sur les dalles de La Burlière elles s'adaptaient exactement à leur pointure ! Y avait du sang entre les clous des semelles. Y avait du sang sur le bas de leurs brailles de velours... Ça a pas fait un pli...

Il envoya un jet de chique droit dans le feu.

— Tu sais, reprit-il, chez nous, quand on refile une paire ou deux de coupables bien ficelés à douze jurés, c'est bien rare qu'ils renversent pas le pouce tous en même temps... Parce que... Tu comprends... ici, toutes les portes ont perdu leur clé depuis longtemps... Et celles qui restent, par hasard, tout le monde sait qu'elles sont toujours sous la grosse pierre, au pied de l'escalier, alors... C'est trop facile d'entrer et d'égorger...

— C'est trop facile..., répéta Séraphin machinalement.

Il ne quittait pas des yeux l'endroit, entre la huche à pain et le berceau, où sa mère gisait raide morte, vingt-trois ans auparavant, les cotillons relevés, la gorge ouverte...

— On les a guillotinés, dit Burle, un douze de mars, à six heures du matin, à Digne devant la porte de la prison... On aurait pas manqué ça pour tout l'or du monde... Je sais pas comment on l'avait su mais on était peut-être deux cents... qui de Lurs... qui de Peyruis ou des Mées... Y en avait même qui venaient de Forcalquier ou de Château-Arnoux. Soi-disant qu'on comptait se régaler... On a rien vu... Il neigeait tellement qu'on a même pas entendu tomber le couperet. La seule chose qu'on entendait, c'est qu'ils criaient quelque chose — qu'ils étaient innocents soi-disant — mais ça ils le criaient en herzégovien, alors, tu penses... Ça dérangeait personne... Surtout que le sergent de ville qui nous contenait — aidé d'une vingtaine de collègues — il arrêtait pas de dire que ça, ils le crient tous qu'ils sont innocents... qu'à force de le crier ça leur donne l'illusion de l'être...

Burle se leva.

— Voilà ! dit-il en se claquant les cuisses.

L'orage grommelait maintenant plus loin.

Burle, en dépit de ses chaussures qu'il n'avait pas retirées, entreprit d'enfiler son caleçon long qu'il jugeait suffisamment sec.

— Voilà, répéta-t-il, ce qui s'est passé ici trois semaines après ta naissance. Tu comprends pourquoi tout est resté intact ? Pourquoi en vingt-trois ans, personne n'est venu voler même pas un gramme de sel dans cette salière-là ? Tu comprends pourquoi ils ont jamais pu vendre ? Et c'est pas faute d'avoir essayé ! Cinq fois ! Ils ont remis l'affiche jaune sur la grande porte des écuries. Cinq fois, il est venu personne ! Tu comprends sur cette maison, y a le signe du crime, mais surtout, surtout ! y a le signe de l'échafaud. Ils l'auraient donnée, La Burlière, que personne en aurait voulu !

Il tendait à Séraphin son pantalon sec que celui-ci

enfila machinalement. De la poche de sa veste de coutil, Burle tira sa blague qu'il ouvrit. Il entreprit de malaxer une chique neuve. Il branla longuement du chef, en écoutant les derniers râles de l'orage.

— Mais, dit-il à la fin, pour moi, ça s'est pas passé comme ça...*Ça a pas pu* se passer comme ça... Tu comprends, Monge, ton père, y avait trop de mystère dans son passé. D'abord : c'était un simple maître roulier. Et les terres de La Burlière, va pas croire, c'était juste bon pour le troupeau et un peu de blé dur... A part ça... Et pourtant... la Girarde avait toujours des caracos neufs. Tes frères, des souliers neufs, des gibecières neuves à toutes les rentrées des classes. Il avait trois chevaux, le Monge, de toute beauté... Et quand ils allaient à la foire de Manosque, ils revenaient toujours avec la jardinière pleine de choses... C'était pas normal !

Il rumina un peu sur sa chique, les yeux fixés sur l'âtre comme sur un miroir à souvenirs.

— Et puis, reprit-il, tu veux que je te dise ? Quand je suis arrivé, parmi les cinquante — mais le premier tellement j'avais couru vite — c'est moi qui barrais la porte avec ma pelle que j'avais pas lâchée... Alors, cette chose m'a tout de suite frappé : et ça m'a frappé même à travers mon *estomagade,* même à travers mon bouleversement ; ça sentait la colère froide, la colère longtemps retenue... Et à part les cadavres, y avait pas de pagaille, sauf les draps tombés sur ton berceau, sauf la boîte à sel que ton père en tombant, il avait foutue de travers... Sauf le calendrier des Postes, de guingois sur le mur. On avait bien refermé la clenche du placard sur tes frères égorgés. Enfin bref : y avait de l'ordre, on avait rien cherché... Et autre chose : les blessures, les lèvres des blessures ! Le sang avait cessé de couler depuis longtemps et le bord des plaies, on le voyait très bien : il était blanc, bien tracé, sans mâchures, net comme la trace d'un rasoir... Mais plus droit, tu vois... Je me suis dit tout de suite : « Pour faire des blessures pareilles, Jean, y a qu'un seul instrument : un tranchet, un tranchet bien affûté ! » Et des tranchets, chez les trois de l'Herzégovine, on en a pas retrouvé. Les avocats l'ont bien dit : *le tranchet c'est un couteau d'ici !* Et c'est vrai : on en coupe le raisin, on en ouvre les noix, on en espille le lapin et même, quand ça presse, on peut faire le trou au cou du cochon... Et des tranchets en Herzégovine, y paraît qu'ils en ont pas. Les avocats ont fait voir les couteaux qu'ils ont là-bas : c'est pas des tranchets... Tandis que nous autres, nous autres, de quinze à quatre-vingts ans, y a pas un homme qui ait pas ça sur lui, un tranchet...

Il s'était courbé en avant pour ramener machinalement les cendres sur le foyer à l'aide d'une pelle qu'il avait décrochée du mur. Ce faisant, il n'arrêtait pas de branler du chef comme une mule rétive.

— Oh !... J'ai fini par plus rien dire, parce que, je me serais fait mal voir... Mais je l'ai dit, j'ai dit : ça peut pas s'être passé comme ça...

— Et tu le sais toi peut-être, crème d'andouille ! Comment ça a pu se passer !

La voix qui prononçait ces paroles ne les surprit pas dès les premiers mots car elle s'accordait au grommellement de l'orage. Mais ils se retournèrent lentement tout de même pour la situer.

Derrière eux, devant la porte refermée, se dressait dans la pénombre, mais face aux flammes mouvantes, un homme aux yeux noirs opaques, un homme tout de noir vêtu, un vieil homme mais qui ne paraissait pas vieux. Seule, sa grosse moustache blanche parlait d'âge, chez lui. Il tenait la tête un peu penchée de côté, sous son chapeau cabossé. Son costume était d'un autre temps, son aspect de n'importe quel siècle, tant on ne pouvait le situer. Une chaîne de montre barrait son gilet — ni en or ni en argent, mais ni en fer non plus — terne pourtant et n'attirant pas l'attention. Au bout de cette chaîne, mais brillante celle-là et probablement en or, battait la breloque une tête de mort aux contours effacés par l'usure, à force d'être ancienne.

Cet homme devait avoir marché sous les grêlons pendant les quarante minutes d'orage pour arriver jusqu'ici. Son grand parapluie rouge déteint au cours des ans n'était plus qu'en lambeaux autour des baleines. Il avait essuyé des coups de grêle sur le front et le nez comme les deux cantonniers et comme eux, il en avait aussi les oreilles en sang. Son regard opaque surveillait étroitement le visage de Séraphin qui le dominait de plus d'une tête.

— Je savais bien, dit-il, qu'un jour tu finirais quand même par l'ouvrir cette putain de porte !

Burle écarta les bras.

— Il fallait bien s'abriter...

— Toi tais-toi ! Qu'est-ce que tu lui as dit ?

— Tout..., dit Burle.

— Tout ?

— Enfin... Tout ce qui pouvait se dire.

— Parce que tu le sais toi ! Ce qui peut se dire et pas se dire !

Il désigna Séraphin d'un grand geste tragique.

— Tu lui as empoisonné l'existence ! Voilà ce que tu as fait !

Brusquement, il leur tourna le dos, ouvrit la porte et s'éloigna à grandes enjambées, en distribuant des coups de pied aux grêlons qui crissaient sous ses pas comme du gravier. Il fendait l'air autour de lui, à revers rageurs de son parapluie en loques. Il n'était qu'un grommellement indistinct qui s'éloignait comme l'orage et furibond comme lui.

Les deux cantonniers subjugués sortirent sur ses talons.

— Qui est-ce ? dit Séraphin la voix rauque.

— C'est le Zorme, dit Burle. Ça lui a pas plu que je t'aie raconté...

Il referma les doigts de sa main droite sur le pouce de sa main gauche.

— Il a un pouvoir..., murmura Burle craintivement.

— Chut ! s'exclama Séraphin. Écoutez ! Qu'est-ce qu'il dit ? Qu'est-ce qu'il est en train de dire ?

Très loin déjà, là-bas, au pied du plus grand des cyprès dont les branches battues par les grêlons avaient fui l'alignement du tronc, Zorme avait fait volte-face vers eux et sans cesser de gifler l'air avec son parapluie rouge, il vociférait des mots insaisissables.

— Laisse ! s'exclama Burle. N'essaye pas de comprendre ! il ouvre grand la bouche mais c'est pas à nous qu'il s'adresse. Il discute avec le diable ! Quand il ouvre cette grande bouche noire sans dents devant nous, nous autres on va tous se cacher ! Ne le regarde pas !

Mais il parlait dans le vide. De ce pas impressionnant qui ne changeait jamais de vitesse et paraissait toujours en train d'écraser quelque chose, Séraphin s'ébranlait derrière le Zorme qui leur tournait le dos, là-bas, à plus de cent mètres et qui s'éloignait.

Burle voulut le rappeler mais, soudain, il sentit le

froid de la mort dans ses os et il vit la vallée devant lui que, frappé par la rencontre du Zorme, il n'avait pas encore eu le loisir de remarquer.

— Ma vigne ! souffla-t-il.

Il l'imagina immédiatement sous cette blancheur pour noce de luxe qui sévissait partout sur la campagne aux feuillages crevés. Sur les vergers ensevelis régnait un silence stupéfié comme autour d'un sépulcre tout neuf.

Le lit de la Durance — sauf le filet d'eau qui serpentait entre les rives des gués — était blanc comme au matin d'hiver. Devant Burle pétrifié qui commençait à mesurer l'étendue du désastre, une chevêche fuyant le couvert des bois était tombée assommée au milieu de la cour des rouliers. Son aile, sur la moitié de son corps enlisé dans la glace, faisait signe au ciel, comme le bras levé d'un noyé.

Sur ce charnier vert où l'on respirait l'odeur de la sève écrasée, s'était soudain épanoui un soir d'une profonde tendresse. On eût dit que tout le malheur qui venait de fondre sur la vallée n'était pas descendu de ce ciel tout d'un coup si pur.

— Séraphin ! cria Burle.

Il voulait tout de suite prendre à témoin quelqu'un de sa désolation. Proférer, mais pas tout seul, mais pas dans le vide, quelques solides paroles à l'égard de la bonté divine. Mais Séraphin avait disparu. On ne distinguait même plus ses traces ni celles du Zorme car, du même ciel au froid mortel qui pesait sur la terre il n'y avait pas cinq minutes, soufflait maintenant la chaleur de l'été qui reprenait possession de la vallée. La glace se défaisait si vite qu'on entendait le bruit de sa débâcle. Le chant des eaux courantes gagnait tous les sillons à la fois. Elles s'infiltraient dans tous les trous, se rassemblaient en rigoles boueuses. Le cours de la Durance commençait à couler plus vite.

— Séraphin ! Qu'est-ce qu'il fout cette andouille ?

Burle prit le pas de course. Au passage machinalement, il ramassa la chevêche par son aile, pour la montrer ce soir à son petit-fils qui ne croyait pas, lui, à la malice de la nature, à la fragilité de la vie. Il dévala précipitamment vers la route le chemin de La Burlière, jonché de rameaux verts déchiquetés. Il voulait rattraper les deux hommes si c'était possible. La chaussée ruisselait d'eau. Les trous qu'ils bouchaient tout à l'heure s'étaient creusés de nouveau plus profonds. Burle fit un geste découragé. Il dépassa le roncier effondré sous le poids de la grêle qui lui cachait la berme où ils travaillaient avant l'orage.

Séraphin était là. Il s'était écroulé par le travers sur le meulon de pierres de ballast aux angles aigus. Son corps était secoué de sanglots.

Burle devait dire le soir à sa famille :

— Je suis le seul à l'avoir vu pleurer.

Ce n'était pas vrai. Le conducteur d'un camion à chaînes se pencha hors de la cabine et il cria pour couvrir le vacarme de son engin :

— Qu'est-ce qu'il a ? désignant le corps de ce costaud qui embrassait le tas de ballast.

— Rien ! répondit Burle sur le même ton. Fais de route !

Mais il passa deux cyclistes aussi — hagards — blancs comme des linges, qui allaient mesurer les dégâts dans leurs propres vignobles. En apercevant ce grand corps couché sur un tombereau de pierres, ils mirent pied à terre pour porter secours.

— Oh ! Burle. Qu'est-ce qu'il a celui-là ?

— Rien, dit Burle. Il pleure sa mère.

— Sa mère ? dirent ensemble les deux cyclistes, mais... c'est le Séraphin Monge ! Mais alors, sa mère, ça fait plus de vingt ans qu'elle est morte !

— Oui, dit Burle sombrement, mais lui, ça fait que cinq minutes qu'il l'a perdue...

Renonçant à comprendre — et du moment qu'il ne s'agissait que de larmes — les deux cyclistes remontèrent sur leur machine.

Burle avança la main pour la poser sur l'épaule de Séraphin, mais il n'acheva pas son geste. Son for intérieur venait de lui donner un grand coup de pied au cul.

« Il a raison le Zorme. Crème d'andouille ! Tu avais qu'à rien lui dire. Il serait pas en train de pleurer ! »

Avec une sorte d'appréhension, il observait ce colosse que quelques paroles avaient suffi pour jeter bas. Sa colère impuissante subjuguait le vieil homme.

— Ma mère ! Ma mère ! Ma mère ! criait Séraphin à voix basse.

Frappant à coups redoublés, il meurtrissait ses poings énormes contre le tas de cailloux aux angles aigus. Et il ne sentait pas la douleur.

L'année 1919 fut lugubre sur nos terres.

Dans les champs à travailler, on ne rencontrait que veuves en grand deuil pauvre qui se confondaient sur les lointains avec des arbres calcinés ; enfants de noir vêtus ; aïeuls tristes, le nœud de crêpe à la casquette, qui labouraient, bien que ce ne fût plus de leur âge, poussant exténués la charrue devant eux, n'osant plus engueuler les chevaux qu'à voix basse.

Quand — par hasard — passait un homme jeune à portée de leur regard, ils l'observaient à la dérobée, soupçonneusement, comme s'il leur avait volé quelque chose, comme s'il n'était pas de jeu qu'il soit là.

Les morts de la guerre pesaient aux trousses des vivants comme abcès mal vidés. C'est qu'il ne se passait pas de semaine sans que le P.L.M. n'en rapatrie un ou deux dans ses fourgons gratuits, en gare de Peyruis-Les Mées ou de La Brillanne-Oraison.

Séraphin assista à tous les transferts. Il dominait de la tête toutes les assistances. Il était toujours au milieu des vieux hommes. Les jeunes étaient devant : survivants fédérés autour d'un drapeau à frange d'or dont ils attendaient qu'il leur rapporte quelque argent.

Séraphin n'attendait rien. On lui avait donné une place de cantonnier et on l'avait logé dans une haute maison étroite de la commune où l'escalier, entre les trois étages, mangeait la moitié de l'espace.

Il n'avait jamais cru, lorsqu'il en était revenu, qu'une vision plus lancinante réussirait à effacer de sa mémoire celle de la guerre. Et pourtant, il avait suffi d'une heure d'orage et du récit d'un vieil homme pour que cette obsession cède la place à une autre.

Il avait gardé trois jours durant les mains meurtries à force de les avoir cognées à coups de poing contre les cailloux du ballast, ce jour-là. Depuis, chaque nuit avant de s'endormir, à la place des cauchemars de la guerre, il retrouvait le cadre étroit de la cuisine à La Burlière. Le dimanche, il y retournait — seul — et il passait des heures à errer de l'âtre à la table en noyer, de la mastre au berceau.

Il ne pouvait plus se lever de devant les yeux l'image de sa mère, jupe relevée, la gorge ouverte, au pied de la table... Il avait beau se tuer au travail, ses nuits étaient empoisonnées. Et ce qui le remplissait d'angoisse, surtout, c'est que sa mère qu'il imaginait tant dans son agonie, *elle n'avait pas de visage.* Quelque effort qu'il fasse, il ne pouvait lui en donner un.

Le vieux Burle, l'un des derniers, mourut de la grippe espagnole, en quelques jours. Séraphin alla le voir à son lit de mort pour lui faire décrire les traits de sa mère.

— A quoi bon ? lui dit Burle.

Il n'avait pas peur. Il avait l'air d'un aigle attaché par la patte. Il avait encore la force de cracher sa chique vers le poêle où elle séchait en chuintant.

— T'en fais pas..., dit-il encore à Séraphin. Et sois

sûr d'une chose : grippe espagnole, c'est vite dit... J'en serais pas là, si je t'avais rien raconté. Mais ça fait rien... J'ai bien fait. Et rappelle-toi : ça peut pas s'être passé comme ça ! Tu entends ? Ça peut pas !

Séraphin — d'abord — essaya de vivre comme tout le monde. Le dimanche, il se montra sous les lampions et les guirlandes des fêtes qui commémoraient la victoire.

Beaucoup de filles y dansaient entre elles ou faisaient tapisserie. Ces filles avaient l'âge des morts de la guerre qui leur avaient laissé les bras vides. Plusieurs avaient fait un pas vers Séraphin comme sans y songer, comme vers n'importe quel homme. Mais un seul pas, mais un seul regard. Leur élan n'avait pas résisté à sa vue. Devant lui, elles étaient sans force et sans voix. Plusieurs se chuchotèrent des confidences à son sujet. « Il est trop beau ! Non, c'est pas qu'il est trop beau... Il me glace ! — Tu sais ce qui lui est arrivé ? Tu sais ce que ma mère m'a raconté ? — Qui le sait pas ? — Moi je pourrais pas ! Il me semblerait tout le temps que c'est sa famille morte qui serait couchée à côté de moi ! Et pourtant, c'est pas juste ! Regarde-le s'il est beau ! »

Certaines filles n'allaient pas au bal. Celles d'abord qui avaient eu des pères ou des frères morts au front et qu'on tint en grand deuil, des années durant. Mais aussi, celles dont les familles s'efforçaient de creuser un fossé entre elles et le commun des mortels. Ces familles-là, il y en a partout. Elles veulent être *comme il faut*. Il faut donc serrer les filles. Si elles sont laides, le mot *irréprochable* fait recette auprès des timides et comme selon ce qu'on dit, *le haut leur a conservé le bas*, il se présente toujours quelque parti convenable.

Mais si elles sont belles, alors là, ce sont les reliques

des saints sous une châsse. On dit : *Ils croient avoir monarque.* On dit : *C'est la prunelle de leurs yeux.*

En ces années-là, deux *prunelles de leurs yeux* tenaient, entre Peyruis et Lurs, le haut du pavé de la beauté : c'était la Rose Sépulcre et la Marie Dormeur.

La Rose Sépulcre, on pouvait la connaître depuis toujours, chaque fois elle vous éblouissait. Son visage en triangle s'élargissait par le haut en un front buté, rétréci par les bandeaux de la chevelure couleur queue de pie — bleu acier à la lumière du jour plutôt que noire, sauf à la nuit tombante. On se demandait où elle avait pris ses yeux dessinés comme des amandes. Ses deux petits seins appelaient à être emprisonnés sous la main. On osait à peine se retourner sur son passage afin de ne pas remarquer combien elle balançait ses fesses avec une perverse ingénuité.

Elle était née dans la chaleur permanente d'un moulin d'huile. Son père, le Didon Sépulcre, tirait vanité de porter le nom du lieu-dit ; c'était un écoute-s'il-pleut du bord du Lauzon qu'on appelait le Saint-Sépulcre, à cause d'une chapelle dont il ne restait qu'un tumulus gazonné. « On nous dit Sépulcre, affirmait-il, parce qu'on est aussi ancien ici que la chapelle. »

Cet homme était prospère et bien connu. Il rêvait d'établissement pour ses deux filles. Il avait aussi, à la désapprobation générale, arrondi son domaine grâce aux meilleures terres des Monge qu'il avait achetées, quand cette famille avait été rayée en entier de la liste des vivants.

Peu accessible à la superstition, il aurait bien acheté La Burlière aussi — une bouchée de pain — mais sa femme s'était mis au travers de ce projet : « Si tu *crompes* La Burlière », lui avait-elle dit, « tu iras y habiter seul. Moi, j'y mettrai jamais les pieds. La Girarde doit encore en frôler les murs la nuit. Et je suis sûre », avait-elle ajouté avec un frisson, « qu'elle doit chercher son petit pour lui donner à téter. »

Maintenant que la guerre était finie, le Didon Sépulcre commençait à s'inquiéter, en faisant le compte des garçons un peu comme il faut qu'il restait à placer. A chaque mariage nouveau, il tirait un peu plus sur sa lèvre inférieure, entre le pouce et l'index. D'autant que la Rose devenait de garde difficile. Elle lui fusait entre les doigts comme un savon mouillé. Sa mère lui avait offert une bicyclette sur l'argent des fromages. Et depuis, la Rose ne touchait plus terre. Il fallait compter sur sa sagesse. Elle mettait deux heures pour aller chercher un pain à Lurs. Pour aller faire les commissions de sa grand-mère à Peyruis, elle partait l'après-midi entier.

Et pendant que cette fille au bord du Lauzon promenait sa beauté sur deux roues, au village de Lurs, à deux cents mètres au-dessus de la vallée, une autre *prunelle de leurs yeux* se préparait à braver le destin.

Mais sur la beauté de celle-ci, on se trompait. C'était son éclatante santé qui lui en tenait lieu. Force de la nature, démarche décidée, la Marie Dormeur froissait l'air autour d'elle, quand elle avançait. Elle montrait un visage de déesse des moissons qu'il faudrait se dépêcher d'admirer avant qu'il ne fonde. Elle était la première de sa famille à être belle.

Son père, le Célestat, était noir comme un Sarrasin, maigre et sec, l'œil vairon. Il se mangeait les joues. On se demandait toujours comment ce boulanger de soixante kilos pouvait pétrir à la main, avec ses bras de criquet, des fournées qui pesaient plus que son poids. Sa mère la Clorinde Dormeur, longue et blanche comme un poireau, avait de longs pieds en dedans qui dépassaient toujours du comptoir de la boulangerie-épicerie et avec lesquels elle s'encombrait dans toutes les hottes. Elle disait « misère de misère ! » chaque fois que, par mégarde, elle se heurtait contre son reflet au miroir de l'arrière-boutique, car la petite vérole lui avait tavelé les joues et le menton. « Mais brave comme le bon pain », disaient les gens.

Aussi, tout le monde regardait comme une espèce de miracle Marie Dormeur traverser Lurs en coupant le vent devant elle, toujours emportée, même sans dessein ni projet, par un élan irrésistible, simplement en train de boire la vie.

La Marie Dormeur, la Rose Sépulcre, elles avaient en commun — à cette époque — de n'avoir peur de rien ni de personne. Elles allaient en avoir besoin.

Peu de temps après la mort de Burle, Séraphin rentra chez lui à la nuit close. Comme tout le monde ici, il ne fermait jamais sa porte à clé. En pénétrant dans sa cuisine, il trouva quelqu'un qui l'attendait. C'était une silhouette qui se profilait devant la fenêtre, sur la lumière du bec électrique qui éclairait la placette. Il entendit le froissement léger d'une robe déplacée par une marche rapide. Une fille sortit de l'ombre, si près devant lui que ses seins lui touchaient le bas des côtes chaque fois qu'elle respirait fort. Une étrange odeur de fleur d'églantier émanait de sa personne et il voyait son visage malgré le contre-jour et la pénombre.

— N'allume pas ! souffla-t-elle. On me verrait de dehors... On irait le dire à mon père...

— Non, répondit Séraphin.

— Je t'ai vu à la fontaine, le jour où tu sortais de chez le notaire. Je remplissais le pêchier de ma grand-mère... Depuis, je vois plus personne d'autre...

Elle parlait vite. On sentait qu'elle s'était répété tout ça des nuits durant.

— Non, dit Séraphin.

— Je suis Rose Sépulcre. Tu m'as vue. Tu n'as pas pu ne pas me voir !

— Non, dit Séraphin.

— Oh ! tu dis non maintenant ! Mais attends !

Il sentit qu'elle lui posait sa main à plat sur la ceinture et qu'elle la glissait le long de son ventre, lentement. Elle se mit à le caresser à travers le tissu. Il l'entendit chuchoter.

— Tu vois... Tu vois...

En un balbutiement mouillé de ses lèvres qui exprimaient un élan contenu vers ce qu'il pouvait lui donner.

Dans cette obscurité où il s'enfermait seul d'ordinaire, les yeux grands ouverts, c'était une étrange sensation que de sentir ainsi son sexe s'ériger sous la caresse de cette petite main et, pourtant, de ne pouvoir s'ôter de la mémoire ce tableau rouge sombre dont il enjambait perpétuellement le cadre dès que les ténèbres l'environnaient.

C'était un tableau où il se promenait au milieu de corps sans visages — puisqu'il ne les avait jamais vus — y refaisant toujours le même parcours ; se dirigeant — toujours avec sa lenteur d'homme incertain de vivre — vers ce berceau où il aurait voulu se recoucher et qui n'aurait pu contenir à peine que la moitié d'une de ses jambes. Mais un tableau qui aurait eu une odeur, celle que lui avait si bien décrite le vieux Burle, auquel elle avait interdit à tout jamais d'aider à tuer le cochon.

Confrontée à ce buisson de cadavres sans visages mais suppliciés qui formait grille entre lui et elle, que pouvait-elle, la Rose Sépulcre, armée de sa seule beauté, de son seul désir ?

— Non, dit Séraphin sans élever le ton.

Elle sentit le sexe du garçon se faner sous sa main qu'elle retira vivement.

— Quoi non ? Qu'est-ce que ça veut dire ce mot que tu dis tout le temps ?

— Non, dit Séraphin.

Elle le repoussa de côté en lui tapant sur la poitrine avec une rage qui bouscula ses quatre-vingt-quinze kilos comme un ouragan. Elle cria :

— Laisse-moi passer !

Elle s'enfuit dans l'escalier. Il l'entendit tirer violemment la porte d'entrée. Il l'entendit courir dans la rue. Il ouvrit la fenêtre et s'y accouda. Le bruit des quatre canons de la fontaine essayait de calmer l'angoisse de Séraphin. Une chevêche ululait dans un arbre. Au loin, portée par la houle d'un vent sans racines, la musique d'une viole guidant un bal mourant s'effilochait parmi les pins des collines.

Pourtant dans la tête de Séraphin, le seul bruit, le seul murmure qu'il lui était donné d'entendre, c'était celui que le récit de Burle avait fourni à son imagination : le sanglot du sang qui s'écoule hors d'une artère sectionnée. « La gorge tranchée », avait-il dit.

Il avait fini par comprendre que la position du corps de sa mère sur les dalles — telle que Burle l'avait décrite — indiquait qu'elle avait tâché d'atteindre le berceau où il reposait, tandis qu'elle se vidait de son sang.

Longtemps, accoudé à cette fenêtre, Séraphin garda ses mains serrées sur son visage comme si le spectacle qui l'obsédait s'était déroulé devant lui, dans la rue calme de Peyruis ou sur les déserts des Iscles de la Durance, là-bas, derrière la digue.

« Tant que tu auras ça dans la tête, se disait-il, tu ne pourras pas vivre comme tout le monde. »

Ce fut cette nuit-là, sans doute, qu'il se décida.

— Clorinde ! Oh ! Clorinde ! Parais un peu voir ! Écoute une minute !

Dans la bourrasque soudaine qui soufflait, arrivant du bout de la rue, emmitouflée de poussière comme si l'air venait de l'engendrer à l'instant, la noire Tricanote, tenant son bâton comme une lance, tentait de remiser ses chèvres. Elles se bousculaient, pis contre pis, les cornes hautes. Elle-même, la Tricanote, le vent qui ballonnait ses jupes la contrefaisait enceinte, indécemment, car elle tenait ses septante-quatre ans, mais fermement, bien arquée sur ses mollets de coq et ses fesses pointues.

— Clorinde ! Oh ! Clorinde !

Clorinde Dormeur était en train de passer à la pâte à sabre les plateaux de la balance. Elle surgit, le chiffon à la main.

— Tu es pas folle de crier comme ça ! Le Célestat fait sa sieste.

— Dis, Clorinde, tu sais pas ? Le Séraphin !

— Qué Séraphin ?

— Le Séraphin Monge ! Il est momo ! Il brûle ses meubles.

— Qu'est-ce que tu me dis ? Le Séraphin Monge, celui qui...

— C'est ça ! Il est en bas, à La Burlière. Il brûle tout !

— Mais comment tu sais ça ?

— C'est un ! Un qui vient de rentrer. Il était à l'espère au-dessus de La Burlière. Tout par un coup, il voit la cheminée qui fume. Y fait ce que nous aurions tous fait à sa place. Il descend et il va espincher derrière le fenestron. Ma belle ! C'est là qu'il m'a dit : « J'ai vu le Séraphin. Il essayait de casser la table à coups de masse ! Dans le feu, y avait des morceaux de pétrin qui brûlaient ! »

La Clorinde Dormeur s'était plaquée la main sur la bouche, car elle imaginait fort bien ce carnage de meubles et ça lui faisait mal comme s'ils avaient été siens.

Marie était à l'étage, devant la fenêtre ouverte de sa chambre. Elle essuyait un à un les petits vases à longs cols, en porcelaine de Saxe que sa marraine lui avait offerts pour sa première communion.

Et justement, tout en essuyant, elle calculait. Depuis quelque temps, elle songeait à ce Séraphin. Elle, c'était en allant livrer le pain à Paillerol, sur son triporteur, qu'elle l'avait rencontré. Torse nu, il tenait levée au-dessus de sa tête sa masse de carrier, pour l'abattre sur le quartier de roc délité du talus, et tous ses muscles saillaient sous l'effort.

Depuis quelque temps déjà, elle se disait : « Si je me jette pas à sa tête, c'est cette salope de Rose Sépulcre qui va l'avoir... Celle-là, avec son nom à donner froid dans le dos, elle est capable de tout. Déjà la Bessolote m'a raconté qu'elle l'avait vue rentrer chez Séraphin, un soir. »

C'est pourquoi ce jour-là, Marie tressaillit en entendant prononcer le nom de Séraphin. L'horreur du sacrilège qu'il était en train de commettre la jeta sans plus de réflexion dans l'escalier tournant qu'elle dévala. Elle traversa en coup de vent le parquet de la boutique ; elle jaillit à l'air libre devant sa mère et la Tricanote médusées. Elle les écarta comme une flèche et, du même élan, empoigna le triporteur coincé contre le mur qu'elle orienta face à la route, avant de l'enjamber.

— Marie ! cria Clorinde, qu'est-ce que tu fais ? Où vas-tu ?

Mais Marie disparaissait déjà derrière le dos d'âne. La Clorinde revenait vers la Tricanote qui avait réussi à remiser ses chèvres.

— Mais où elle va ? demanda cette vieille très intéressée.

— Hé ! tu le sais, toi, où elle va ? Elle est folle cette fille ! Elle me fera cracher le sang !

Marie dévalait à fond de train la route sinueuse vers La Burlière où fumait la cheminée. Elle appuyait comme une forcenée sur les pédales de son triporteur brimbalant, lequel, à tant le remonter à la force du jarret de Peyruis jusqu'à Lurs, lui avait sculpté des cuisses de marbre.

C'est difficile à brûler des meubles qui ont une histoire. La mastre, sauf le couvercle, céda la première, taraudée par les cirons, les pieds déjà en poussière, mais elle gémit comme un être humain à mesure qu'il la brisait avec sa masse ; comme s'il détruisait d'un seul coup la source de ces craquements avertisseurs qu'elle avait fait entendre sa vie durant, depuis plus de cent ans et même encore durant toute la longue solitude subie dans cette ferme froide où l'odeur du pain elle-même, qu'elle recelait dans ses trous de ver, avait fini par s'évaporer. Cette mastre continua longtemps à pleurer dans le feu, pendant qu'elle s'y consumait.

La table ne céda pas. Le plateau avait six centimètres d'épaisseur et comme il mesurait quatre mètres de long, on ne pouvait le glisser dans l'âtre. Séraphin ne put même pas, à coups de masse, y marteler la trace de la broche qui s'y était fichée, après avoir traversé le corps de son père.

Il décrocha la salière et la jeta au feu. Le sel compact qui y restait troubla longtemps les flammes rouges par ses flammes vertes. Séraphin n'y prit pas garde. Il regardait fixement ces traces, autour de la place vide, que le vieux Burle lui avait signalées. Ces marques sanglantes s'étaient infiltrées dans la chaux morte, vieillissaient avec elle, mais ne s'étaient jamais fondues dans sa couleur. Maintenant que la salière avait disparu, on voyait autour de la place vide où la chaux était plus neuve, que le mourant avait imprimé là la forme de ses mains, en tentant de s'emparer de cette boîte.

Séraphin se redressa en soupirant. Il découvrit l'horloge peureusement tapie dans le coin le plus sombre. En deux coups de masse, il eut raison de la caisse de bois blanc. Il la creva au milieu du bouquet naïf qui y avait été peint, dans le temps. Il en avait arraché comme des tripes le mécanisme et le balancier. Il les avait posés sur la table démantibulée mais qui tenait bon. Il crut qu'il lui serait aussi facile de défoncer le berceau avec le pied. Mais la première talonnade se répercuta dans ses os jusqu'à l'attache de la cuisse ; à la deuxième, plus précise, le meuble se retourna brutalement sur son balancier semblable à un joug et le rebord aigu du garde-fou frappa Séraphin en plein sur le tibia. Rageusement, il l'envoya dinguer contre le mur, mais, comme s'il avait été en caoutchouc, le berceau revint au milieu de la pièce. Il se balançait arrogamment, avec un beau bruit de rouet.

Par chance, l'âtre était assez vaste pour le recevoir tout entier. Séraphin le souleva de terre pour l'y jeter.

Marie Dormeur ouvrit la porte en coup de vent, hors d'haleine. Elle vit le geste de Séraphin. Elle se précipita et des deux mains s'agrippa aux barreaux du berceau.

— Levez-vous de là ! grogna Séraphin.

— Mais dites ! Vous m'avez bien regardée !

— Oui. Vous êtes la fille de la boulangerie... Levez-vous de là, je vous dis !

— Personne ne m'a jamais parlé sur ce ton !

— Je vous parle comme je sais.

Ils bataillaient ferme tous les deux autour de ce berceau qui se balançait, se tordait entre ce costaud et cette fille robuste. Ils en prenaient des coups sévères chacun à leur tour sous les secousses violentes qu'ils lui imprimaient.

— Vous n'avez pas honte ! criait Marie, de brûler ce berceau qui pourra servir à vos enfants !

Sans cesser de lutter pour ravoir son meuble, Séraphin secouait la tête et répondait avec calme.

— Jamais. Je n'aurai jamais d'enfants.

— Mais moi j'en veux !

Profitant de la surprise de Séraphin à cette réponse,

elle tira si fort sur le berceau qu'il lui resta. Aussitôt, elle le couvrit de ses bras, elle l'enserra contre sa poitrine, elle recula vers le mur, bien décidée, à coups de pieds, à coups de poing, à ne pas s'en dessaisir.

— Qui vous en empêche ? dit Séraphin.

Il empoigna l'un des bancs qui entouraient la table et le livra aux flammes.

— Après tout prenez-le puisque vous en avez tant envie !

— Sûr que je le prends !

Vivement elle lui tourna le dos, les bras chargés du meuble. Elle sortit en courant. Elle ouvrit le coffre du triporteur et y déposa le berceau. Mais elle fut très vite de retour et, refermant la porte derrière elle, elle toisa Séraphin des pieds à la tête :

— Maintenant, dit-elle, vous savez ce que je veux...

Mais soudain elle étouffa un cri derrière sa main. Elle venait de voir le cadavre du morbier éventré allongé sur le sol. Elle gémit :

— Mon Dieu !

Il lui parut qu'il venait de commettre un crime aussi irréparable en démolissant l'horloge qu'en essayant d'anéantir le berceau. Elle avisa le mécanisme et le balancier abandonnés sur la table. Elle se jeta dessus.

— Ça, dit-elle, tu ne pourras pas le brûler !

Elle serrait contre elle la tête de l'horloge au cadran fleuri. Elle l'emporta comme un voleur et la rangea avec le balancier au fond du tri, aussi soigneusement que le berceau.

Il l'avait suivie. Il observait ses gestes avec attention, en secouant la tête. Il poussa un gros soupir. Le premier que quelqu'un puisse entendre de lui, depuis son retour de la guerre, depuis que Burle lui avait raconté la nuit terrible.

Au pied de l'un des cyprès se dressait un bloc de calcaire noirci qui avait été le chapiteau historié d'une colonne d'église. Quelque ancêtre de Séraphin, sans doute, l'avait apporté là pour s'y reposer les soirs d'été. Séraphin s'y affala, les mains pendantes entre les jambes.

— Viens ! dit-il sourdement.

Elle s'approcha. Elle s'assit à côté de lui sans bruit, avec précaution, comme s'il avait été un oiseau prêt à glisser sous les ronces à la première alerte.

— Je peux pas m'habituer..., dit Séraphin. J'ai toujours ça devant les yeux. Je croyais que ce serait la guerre. Hé ! non... Ça, c'est bien plus terrible. Tu comprends, la guerre, c'était tout le monde. Là, c'est moi seul. C'est pour ça que je brûle. Si tout ça disparaît peut-être ma mère... Elle disparaîtra aussi...

« Elle est morte là-bas dedans, ma mère, à trente ans. Elle rampait vers mon berceau. Ce berceau ! dit-il, en désignant le triporteur. Tu comprends, moi, ma mère, après, ça a été l'orphelinat. Les sœurs en savaient plus que moi sur moi. Par précaution, elles me tenaient à l'écart des autres orphelins, comme si j'étais contagieux. Quand elles ont plus pu me garder, après le certificat, on m'a envoyé du côté de Turriers où on faisait le reboisement. On nous faisait planter des pins au milieu de poignards en pierre. C'était tout des éclats de rocher pas plus grands que ça... Et alors, pour planter, il fallait les écarter avec les doigts, parce que les coups de pioche, là-dedans, ça foirait... Et tous les vallons et toutes les collines, ils étaient faits de ça. Y avait que les mains...

« Et alors, j'étais avec des hommes. Le soir, dans les baraques, ils parlaient à voix basse et quand je m'approchais, ils se taisaient. Oh ! je comprenais bien que j'avais quelque chose d'extraordinaire... C'était presque tous des Piémontais. Des fois, ils recevaient des lettres de leur mère. Ils pleuraient. Des fois, ils apprenaient qu'elle était morte et alors, ça hurlait dans les baraques toute la nuit. Ils sanglotaient tous ensemble. Un jour, un jeune — il arrivait — il me dit : " Et toi, tu reçois rien de ta mère ? " J'ai pas eu le temps de répondre. Y en a un qui lui a balancé un coup de pied au cul à le faire basculer sur la paille. Sept ans... Je suis resté par là-haut dedans. C'est là-haut que la guerre m'a ramassé. J'avais rien appris. Je savais rien. Je dormais. »

Il tira de sa poche de quoi se rouler une cigarette, ce qu'il fit, paisiblement. Depuis qu'il avait commencé son récit, Marie respirait à peine. Mais il était lancé. Ce n'était même plus à elle qu'il parlait. C'était à la maison, c'était à la fumée qui sortait de la cheminée, c'était à l'air que ses ancêtres avaient respiré autour de cette bastide qui sonnait le creux par toutes ses hautes fenières où le foin était retourné en poussière depuis longtemps.

— On était vingt-cinq à la compagnie. Des fois, après l'attaque on restait six, sept, des fois trois. On en remettait toujours de nouveaux. A chaque fois, je me disais : « La prochaine, c'est à toi. » Mais non. Jamais. Le seul qui aurait pas fait faute. Le seul que personne aurait regretté. Eh bien non ! Y avait rien à faire !

Il jeta sa cigarette et l'écrasa sous sa grosse chaussure.

— Et alors, y en avait un. Lui aussi, il restait en vie.

Il m'épiait. Il m'avait pris en grippe. Un de Rosans, dans les Hautes-Alpes. Il me connaissait mieux que moi. Il avait compris la chose de moi que je cachais le plus : c'est que je manquais de mère. Lui, il en avait une. Elle lui écrivait tous les huit jours. Il me lisait ses lettres, lentement, pour que je savoure bien, en bien insistant sur les gentillesses. Et alors, celui-là, chaque fois qu'on montait à l'attaque, il me disait : « Monge ! Aujourd'hui c'est ton tour ! » Il me l'a encore dit le jour de sa mort. L'obus a éclaté de son côté. Il a tout pris. Il l'a projeté sur moi. Je le sentais en morceaux à travers sa capote. Ses nerfs le faisaient encore bouger comme un vivant. Il m'a couvert de son corps. Tu as pas idée de ce que ça peut protéger un corps. En éclats et en balles, il a encore pris de quoi mourir dix fois. Je le sentais, à mesure, se vider comme un sac. J'ai encore dans le nez l'odeur de ses tripes chaudes.

— Tais-toi ! proféra Marie à voix basse.

Il lui obéit pendant quelques secondes, puis il reprit :

— Ça a été le fond de la guerre pour moi, ce jour-là. Après, la mort est passée plus loin. On aurait dit qu'elle s'était découragée contre moi.

Il se tut. Il tourna la tête vers Marie pour la regarder au fond des yeux. Mais il lui déroba très vite son regard, comme quand on ment et qu'on ne peut supporter de dévisager la personne à laquelle on ment. Mais lui, c'était de la vérité qu'il allait exprimer qu'il avait honte.

— Je vais te dire un secret, dit-il très vite, parce qu'il faut bien que quelqu'un comprenne quelque chose à moi et puisque ça t'intéresse... Voilà : celui de Rosans, dès qu'il a été mort, et comme j'étais sûr de pas en revenir, j'ai sorti son portefeuille de sa capote et je lui ai volé quelque chose...

Il fit un mouvement et, de son propre portefeuille qu'il serrait dans la contrepoche de son veston en coutil, il tira un bout de papier couleur isabelle qu'il tendit à Marie.

— Tiens, dit-il, c'est ça que je lui ai volé. C'est une lettre de sa mère, à celui de Rosans. Peut-être qu'elle est encore en vie. Mais si elle l'aimait tant comme elle le dit, elle doit en être morte de sa mort. C'est tout ce que j'ai eu. Les autres, ils avaient des lettres de leur vraie mère, de leur bonne amie ou de leur fiancée, moi j'avais ça, rien que ça...

Marie le regarda. Il était de profil. Il contemplait la maison, les hangars, la fumée qui sortait de la cheminée, signe trompeur d'une vie qui n'existait plus.

— Et encore, dit-il d'une voix rauque, à l'époque, je pouvais croire qu'elle était morte comme tout le monde. Mais non ! Il a fallu que j'en réchappe que je revienne ici pour apprendre ça ! Pour trouver ça !

Il brandit la main vers la porte ouverte derrière laquelle on voyait les flammes de l'âtre.

— Tu comprends : je suis seul ! Tout seul ! Et je peux même pas me venger ! On l'a fait avant moi !

Il se martelait les cuisses avec ses poings fermés. Sur le bloc de pierre rugueuse, Marie se rapprocha de Séraphin. Elle lui souleva le bras et se mit à l'abri sous cette aile. Elle se saisit de sa main molle et se la moula autour d'un sein. Mais cette main resta là, inerte et froide. Il la retira bientôt sans y penser, comme s'il avait aussi bien pu l'y laisser. Il se mit debout. Il toisa de haut en bas la taille du cyprès sous lequel ils étaient assis.

— Il me semble pas possible, dit-il. Il me semble pas possible qu'on entende plus personne ici. Je...

Il s'interrompit net. Son regard reprit instantanément l'acuité qu'il avait gagnée pendant tant d'années à la guerre. Il lui parut que le bosquet de lauriers, qui séparait de la grand-route la cour de La Burlière, se froissait comme sur le passage d'un gros gibier. C'était une ondulation imperceptible comme celle d'un vent du soir et il fallait avoir été soi-même chasseur et gibier traqué pour ne pas s'y tromper.

Sans plus réfléchir, Séraphin se porta en oblique vers le bosquet, par le plus long, comme s'il faisait partie d'une patrouille. Il ne remua pas une herbe, pas une pierre. Il arriva sous les branches du bouquet d'arbres avant que Marie, sous le cyprès, ait pu faire un geste. Il écarta les feuillages. Parmi l'odeur des feuilles raides écrasées, celle d'un homme achevait de s'y évaporer. Il vit une bauge, large, confortable. Quelqu'un s'était mussé dans le chiendent, quelqu'un y avait longuement séjourné, quelqu'un l'avait écouté.

Il dévala au pas de course le talus de la route. Elle était vide d'amont en aval, sauf un camion qui amorçait le virage du canal avec un bruit de chaîne. Au loin, à la gare de Lurs, tintait la cloche qui annonçait un train, mais nulle part il n'y avait trace d'un homme.

Séraphin, à pas lents, revint vers La Burlière. Sous le cyprès, Marie et son triporteur avaient disparu. Séraphin contempla longtemps la place où elle s'était assise.

— L'amour..., murmura-t-il enfin.

Il haussa lentement ses épaules de bûcheron et rentra dans la maison alimenter son feu de meubles.

— Rose ! On m'a dit qu'on t'a vu t'arrêter pour parler au cantonnier.

— Il a un nom, dit Rose.

— Son nom, je veux pas le connaître.

— Il est d'ici depuis aussi longtemps que nous, dit Rose. Si on lui avait pas tué ses parents, il serait aussi bien que nous.

Elle déposa dans le tian de terre cuite les assiettes du dessert avec une décision qui les fit sonner. Elle regarda par la lucarne. Le jour de midi écrasait le Lauzon vide d'eau, la cascade qui tirait sur plus d'un mètre une langue de mousse couleur de craie et les truffières au flanc de Lurs qui pleuraient sous le vent chaud.

Elle revint vers la table du repas où son père pelait une pomme. La Térésa Sépulcre ramassait sur la toile cirée les miettes une par une. La sœur Marcelle comptait les morceaux de sucre qu'elle tirait de la boîte en carton pour les verser dans la boîte en fer. Les mouches vrombissaient autour des faisselles où s'égouttait le caillé.

— Rose, insista le Didon Sépulcre, que ce soit bien

entendu, je veux pas que le cantonnier te tourne autour...

— C'est pas lui c'est moi ! dit Rose. Je me demande pourquoi vous ne voulez pas que je parle à Séraphin ? Ça vous paraîtrait immoral que j'épouse un bel homme ?

— Pfft ! s'exclama aigrement la Marcelle, le Séraphin y risque pas de vouloir t'épouser !

Marcelle, c'était une longue fille qui ressemblait à son père toute en os saillants, front bombé et longue tête, chevilles de mulet. Elle montrait juste dans l'alignement des cuisses ligneuses deux fesses grosses comme le poing fermé qu'elle s'efforçait en vain de remuer avec arrogance. Son devantier aussi plat qu'un battant de porte, on ignorait encore s'il se garnirait ou pas. La bouche lui séchait d'envie à force de contempler son aînée, car à dix-huit ans, Rose regorgeait de tout ce que Marcelle n'avait pas.

— Qu'est-ce que tu en sais ? demanda Rose.

— Je l'ai vu parler à la Marie Dormeur.

— Hé ben s'il épousait celle-là ! Pauvre malheureux ! Ses enfants ressembleraient à la Clorinde ! Ça serait beau, tiens ! Non, reprit Rose avec humeur, tu as dû voir la Marie Dormeur lui parler, c'est pas pareil...

— Non je te dis ! C'est lui qui lui parlait. Et il lui en disait ! Et il lui en disait ! Je faisais d'herbe dans le verger, sous les oliviers. Je les voyais comme je te vois. C'était lui qui parlait. Même qu'il y en avait un autre qui les écoutait ! Celui-là, y croyait que personne le voyait. Y fallait le voir ! Il est arrivé en rampant presque, jusqu'aux lauriers de La Burlière. Y s'est enfoncé là-dedans comme un sanglier. Il les a écoutés jusqu'au bout ! Il était à moins de dix mètres.

Didon se cala contre la joue le quartier de pomme qu'il s'apprêtait à croquer.

— Qui ? demanda-t-il.

— Ça, dit Marcelle, je sais pas.

— Tu te fous de moi ? Tu as vu la Marie, tu as vu le... le cantonnier et tu as pas vu celui qui les écoutait ?

— Non ! dit Marcelle en le regardant effrontément.

Didon hocha la tête. Une grande inquiétude commençait à le tourmenter.

— Marie ! On t'a vu tenir conversation avec le cantonnier. Ça se fait pas ça.

— Pourquoi ?

— Parce que...

— C'est ça, dit Clorinde de sa voix de basse, il reste déjà tant d'hommes à Lurs avec cette guerre. Interdis-lui encore de voir ceux qui restent !

— Un cantonnier ! ricana Célestat.

— Et alors ? qu'est-ce que tu as à lui reprocher au Séraphin Monge ? C'est un bon petit, travailleur ! Et il est beau comme un astre !

— Non c'est pas vrai ! Il est pas beau ! cria Marie soudain. Je vous interdis de dire qu'il est beau. Qu'est-ce que vous en savez — vous — de ce qui est beau ou non ?

— Mais elle élève la voix ma parole ! s'exclama Clorinde.

— Oui je l'élève ! Parfaitement ! Il est pas beau le Séraphin Monge. Il est malheureux comme les pierres !

— Justement ! dit Célestat. Le malheur, c'est pas la peine d'aller s'y frotter. Ça s'attrape le malheur, comme la gale...

Il plongea sa cuiller dans son assiette de soupe. Mais il n'avait plus faim. Une vague inquiétude lui coupait l'appétit.

Séraphin arrivait le dimanche matin à La Burlière. Il s'enfermait à double tour. La cheminée commençait à fumer. Quand la cuisine fut vide et qu'il ne resta plus que les murs, le plafond et le sol — et les taches noires de ce sang ancien qui formaient un peu partout d'étranges dessins —, il s'attaqua aux chambres, aux réduits, aux corridors. Il brûla les armoires, le secrétaire de son père, les portes des placards.

Parfois, il vidait les cendres froides sur les dalles de la cour aux rouliers et le vent, dans la semaine, les emportait.

Il restait des heures, à croupetons devant le feu à se faire vernisser le visage ; à ringarder le foyer à coups de pincettes, à soulever les liasses des biens périssables de sa famille, qui flambaient, parfois, en d'étranges lueurs d'arc-en-ciel.

Il s'attaqua aux chaises vernies des alcôves dont le luxe des pailles vertes ne voyait jamais le soleil. Il incinéra des piles de draps aux plis coupés à force de n'avoir jamais servi ; les chemises couleur bleu charrette à décor de fleurs blanches, de son père et de son grand-père ; les cotillons de la Girarde (qu'il tint loin de lui à bout de bras) ; les sarraus de ses deux aînés morts enfants. Ces souvenirs fleuraient encore les tiges de lavande tressées en forme de flacon, qu'il rencontra sur les étagères et qu'il jeta au feu.

Un jour la fumée disparut sur La Burlière. Un jour Séraphin put se promener à pas comptés, en éveillant l'écho dans les pièces de la ferme où il ne restait plus que les murs, les dalles et les plafonds.

Avertie que la cheminée ne fumait plus, Marie Dormeur descendit voir ce qu'il en était. Elle se heurta à cette porte close où elle frappa en vain. Elle colla son oreille contre le battant. Alors, elle entendit distinctement ce pas de promenade, mais lourd, mais solennel, qui sonnait dans cette maison vidée de son âme.

Ce pas lui fit froid dans le dos. Il lui sembla — et de plus en plus à mesure qu'elle l'écoutait plus attentivement — qu'il ne pouvait appartenir à cet homme qu'on appelait Séraphin Monge et dont elle voulait partager la vie.

Séraphin apporta une échelle double qu'il dressa contre la façade. Il monta sur le toit. Il décolla une tuile. Il la jeta. Elle éclata sur les dalles de la cour aux rouliers avec un bruit d'assiette cassée. Et il recommença une fois, dix fois, cent fois. A la fin de cette journée une plaie béait sur le toit de La Burlière. Le soleil du soir, à travers les poutres nues éclairait un pan de cloison en torchis en bas, sous le grenier du sud.

L'obscurité se déchira. Les araignées affolées par la lumière s'égaillèrent en tous sens vers les trous des murs. Le poussier des foins anciens soulevé par l'air qui coulait neuf de cette trouée, scintilla très haut dans le ciel.

Dès ce soir-là, hors des fustes, se leva un grand-duc les ailes déployées et blanc comme un fantôme. Il se débattit dans le soleil quelques secondes, aveuglé, le vol pantelant, puis il dériva sur l'air comme s'il naufrageait, vers les bois de yeuses, du côté d'Augès, en poussant un cri de surprise.

Un jour vint où la charpente de La Burlière se trouva nue, solidement arc-boutée dans les murailles, révélée en plein soleil de toutes ses poutres blondes qui séchaient là depuis des siècles.

Séraphin l'attaqua au passe-partout. Le bois vieux de trois cents ans et coupé à la bonne lune se défendait. Sous les lames qui l'éraflaient, il faisait entendre un bruit de fer. Parfois, à force de chauffer, la lame claquait dans une poutre. Séraphin en usa une demi-douzaine dans cette lutte, mais il s'obstina. Il travaillait jusqu'à minuit, même dans l'obscurité des nuits sans lune, dans la seule compagnie du murmure de la Durance parmi les Iscles.

Des piétons qui passaient, entendaient ce bruit de scie limant plus qu'elle ne mordait la charpente de La Burlière.

Un jour vint où le dernier chevron, avec cette odeur de mélèze qui apportait ici toute la montagne, acheva de brûler dans la cour aux rouliers.

La Burlière devint plus impressionnante encore, sans toiture, désarmée de sa charpente, révélant le creux de ses greniers décapités, entre les flammes de ses quatre cyprès qui rutilaient sous le vent. On eût dit un cercueil vide encore mais qui attendait seulement pour se refermer qu'un corps immense y fût déposé.

Alors, Séraphin s'attaqua aux génoises. Les génoises de La Burlière, c'étaient, sous l'avancée des toits, quatre festons élégants formant une guirlande d'alvéoles destinés à l'aération des greniers à fourrage. Sous presque chaque cavité de cette ruche se mussait un nid d'hirondelles.

Au premier coup de masse qui ébranla la muraille, tout le peuple hirondelle cria d'horreur. Les oiseaux bondirent sur Séraphin. Ils fusaient à ses oreilles avec des sifflements de faux. L'un même le piqua au front. Il l'écarta sans peur et sans colère. Il abattit son second coup de masse. La mère affolée virevoltait autour de lui, l'aveuglait, l'assourdissait par ses cris stridents. Sans même broncher, il disloquait à grands coups réguliers les hourdis qui soutenaient les niches de plâtre.

— Imbécile ! Tu n'as pas honte ! Tu n'as pas honte de t'attaquer aux nids !

Séraphin leva les yeux. Rose Sépulcre était debout sur le mur, la robe mâchurée de plâtras, les poings sur les hanches. Solidement campée sur l'arête en pente, son visage, ses yeux, la peau d'abricot de ses joues, étincelaient de colère. Les hirondelles l'attaquaient aussi, dérangeaient sa coiffure, lui piquaient les chevilles.

— Qu'est-ce que tu fous là ? cria Séraphin. Descends ! Tu vas tomber !

— Je vais pas tomber ! Je vais me jeter si tu arrêtes pas !

Séraphin haussa les épaules.

— Jette-toi, qu'est-ce que tu veux...

— Assassin ! hurla Rose. Tu es le même assassin que ceux qui ont tué ton père et ta mère, tu entends ? le même !

— Non..., dit Séraphin.

— Si ! cria Rose en tapant du pied.

Son front de dix-huit ans était barré de rides d'indignation.

— Si ! Le même ! Et même pire ! Eux, ils t'ont

épargné. Toi non ! Toi tu t'attaques à des oisillons ! Des oisillons qui volent même pas. Qui ont pas encore d'ailes ! Tu es le pire des assassins !

— Séraphin ! Séraphin !

Ils se retournèrent. Marie Dormeur traversait la cour en s'embronchant dans les tas de gravats.

— Celle-là..., gronda Rose.

Tournant le dos à Séraphin elle s'élança légèrement sur l'arête inclinée de la muraille jusqu'à l'échelle où elle se laissa glisser et elle se dressa devant Marie qui empoignait déjà les premiers barreaux.

— C'est pas ta place ! dit Rose.

— Laisse-moi passer.

— Je te dis que c'est pas ta place.

Marie envoya la main. Elle s'agrippa à la ceinture de Rose et elle tira pour la lever du milieu. Rose se cramponna des deux poings à la chevelure de Marie. Elles roulèrent ensemble sur les dalles bombées de la cour. Elles se colletaient sans un mot, haletantes, maladroites, inefficaces, le souffle court à cause de la colère. Leurs cuisses robustes gigotaient nues sous les jupes qui volaient en tous sens. Rudement cognés contre les dalles de safre, leurs genoux n'étaient plus qu'une écorchure.

Séraphin descendit pour les séparer ; mais à peine atteignait-il le sol qu'il perçut un frôlement bizarre, là-haut, sur le chaînage qu'il ébranlait tout à l'heure à coups de masse. Il se précipita sur les deux filles pour les pousser rudement devant lui. Tous les trois embrassés, ils entendirent s'écraser à la place qu'ils occupaient à l'instant, un pan de génoise qui devait peser cinquante kilos. Les hirondelles envolées par nuées criaient d'épouvante. Les trois jeunes gens regardaient médusés ce tas de plâtras qui avait failli les écraser. Les deux filles ne desserraient plus les dents.

— Partez ! dit Séraphin. Y a que moi qui puisse rester ici.

Il les dirigea doucement, l'une vers sa bicyclette, l'autre vers son triporteur.

— Ecoutez bien, dit-il. Je ne me marierai jamais. Je n'aurai jamais d'enfant. Je n'aimerai jamais personne.

Rose réprima un sanglot et s'enfuit. Marie tête basse s'en alla lentement vers son engin. Elle se retourna et regarda Séraphin droit dans les yeux.

— Pour les hirondelles..., dit-elle à voix basse.

— Ça va, dit Séraphin. J'attendrai qu'elles s'envolent.

Il attendit. Mais sitôt que les nids furent vides, il remonta sur son échelle et il se mit à taper à coups redoublés de sa masse, sur les génoises d'abord et ensuite sur les énormes galets de Durance lesquels, enrobés de chaux, formaient les murailles de La Burlière.

Ça s'était dit. Maintenant, le dimanche, tout ce que Lurs et Peyruis comptaient de feignants venait se distraire, après le repas de famille, à commenter la folie de cet homme qui avait brûlé ses meubles et qui maintenant démolissait sa maison. Jusqu'ici Célestat Dormeur et Didon Sépulcre s'étaient contentés d'admonester doucement leurs filles ; à partir de là, ce fut : « Si je te vois parler avec ce *Carême Entrant,* je te partage la tête ! »

Il vint un homme, pourtant, qui ne dit rien, qui revint souvent. Il s'installait sur le chapiteau au pied de l'un des cyprès. Il restait là, le menton dans sa main, méditatif. Cet inconnu faisait partie d'un autre monde. Il était vêtu comme un monsieur. Il fumait des cigarettes qu'il tirait d'un étui d'or. Il arrivait dans une automobile rouge bardée de tuyaux étincelants qui lui faisaient comme une couronne. Quand il en descendait, il claquait la portière d'un geste blasé.

Pas plus de lui que des feignants, Séraphin ne tenait compte. Il balançait les pierres, les plâtras sur les dalles de la cour. Quand il y en avait trop, il descendait. Avec la pelle, avec les mains, il remplissait des brouettes qu'il trimbalait jusqu'à la Durance où il les déversait parmi les Iscles.

La saison avançait. Il vint des jours de pluie, des jours de vent. Il vint un jour où, depuis les Hautes-Alpes, les brebis commencèrent à déferler sur la route. C'étaient les *scabots,* par dix mille têtes. Les floches de leurs béliers traînaient sur leur laine l'odeur des éboulis du Queyras et des embruniers sous les mélèzes. Dans leur courant, des ânes aux grosses joues étaient embossés, freinés par le train nonchalant des brebis autour d'eux. Un *baïle,* en tête, réglait l'allure sur son pas de vieillard.

Cependant, en serre-file de ces masses, énervés, rongeant leur frein, ivres de crasse, amollis par les orages, les pluies et la fatigue accumulée, moisissant sous leur buffleterie usagée qui les protégeait mal des éléments, veillaient toujours une demi-douzaine de goujats d'étable à peine pubères, lesquels ne rêvaient que noises et batailles.

Ceux-là, ils avaient appris comme tout le monde, qu'à Lurs, il y avait un fou qui démolissait sa maison. C'était un morceau de choix pour se détendre un peu. Ils se retrouvaient, le fouet en bataille, au pied du mur que ce colosse détruisait à coups de masse. Ils riaient, ils crachaient entre les interstices de leurs dents mal plantées. Ils ramassaient des cailloux pour les jeter.

Une fois même, ulcérés par l'indifférence de Séraphin, quatre d'entre eux imaginèrent de lui retirer l'échelle. Ils n'eurent pas trop de leurs efforts conjugués pour la mettre bas et la déposer horizontale contre le mur.

— Attends, capon de bon soir ! Puisque tu es si bien là-haut, tu vas y rester !

Ils riaient tout leur saoul, mains aux hanches, plus arrogants et plus injurieux d'être bien à l'abri des représailles. Ils se baissaient déjà pour ramasser des pierres lorsque le plus grand d'entre eux reçut un maître coup de pied dans le train qui l'envoya valser contre un tas de décombres. Son fouet lui fut arraché. Il poussa un grognement croyant avoir affaire au baïle. Ils se retournèrent tous les quatre à la fois. La lanière de cuir ondula juste au-dessus de leur tête, à une distance et avec un sifflement qu'ils apprécièrent en connaisseurs. En même temps, ils virent de face leur agresseur et cette découverte paralysa leur courage.

— Remettez cette échelle d'aplomb, dit l'inconnu, ou je vous fais sauter un œil à coup de fouet.

Ils obtempérèrent docilement. Ce ne fut pas facile. Ils suèrent sang et eau, tremblants de n'y pas parvenir et d'encourir les foudres de l'énergumène. Quand ce fut fait, ils s'esquivèrent le dos courbé, en toute hâte, vers le scabot qui sonnaillait au loin.

Séraphin n'avait pas perdu un détail de la scène. Dès que l'échelle fut à nouveau appuyée au mur, il descendit en toute hâte, car il lui paraissait hasardeux qu'un homme seul puisse tenir tête à quatre croquants atteints du délire de la haine gratuite et si menaçants tout à l'heure.

Alors, dès que Séraphin mit pied à terre, l'inconnu qui suivait la fuite des bergers se retourna brusquement et Séraphin comprit tout de suite pourquoi les pâtres avaient cédé le terrain en désordre. C'était une *gueule cassée.* L'un de ces visages sur lesquels nul désormais n'oserait porter la main, de crainte que tous les morts de la guerre ne se lèvent à la fois devant ce sacrilège.

— Oui, dit l'homme, il y a un peintre qui fait ça maintenant : il s'appelle Juan Gris... Je pourrais lui servir de modèle.

Quand il se mettait à rire — et il riait souvent — la vision était insoutenable.

— Tu vois, reprit-il, heureusement que j'avais des fesses charnues ! Avec un morceau de l'une...

Il s'esclaffa longuement.

— Avec un morceau de l'une, on m'a refait un menton ! Et une joue ! Et j'y vois aussi, note bien... Enfin... Pour bien y voir, il faut que je me tienne un peu de profil... Non, ça va quoi... Le plus emmerdant, ce sont les cheveux. Ça... Pour me coiffer : un tiers d'un côté, un tiers de l'autre et le reste en foule ! Ah ! J'oubliais ! Il me reste aussi un nom : je m'appelle Patrice. Patrice Dupin.

— Vous êtes le fils Dupin ? dit Séraphin.

— Hélas, soupira Patrice. Effectivement, j'ai un père.

Séraphin esquissa un sourire gêné.

— Sans vous, je couchais là-haut...

— Sans toi, rectifia Patrice en appuyant sur le *toi.* Sans moi, tu risquais surtout d'être ridicule. Et *je ne veux pas* que tu sois ridicule.

Ils s'observaient. A travers la gueule cassée de l'un et la gueule d'ange de l'autre, ils virent qu'ils avaient le même âge et qu'ils avaient porté la même croix.

— Apparemment, dit Patrice, toi, tu t'en es bien tiré.

— Apparemment, dit Séraphin.

Ils allèrent s'asseoir sous le cyprès, sur le fût de la colonne qui servait de banquet. Patrice offrit son étui d'or.

— Merci, dit Séraphin, je les roule.

Il tira sa blague et son papier de riz.

— Tu y penses, toi ? demanda l'homme.

— A quoi ? dit Séraphin.

— A la guerre.

— Jamais plus, dit Séraphin.

— Ah ! oui, c'est vrai... Toi, tu as autre chose à penser...

— Vous connaissez mon histoire ?

— Comme tout le monde.

— Vous êtes le premier qui ne me demande pas pourquoi je fais ça.

— Quoi ça ?

— Ça.

Séraphin se retourna et le geste qu'il fit engloba tout le chantier derrière lui. Patrice haussa les épaules.

— Chacun a sa gueule cassée, dit-il. Toi, c'est à l'intérieur qu'ils te l'ont mise en pièces. Mais... Pourquoi tu me tutoies pas ? On vient du même endroit...

— Je peux pas, dit Séraphin. Vous êtes le fils Dupin.

— Ah ! oui. Ah ! c'est vrai ! Je suis le fils Dupin ! Qui sait ? Un jour peut-être le fils du conseiller Dupin. Le forgeron des Mées, de père en fils, depuis toujours. Seulement voilà : en 14 il a eu les fournitures pour l'armée des fers à chevaux, des gamelles, je sais moi ? Et même après, des obus ! On lui a refilé un tour puis deux ! Il a tourné autant d'obus que ce qu'il en pleuvait sur nous... Il a attrapé plus de millions que ce que j'ai de morceaux à la place de la tête ! Quand il m'a vu, il voulait les rendre ! Parole ! Seulement, il savait pas à qui !

Il éclata d'un rire qui fit un soleil noir avec le puzzle de ses traits.

— A la longue bien sûr, il s'y est fait. Tiens ! Pour me récompenser, il m'a acheté ça !

Il désigna la voiture rouge rangée au pied des lauriers et qui éclaboussait tout l'environ par l'insolence de ses chromes.

— Il faut que je remonte, dit Séraphin. J'ai que mon dimanche. Merci.

— Ah ! oui, c'est vrai. Il faut que tu remontes.

Patrice tira une nouvelle cigarette de son étui et l'alluma.

— Viens me voir, dit-il, j'ai pas d'amis... C'est là-bas.

Il fit un geste vague vers l'autre côté de la Durance.

— Vers Les Pourcelles, dit-il. Mon père s'est acheté cette maison. Ça s'appelle Pontradieu. Il croit que c'est un château. Il joue au noble. C'est marrant.

Brusquement, il tendit la main. Séraphin lui donna la sienne. Cette patte énorme, faite pour tordre et pour écraser, était molle comme l'aile d'un pigeon mort. « Il ne m'aimera jamais, se dit Patrice tristement. Pour lui, je serai toujours le fils Dupin. »

Il prit place dans son automobile. Debout au pied du cyprès, Séraphin le regarda partir puis, du même pas tranquille qu'il faisait tout, il remonta sur son échelle.

Certain soir, il reçut une autre visite. C'était un soir de peintre, un soir où tout le Lubéron noirci par un orage récent tenait là-bas les fonds de Manosque sous son aile couleur de corbeau.

Juché sur le mur maître, il venait juste d'extirper du

torchis un galet rond de Durance, une espèce d'œuf de pierre qui devait bien peser quarante kilos et qu'il s'apprêtait à précipiter dans le vide.

En se redressant, il aperçut au pied du cyprès, un moine, mains aux hanches qui l'observait. Séraphin lâcha son énorme galet que le moine regarda s'écraser sur le tas de décombres, puis de nouveau, il leva les yeux.

— Séraphin ! cria-t-il. Oh ! Séraphin. Descends un peu de ton perchoir du diable ! J'ai quelque chose à te dire !

— A moi ? cria Séraphin.

— A toi ! Parfaitement !

— Ça presse ? cria Séraphin, parce que...

Il fit un geste pour désigner le reste du jour qui ne tarderait pas à baisser.

— Oui ! cria le moine. Ça presse terriblement.

Séraphin hésita une seconde. Il considéra la bure râpée du froc. Il considéra le visage maigre, aux méplats tendus sur les os, les yeux enfoncés dans les orbites. Il descendit par pitié.

Quand il fut devant le frère, il le vit plus brillant et moins à plaindre. Vu sur le même plan, il lui parut même gras et quelque peu jovial.

— Tu ne me connais pas, dit le moine. Je suis frère Calixte. Je viens de là-haut.

Il désigna d'un mouvement du menton le sommet du plateau derrière La Burlière où le prieuré faisait une tache blanche à peine visible. Il ajouta :

— J'étais là... Bien avant ta naissance.

— Vous voulez me parler ? dit Séraphin.

— Pas moi. C'est le frère Toine, notre prieur, qui s'en va. Et avant, il a quelque chose à te dire.

— A moi ? dit Séraphin.

Frère Calixte le considéra en silence une minute.

— Tu t'appelles bien Séraphin Monge ? questionna-t-il enfin.

— Oui.

— Alors c'est bien toi. Allez ! En route. Y en a bien pour deux heures... Il fera nuit quand on arrivera.

Il marchait d'un large pas bien assis comme s'il fauchait. Séraphin suivait de sa démarche calme, le nez baissé, réfléchissant. Il avait bonne envie de renâcler, de dire non, de retourner au travail. Ce moine dont le froc lui renvoyait en battant l'air des odeurs de buis mouillé ne lui disait rien qui vaille. Il avait trop vu de sœurs de charité pour ne pas s'alarmer devant une robe quelconque.

— Et d'abord, dit-il, il s'en va loin votre prieur ?

— Du côté de Jésus, dit frère Calixte.

Il marqua une pause pour enjamber une rigole d'arrosage.

— Du moins nous l'espérons tous..., acheva-t-il doucement.

Il empoigna une touffe d'osier pour se rétablir sur l'autre berge. Les mots parvenaient hachés aux oreilles de Séraphin qui suivait.

— Quatre-vingt-quinze ans ! s'exclamait le frère. Il m'a dit : « Calixte, va me chercher le Séraphin Monge. Il faut que je décharge ma conscience... »

— Il vous a dit ça ?

— Oui. Et il avait encore, à ce moment-là, toute sa tête...

Ils traversaient les laurières du Païgran. Toute une allée, à gauche de la route, de ces arbres qui n'appartenaient à personne. Leurs feuilles en fer de lance cliquetaient dans le vent du soir. De là, ils coupèrent par l'oseraie de Pont-Bernard où les bosquets de trembles attiraient sur leur miroitement les dernières alouettes.

Le sentier de Ganagobie prenait là, après le pont romain, dans le fossé du siphon du canal. Il s'amorçait sous la trame claire des pins où la chaleur de septembre s'évaporait encore à travers l'odeur de résine.

Ce chemin montait comme un trait, biffant la colline sans un lacet où reposer le pas. Il traversait peloux et vallons, sommaire, mal tracé, fait de poudingue délité qui roulait sous les sandales du moine. C'était un sentier de pénitents. On eût dit qu'il avait été créé pour donner, à celui qui le gravissait, le sentiment de se punir.

Frère Calixte, qui marchait en tête et réglait l'allure, peinait sur ce sentier de rédemption. C'était l'instant où la forteresse des falaises qui soulevaient l'enclume du plateau se parait de cette livrée aile-de-pie qu'elle revêt aux dernières lueurs du jour — éclats d'acier bleu et noir de fumée. Le murmure des pins clairs s'était tu. Les deux hommes pénétraient sous le silence des yeuses et la nuit tombait. Le sentier dès cet instant s'organisait autour de larges marches caladées bossuées par les racines des arbres.

Ils tâtonnaient dans un tunnel de frondaisons et de rochers où le frère, malgré l'habitude, lisait son chemin en aveugle, palpant la paroi. Les concrétions calcaires crissaient sous le cal de sa main de travailleur.

Ils émergèrent au clair de lune, par le pertuis d'un éboulis où il fallait se glisser de profil.

La lune jouait dans ces parages à découper en blocs

compacts les sombres bosquets des chênes verts parmi les champs d'ivraie. Elle inventait sur ces arènes stériles, des jardins à jet d'eau, des perspectives miroitantes où scintillaient des étangs fallacieux. Faiblement, imperceptiblement — comme tous les signes qu'il faudrait capter — le mystère de ce lieu énigmatique se coulait dans le souvenir de Séraphin qui foulait le sol de ce plateau pour la première fois.

Soudain, au détour d'un long mur, l'église lui sauta au visage. Elle attendait son monde posée sur l'herbe rase, comme si elle venait de naître. Séraphin courba un peu l'échine. Il jeta un furtif regard vers la théorie des apôtres qui s'alignaient au tympan, armés de leurs livres ouverts en guise de boucliers.

Il passa vite, suivant le frère qui trottait devant lui, qui atteignait une poterne basse, qui tirait des plis de son froc une clé en dentelle de fer. Séraphin l'entendit tourner dans la serrure en un point d'orgue harmonieux.

L'enclos où ils pénétrèrent sentait la terre et le rocher fraîchement délité.

— Attention petit ! Ne va pas te foutre dans la fosse ! Parce que... sans vouloir préjuger les desseins de Notre Père... Comme frère Laurent devait partir en mission, nous l'avons creusée un peu d'avance...

Le leurre du clair de lune se bornait ici à faire scintiller un cyprès à la corne d'une nef éventrée. Il couchait sur des tertres affaissés, hérissés de chardons Notre-Dame, des croix de bois anonymes. Comme chapeaux sur têtes burlesques, posées de guingois et plus sinistres d'être comiques, des couronnes entrelacées de rameaux de buis et de chêne vert achevaient de pourrir à la potence des crucifix.

Si tous ces détails se présentaient aux yeux circonspects de Séraphin sous ces couleurs irréelles que peut-être il était seul à discerner, c'est que, pour tout ce qui allait suivre, il ne devait jamais les oublier.

Quant à la vision de ce cimetière chichement peuplé de tombes chétives, il la reçut comme un avertissement. Il allait reculer, planter là ce frère Calixte et s'enfuir honteusement.

Mais le moine, qui le surveillait comme un clergeon sournois, dut prévoir sa dérobade. Au terme d'une maigre allée de buis nains, il allait s'enfoncer sous l'orbe d'un arc de pierre tranché au ras du voussoir par le clair de lune, lorsque brusquement il fit volte-face. Il empoigna solidement Séraphin par le bras et le poussa devant lui d'une bourrade sans douceur. La nuit sonore d'une croix d'ogive reçut les paroles que le frère chuchota :

— Et si notre prieur te semble un peu délabré, dis-toi bien que — tout serviteur de Dieu qu'il soit — ce n'est qu'un homme, un pauvre homme qui s'en va...

Il leva le doigt.

— Et qui regrette..., souffla-t-il.

Au fond d'une obscurité dense et poussiéreuse, un reflet rouge tremblait sur la torsade d'une colonne. C'est de là-bas, crut Séraphin, que s'élevait comme un faible béguètement de chèvre au piquet.

— Avance ! dit frère Calixte.

Il poussait Séraphin devant lui. Il le guidait d'une main ferme. Il l'engageait dans un corridor où s'ouvraient des portes, où reparaissait, au loin, le clair de lune, descendant comme un bloc d'une voûte crevée.

— A droite ! dit frère Calixte. Et baisse la tête !

Séraphin se courba juste à temps. La poutre d'un

fronton lui frôla les cheveux. Il se redressa dans une pièce sans fenêtres, où la nuit, à peine repoussée par la clarté d'une bougie, se recomposait déjà sous le plafond en ogive. Le bruit patient et bien rythmé d'un soufflet de forge vous oppressait dès l'entrée. Il provenait de ce vieil homme, étendu sur une planche enclenchée entre deux mentonnets de pierre qui la maintenaient à un mètre du sol.

Cette planche était vieille, mal équarrie, farcie de nœuds, mais tant de prédécesseurs du vieillard y avaient dormi, recrus de fatigue, écrasés de mortifications jusqu'à l'allongement final, qu'ils l'avaient polie dans leurs affres comme l'érosion fait d'une pierre.

— C'est toi, Calixte ? Tu l'as amené ce Séraphin Monge ?

— Il est là devant vous.

— Approche que j'ai plus que le souffle.

Lorsqu'il parlait, les mots se superposaient au bruit de soufflet de forge qui ne s'interrompait jamais.

— Le souffle, il l'a encore, murmura Calixte. Mais sa tête ? Est-ce qu'il l'a encore, sa tête ? Va savoir ? Alors ce qu'il va te dire, prends-en et laisses-en.

— Avance ! répéta le mourant. Mets-toi bien en face que je te voie bien.

Séraphin s'approcha jusqu'à toucher la planche qui servait de couche.

Alors, il reçut dans les yeux le regard du grabataire qui lui parut empreint d'une terreur panique. Et il lui parut aussi qu'il essayait de se redresser, peut-être de s'enfuir... Un cri s'étrangla dans le ronflement de forge de ses poumons. Calixte s'élança pour le soutenir, pour le recoucher.

— Je vois des ailes ! gémit le prieur.

— Allons, allons, frère Toine, vous voyez bien que ce n'est qu'un pauvre pécheur...

— Je suis cantonnier, dit Séraphin.

Le mourant se ressaisissait, reprenait quelque expression, quelque vie. Il semblait qu'un poids se soulevait au-dessus de sa poitrine creuse. On n'entendait plus le soufflet de forge qu'au lointain. Frère Toine se rassérénait.

— Ah ! oui, c'est vrai, tu es cantonnier... Tu es le cantonnier de Lurs... Mais tu es bien, aussi, Séraphin Monge ? c'est toi qui démolis ta maison ?

— Oui, répondit Séraphin.

— Alors attends... C'est à toi que j'ai quelque chose à dire.

Il fouillait le visage de Séraphin, comme s'il y cherchait la solution d'une énigme. Sa tête ne vivait plus que par les yeux. Elle avait perdu ses dents, la chair de son nez. Seul le front serein avait survécu à la débâcle de la vie.

— Écoute, dit-il, écoute sans m'interrompre. Je vais te parler d'un temps où tu étais à peine. Je vais te parler de cette nuit où tu as perdu toute ta famille. Viens près de moi, viens. Mets-toi à genoux à côté de ma planche. Tu m'entendras mieux. Et moi je suis pas sûr d'arriver jusqu'au bout...

Il lui posa sur le poignet une main timide qui savait qu'elle ne serait plus jamais utile à rien ni à personne et qui était venue là, exténuée, peut-être dans l'espoir de prendre à Séraphin un peu de la force nécessaire pour remplir la mission qu'il s'était fixée.

Cette main avait déjà l'élégance et la distinction d'une main de squelette. Mais en même temps, elle était encore assez pathétique pour qu'on la prenne en pitié. Séraphin ne résista pas à l'appel suppliant qu'elle lançait dans l'espace. Il la déposa dans sa paume ouverte et il la serra doucement entre les deux siennes. Alors, il lui sembla — il lui sembla — que le moine se trouvait enfin allongé sur un lit de plume.

Il parla tout de suite, très vite. Les mots se suivaient sans intervalle, sans ponctuation, accompagnés de ce souffle de forge qui les soulignait tous.

— Je venais d'Hautecombe, dit le prieur, par la montagne. Là-haut, on était des moines gras. Mais moi je voulais être maigre. Je voulais pas mourir dans le confort. Je voulais être dans les vents coulis, dans le froid, dans les ruines...

De sa main libre, il frappa deux fois mollement sur la planche de noyer.

— Je voulais être là-dessus, dit-il. Pourtant... A peine si je savais le chemin. Je me guidais aux étoiles — quand il y en avait ! parce que : il m'a plu treize jours dessus... — Un soir, j'ai entendu couler la Durance et j'ai su que j'étais arrivé. Ce soir-là... J'étais trempé comme une soupe... Mon froc pesait au moins dix kilos... je venais juste de passer le tournant des Combes, sous Giropée. La pluie... Il ne pleuvait plus depuis un moment. La nuit allait venir. Il y a... une source à cet endroit. Tu la connais, cette source... Tu sais... Cette source à ras de terre... qui coule sans bruit, que si tu sais pas, tu y mets le pied dedans et elle est froide...

— Je sais, dit Séraphin.

— J'ai bu à cette source, j'ai fait trois pas sous les osiers un peu plus haut... J'ai cru que j'allais m'y reposer cinq minutes et qu'après je ferais ma dernière étape jusqu'ici. Seulement pardi... Y a vingt-trois ans, j'avais déjà mes septante-deux... Et alors... Je me suis endormi... Je sais pas ce qui m'a réveillé... Le clair de lune ou les voix ? En tout cas, y a quelqu'un qui disait : « Si on nous prend... » et un qui répondait : « On nous prendra pas. Tous les trois on se couvrira. » Et y en avait un autre et celui-là, je le comprenais pas bien... Il parlait de papiers... Y disait : « Il faudra qu'on les trouve, sinon, adieu pays ! » Ils tergiversaient... Ils discutaient : « On pourrait pas faire autrement ? — Eh non ! On en a assez parlé... » Voilà ce que j'ai entendu... Et il était trop tard pour me faire voir. Je ne pouvais plus bouger... Et alors, moi, j'étais dans l'ombre des osiers et d'un bouquet de frênes morts et eux, avec la source, ils étaient en pleine lumière de la lune...

— Eux ? questionna Séraphin.

— Oui. Trois hommes. Et alors... Et alors... Y en a un qui disait : « Je vous ai amenés ici parce que pour aiguiser vite y a que la pierre de ce bassin et ici personne nous entendra faire ça... Regardez comme elle est usée. Mon grand-père, il y aiguisait déjà son tranchet. — Tu crois qu'on en aura besoin ? » a dit l'un. Et l'autre a répondu : « On sait pas... Mais si on en a besoin, y vaudrait mieux qu'ils soient bien affûtés... » Et alors, ils se sont penchés tous les trois sur la margelle... Et j'ai plus vu que le mouvement de leur bras et de temps à autre, je voyais luire une lame... et des étincelles... Et j'entendais un bruit... Un bruit comme un chant d'achet. C'étaient les lames qui frottaient contre la pierre.

Il se tut. Son regard glissa vers les commissures des paupières. Il était encore aux aguets de ce bruit.

— Et alors, reprit-il, quand ils ont fini d'aiguiser — et ça a duré longtemps — ils se sont dressés tous les trois... Ils portaient des chapeaux qui laissaient la moitié de leur tête dans l'ombre et, dessus, une espèce de voile noir qu'ils avaient relevé. C'étaient des hommes... Comme toi et moi...

— D'ici ou d'ailleurs ? demanda Séraphin.

Frère Toine observa un silence de quelques secondes.

— D'ici..., finit-il par répondre. Et alors... Y en a un qui a dit : « Y faut pas arriver avant minuit. Avant, y a le risque qu'il arrive encore un fardier ou deux... On passera par le dessous du canal. On enlèvera nos souliers... On se les pendra autour du cou... » Et alors... Y sont partis. Pas par la route. Ils ont failli me passer dessus... Je les entendais foncer à travers les ronces, faire rouler les cailloux... J'étais... pétrifié...

Séraphin sentit bouger la main du vieillard dans la sienne.

— Je sais ce que tu te demandes, dit-il. Tu te demandes pourquoi je me suis pas levé tout de suite... Pourquoi je suis pas parti vers Peyruis pour donner l'alerte... Mais rends-toi compte dans quel état j'étais : Je venais de faire quatre cents kilomètres par collines avec ma besace. J'étais sale, déguenillé. Personne, surtout pas les gendarmes, ne m'aurait cru sain d'esprit... Et puis... Est-ce que j'avais bien compris ? Est-ce qu'ils préparaient vraiment un mauvais coup, ces trois ? Et puis... Oh ! j'ai essayé de les suivre ! Mais... c'était des hommes jeunes... Ils sautaient... Ils couraient. Moi j'avais septante-deux ans et quatre cents kilomètres dans les jambes. Et puis... Est-ce que je savais où ils allaient ?

— Mais..., dit Séraphin. Le lendemain ?

Frère Toine secoua longuement la tête, ce qui fit craquer ses vertèbres cervicales.

— Il n'y a pas eu de lendemain... La fièvre m'a pris comme je montais ici. Je claquais des dents. J'ai pas eu la force de frapper, de me faire entendre. Ils m'ont trouvé amoulonné contre la porte, quand ils ont ouvert, pour la corvée d'eau...

— C'est la pure vérité, dit frère Calixte, lequel jusque-là n'avait pas ouvert la bouche.

— Je suis resté quarante jours...

— Entre la vie et la mort, dit Calixte. Penchant plus souvent vers la mort que vers la vie. Mais il fallait le maintenir sur sa planche. Il voulait se lever... Il parlait de couteaux qu'on affûtait... d'assassins... Je sais moi ? Il a prononcé plus de cent fois le mot « gendarme ».

— Quarante jours ! souffla frère Toine.

— Mais vous ? demanda Séraphin tourné vers Calixte. Quand vous avez appris ?

— Nous n'avons rien appris. Enfin... Rien tout de suite. Notre porte est fermée sur le monde comme notre esprit.

— Il n'y a aucune porte, prononça le prieur d'une voix claire, que la clameur d'un crime à la fin ne traverse. Eux qui allaient en corvée de bois, qui allaient cultiver nos légumes, qui rencontraient des chasseurs, eux, ils savaient ! Mais ils me cachaient tout.

— Vous étiez si faible, dit Calixte. Vous avez mis deux ans à vous remettre. Et enfin... Frère Laurent qui vous avait veillé pendant votre délire avec tant de dévouement, il a fini par vous apprendre. Par scrupule... Parce que — dans le fond — par respect pour vous, il n'osait croire que vous n'aviez pas été maître de votre délire.

— A partir du moment où j'ai su, gémit le prieur,

comment tes parents étaient morts... Comment on avait guillotiné ces innocents... J'ai pensé à cette nuit au bord de la source et j'ai compris... J'ai compris qu'on s'était trompé de meurtriers et que c'était moi, moi seul, qui détenais la vérité... Alors... Pauvre pécheur ! J'étais souillé de la tache du monde la plus voyante : l'injustice.

— Allons..., dit Calixte qui soupira aussi. Cette tache vous ne la portiez pas seul.

— Seulement, reprit le prieur, Dieu m'a donné trop de temps. J'ai fini par comprendre que me taire, c'était le péché d'orgueil. Je dois dire ce que je sais et à toi ! Il y en avait un de ces trois qui avait... qui avait...

— Quoi ? demanda Séraphin haletant. Dites-moi quoi ?

— Aile noire..., prononça le prieur avec son dernier souffle.

La tête de Calixte était à ce moment-là avancée au-dessus de celle du prieur et ses doigts, un peu crochus, surplombaient la vieille bouche, peut-être pour la bâillonner.

Entre ses paumes trop pressantes, Séraphin sentit mourir la main du vieillard comme un oiseau dont la tête soudain s'affale parmi les plumes du jabot. Il la déposa doucement.

— Notre Seigneur, dit frère Calixte, lui a fermé la bouche juste à temps.

— Vous croyez qu'il délirait ? demanda Séraphin.

Occupé qu'il était à clore les paupières de son prieur, Calixte tarda à se tourner vers Séraphin.

— Même si Notre Seigneur venait nous visiter, dit-il, nous ne saurions pas le reconnaître... Alors... Oublie tout ce qu'il t'a dit... N'en tiens aucun compte. Il faut laisser aux anges le soin de régler leur compte aux méchants. Ils viendront n'en doute pas.

Sur ces paroles, il referma derrière Séraphin la porte du monastère. La nuit avait à peine foncé. La lune oblique donnait en pâture les jachères dorées aux têtes d'ombre des bosquets de yeuses.

Séraphin les bras ballants écoutait encore le bruit de cette porte qui venait de claquer.

— Ils sont peut-être encore en vie..., se dit-il à voix haute. Et les trois autres alors, les trois de l'Herzégovine, on les a guillotinés pour rien... Il avait raison, Burle. Ça pouvait pas s'être passé comme ça.

Il projeta d'un coup de pied un caillou dans le vide et s'engagea machinalement sous la voûte des yeuses parce que là-bas, au bout de cette allée noire, une grande échappée de montagnes lui faisait signe et qu'il en espérait quelque conseil.

— Ils pourraient être encore en vie..., se répétait-il à voix basse. Mais qui sont-ils ? Comment savoir ? Jamais... Jamais je serai assez fort, assez rusé...

Au bout de l'allée, il se laissa choir sur le socle du calvaire qui commandait l'horizon et se prit la tête entre les mains. Il lui semblait que, par-delà la mort, le prieur continuait à lui chuchoter : « Tu feras comme tu voudras. Moi, je t'ai dit tout ce que je pouvais... Mais toi, tu dois chercher... Tu dois t'efforcer... Tu ne dois pas avoir de repos... A quoi te servirait ta force ? Tu es comptable d'une injustice... »

Il se répéta deux ou trois fois ces mots qu'il était étonné d'avoir inventés tout seul :

— Tu es comptable d'une injustice... Tu es comptable d'une injustice...

— Séraphin !

Séraphin sursauta, se mit debout. L'appel de son nom roulait encore ses échos dans les bois de Lurs et la voix qui l'avait énoncé clairement le répétait encore sur le même ton impératif, sur le même ton de réprimande.

— Séraphin !

Quoique vibrante d'énergie, cette voix était basse, désolée. Séraphin comprit qu'elle jaillissait du bois, au-dessous de lui, mais il ne sut pas discerner s'il l'avait déjà entendue.

Il s'avança sans répondre et sans bruit jusqu'à l'extrême bord de la falaise. Accroché à une branche basse, il se pencha par-dessus le vide, mais il ne vit que le moutonnement des arbres.

— Séraphin ! criait la voix. Oublie tout ce qu'il t'a dit ! Tu entends Séraphin ? Oublie tout ! Si tu le crois tu es perdu ! Tu entends Séraphin ? Perdu ! Perdu ! Jamais tu seras heureux !

Séraphin s'élança dans l'allée, sous les yeuses, à la recherche d'un passage qui lui permette de rattraper ce prophète de malheur. Mais il dut contourner la falaise jusqu'à l'église, le rocher n'offrait aucune faille.

Lorsqu'il parvint à l'aplomb du calvaire, à côté du lavoir des moines, il ne trouva qu'un rond d'herbe foulé où flottait encore une légère odeur, mélange d'aromates et de tabac gris. Il n'y avait pas de traces non plus sous le tunnel des frondaisons où le sentier était trop sec pour les retenir.

Séraphin alors piqua vers la vallée, à travers ronces et viornes, fauchant les prés d'absinthes et d'orties, se lacérant aux jets des églantiers qui l'accrochaient méchamment au passage. Il dégringolait de roncier en roncier et de tronc en tronc. Il dévalait les talus, franchissait les éboulis en se recevant sur les genêts qu'il écrasait sous son poids. Il atteignit ainsi par le plus court cette source au bord de la route, à ras de terre, où le prieur s'était endormi. L'ayant mal repérée, il faillit, tant elle faisait suite à l'herbe, mettre le pied dedans. Il chercha le pertuis par où elle se déversait dans le lavoir en contrebas. La margelle en était faite d'une de ces pierres particulières, couleur d'olive mûre, qu'on utilise pour creuser les mortiers à piler l'ail. Cette margelle, sur l'un des côtés, était largement encochée d'un creux oblong en forme de croissant de lune et qui brillait comme un fer de faucille.

C'était là que tant de moissonneurs — dans le temps — étaient venus aiguiser leurs lames parce que cette pierre leur évitait de les marteler au préalable. C'était là...

Au lieu de sa grande silhouette qui se reflétait à l'envers dans l'eau limpide, Séraphin imagina jusqu'à les distinguer trois ombres penchées l'une vers l'autre, et dont les mains tremblantes dans les caprices du courant tenaient des couteaux qu'elles passaient et repassaient lentement sur l'encoche de pierre couleur d'olive mûre.

Il entendit — distinctement — ce bruit de chant d'achet dont avait parlé le prieur mourant.

Il resta là longtemps. Il s'agenouilla même pour observer l'encoche de plus près, afin de se convaincre que le moine ne l'avait pas inventée dans son délire. Il caressa de sa paume ouverte la pierre polie.

Quand il entra dans Peyruis, la lune se couchait. Il n'éprouvait aucune fatigue. Il était bandé comme un arc vers une cible qu'il ne distinguait pas encore.

Sous la pluie, sous la neige, Séraphin continua à déliter les pierres une à une, à précipiter le torchis dans la cour, à brouetter les décombres jusqu'à la Durance où maintenant ils formaient une digue entre les Iscles. Patrice, l'homme à la gueule cassée, venait toujours l'encourager aussi, par sa présence muette, malgré les intempéries. Parfois, après avoir bien observé Séraphin, il lui disait :

— Il faudra un jour que tu viennes manger à la maison avec moi. Tu verras : me voir manger aussi, c'est un spectacle. Seulement... Il faudra choisir un jour où mon père est absent.

Il regarda pensivement défiler Séraphin devant lui, poussant sa brouette débordante de gravats et dont la roue de fer grinçait à chaque tour.

— Tu ne me demandes pas pourquoi ?

Séraphin reposa les brancards.

— Ma foi..., dit-il.

— Pourquoi crois-tu qu'il m'ait demandé si tu avais les mains mâchurées ?

Séraphin écarta les bras en signe d'ignorance.

— En tout cas, dit Patrice, il a peur de toi. Ça c'est sûr.

Même le jour de Noël, malgré les objurgations du curé qui vint le visiter exprès, Séraphin poursuivit son œuvre.

Il fit beau ce jour-là, et Marie Dormeur et Rose Sépulcre profitèrent de ce que leurs parents étaient en ribote pour s'esquiver et apporter leurs offrandes à Séraphin. Marie avait touché une bicyclette neuve. Elles arrivèrent ensemble à La Burlière, toutes deux endimanchées, robe de laine et manteau à col de renard.

Dès qu'elles mirent pied à terre, roue dans roue, car l'une avait rattrapé l'autre, elles commencèrent à s'invectiver aigrement. Toutefois, soucieuses de leurs cheveux bien frisés, elles s'abstinrent de se battre.

Patrice, sur le banc, fumait son éternelle cigarette. Quand il entendit leurs pas et leurs voix, il se retourna sans crier gare.

Marie Dormeur s'immobilisa, raide d'épouvante et se couvrit la bouche avec la main pour réprimer son cri. Rose ne cilla pas, ne baissa pas le regard, passa, sourit et dit bonjour gentiment.

Patrice se leva, répondit bonjour et resta pétrifié. Pendant ce temps, la trop émotive Marie avait été distancée par sa rivale et ce fut Rose la première qui monta les degrés de l'échelle. Marie la rattrapa en courant. Elles crièrent ensemble :

— Séraphin ! Hoou Séraphin !

Il était là-haut comme un titan ; ses grandes mains brandissant la masse ; ses pieds rejetant les pierres et les gravats dans le vide. Les loirs zébraient de leurs éclairs noirs les fentes où ils étaient mussés et d'où ils jaillissaient affolés. Autour de La Burlière fumaient des poussières qui dormaient depuis toujours sur les murailles et les planchers.

Les filles ne s'en souciaient guère. Se bousculant sur l'échelle au risque de perdre l'équilibre, elles élevaient leurs offrandes vers Séraphin. L'une offrait un sachet d'olives, l'autre un paquet de choux à la crème noué d'une faveur verte.

Et Séraphin les chassait à grands coups de gueule :

— Allez-vous-en ! Vous allez vous faire écraser ! J'ai pas besoin de vous ! Foutez-moi le camp ! Allez ! Foutez le camp !

Il vociférait bien d'autres injures sans s'interrompre, la masse toujours levée et abattue au même rythme implacable. Soudain, le pan de mur dont il fouissait la base s'écroula sans avertissement devant les filles terrorisées. Enveloppées d'un lourd nuage de chaux morte qui sentait terriblement la mort-aux-rats, elles reculèrent en désordre, à tâtons, le mouchoir sur les yeux.

Elles ne revirent pas Patrice toujours debout, immobile, comme frappé de la foudre. Elles ne retrouvèrent un peu d'énergie que pour s'invectiver de nouveau, en remontant sur leurs bécanes.

Ce fut ce jour-là, précisément, à la nuit tombante, ce jour de Noël, que Séraphin put enfin contempler La Burlière réduite à son rez-de-chaussée. Le mur orbe dont elle tenait son aspect farouche, n'était plus qu'un modeste talus haut de trois mètres à peine, lequel se confondait avec la couleur de la terre.

Séraphin roula une cigarette en examinant longuement son œuvre. Une grande yeuse qui avait fait toute sa croissance à l'ombre de ces murailles maintenant abattues respirait profondément, sous le serein, de tout son feuillage joyeux que la brise agitait. Et Séraphin, à son exemple, respirait lui aussi, largement, à fond. Il avait l'impression que son cauchemar commençait à s'effacer. Il descendit de l'échelle. Il recueillit les deux paquets laissés par les filles et si joliment noués. Il les examinait sans sourire, en hochant la tête. D'un pas lourd, il se dirigea vers sa bicyclette couchée contre le talus.

Alors, il vit Patrice devant lui, immobile comme un terme et qui, chose insolite, ne fumait pas. En comblant les coutures, les effondrements et les déviations de ses traits, la nuit qui se précisait l'avait paré d'un visage d'homme.

— Vous êtes toujours là ? demanda Séraphin étonné.

— Chut ! dit Patrice. Je rêve encore... Ne me réveille pas ! Elle m'a regardé en pleine figure ! Elle n'a pas baissé les yeux. Elle m'a... Ah ! comment te dire ça ? Elle m'a... souri...

— Qui ?

— La Persane. Enfin... Celle qui ressemble à une Persane.

— Une Persane ? demanda Séraphin ébahi. Qu'est-ce que c'est, au fond, une Persane ?

— Ah ! dit Patrice, au fond je ne sais pas ! Mais... Ce doit être ça... Il désigna d'un signe de tête la trace immatérielle qu'il était seul à pouvoir discerner au loin, sur la route.

Il avait prononcé les derniers mots dans un souffle. Séraphin entendit un bruit étrange.

— Vous... pleurez ? demanda-t-il.

— Oui. Ça je peux le faire : pleurer.

— Tenez ! dit Séraphin. Elle m'a apporté des olives. Prenez-les !

Patrice renifla un rire qu'il s'efforçait de rendre ironique.

— Je les mettrai sous globe !

— Et puis tenez ! Prenez aussi les choux à la crème de l'autre !

— Mais... Et toi ?

— Moi ? Qu'est-ce que vous voulez que je fasse avec des choux à la crème ?

Il acheva d'une voix douce :

— Tout ça c'est fait pour être mangé quand on est heureux...

Il enfourcha sa bicyclette.

Longtemps, cerné par les loirs qui fusaient en tous sens à la recherche d'un autre abri, Patrice demeura immobile, savourant l'instant qui venait de passer.

Mais il n'aurait pas dû rester si longtemps à l'ombre de La Burlière car la vie qui s'égouttait de ces décombres, tantôt par un caillou qui ricochait, tantôt par le furtif éboulement d'un débris de chaux morte, se plaignait tristement par la voix des grandes yeuses bruissantes de vent.

Cette ruine lui chuchotait son exemple funèbre, les lambeaux auxquels elle était réduite.

Patrice aux aguets l'écoutait comme s'il s'agissait de sa propre histoire.

Cette nuit-là, cette nuit de Noël, Séraphin rêva de sa mère.

Sa mère vint vers lui depuis une balustrade blanche surmontée d'un berceau de fer noir qu'il ne connaissait pas. Elle marchait sans chaussures dans l'herbe. Elle était aussi jeune que lui aujourd'hui. Elle était nue. Enfin : pas tout à fait nue. Elle était affublée de fanfreluches polissonnes comme Séraphin en avait vu dans ces journaux grivois qu'on faisait circuler pendant la guerre, au Front, pour remonter le moral.

Elle s'avançait vers lui pour le couvrir de son corps. Et ce qu'il y avait de terrible c'est qu'elle avait un visage. Un visage que Séraphin n'avait jamais aperçu et dont il se disait — en même temps qu'il rêvait — que ce n'était peut-être pas celui qu'elle avait eu de son vivant.

Sa bouche s'ouvrait sur des mots de confession. Parlait-elle de sa vie ? Parlait-elle de sa mort ? Séraphin était saisi d'horreur, une appréhension insoutenable le paralysait, à l'idée que dans une minute, dès qu'elle serait assez proche, il allait capter ces paroles irréparables et qu'il ne pourrait plus les effacer de sa mémoire.

Elle s'avançait... Elle s'avançait... Toujours chuchotante. Elle avait la même démarche lente que lui, Séraphin, dans le courant des jours.

Elle venait s'allonger sur lui mais elle ne pesait rien, comme si elle avait été gonflée avec de l'air. Elle faisait un mouvement gracieux pour se libérer de son bustier. Il entendait distinctement sauter les boutons-pression. Et soudain, ses seins jaillissaient, seuls, sans corps à leur suite. Au bout de chaque aréole perlait cette goutte de lait scintillante et pétrifiée que la mort y avait figée, dans le récit de Burle. Et autour d'elle — qui n'avait toujours pas de poids — une odeur de très vieille suie froide s'évaporait. Mais en même temps, — et c'est pourquoi il n'avait pas senti son poids — elle passait, aérienne, sans regarder son fils. Elle n'ébauchait plus ce mouvement lent et voluptueux pour venir s'encastrer sur lui. Et d'ailleurs, il sembla à Séraphin que quelque chose dans ses yeux, pourtant démesurément ouverts, lui interdisait de le distinguer.

Jamais il n'avait cru possible de percevoir des odeurs dans un rêve. Pourtant quand il s'éveilla, trempé de sueur et le sexe violemment érigé, il respira encore ce remugle de suie froide qui persistait dans ses narines.

Jusqu'au matin alors, craignant de retomber dans son rêve, il lutta les poings serrés contre le sommeil.

Un beau jour, ce fut le printemps.

La Burlière présentait toujours l'image aux angles coupants d'un grand cercueil ouvert mais maintenant, on eût cru qu'elle s'enfonçait dans la terre, tant sa hauteur se réduisait à rien. Les cyprès qui veillaient autour d'elle comme des cierges paraissaient deux fois plus grands depuis qu'ainsi elle s'engloutissait.

La Durance fit une de ces crues subites qui mordent ses berges à tort et à travers, comme un serpent sur la queue duquel on marcherait. Des pluies diluviennes fondirent pendant quinze jours sur les basses neiges et sur tous les versants qui commandaient les affluents.

Quand les eaux du torrent se retirèrent, Séraphin constata avec satisfaction qu'elles avaient emporté la digue de décombres qu'il avait élevée entre les bosquets de saule. Un banc très propre de sable lisse s'étendait sur ces vestiges.

Ce qui restait de la bâtisse était devenu mou comme

un morceau de sucre imbibé et s'écroulait docilement sous les coups de pioche.

Au matin de Pâques, Séraphin rendit au soleil la cuisine de La Burlière. Par le ciel ouvert du plafond arraché, ses rayons chassèrent l'ombre du moindre recoin. Ils fouillèrent la plaque d'âtre ouvragée, le renfoncement du placard, les dalles couleur d'huile d'olive.

Il avait fait une petite ondée vers les onze heures : une pluie claire et lavante, aussitôt essorée par un coup de vent et le soleil revenu.

Alors, Séraphin appuyé sur sa pioche s'aperçut que les taches de sang qui éclaboussaient les murs — et qui jusque-là offraient la couleur du cambouis sec — soudain, elles chatoyaient. L'ombre et la clarté alternées les ravivaient.

Séraphin frissonna. Il avait tout détruit pour en arriver là : pour extirper des murailles et du sol ces traces indélébiles, lesquelles chaque nuit — chacune à sa place précise — souillaient fidèlement sa mémoire. Or voici que le caprice de la lumière les animait d'une vie nouvelle, comme ces lichens que la pluie régénère après des siècles de sécheresse. Il crut qu'elles lui faisaient signe.

Sous peine de les retrouver plus vivaces la nuit prochaine, il devait les anéantir avant la fin du jour et notamment atteindre au plus vite les plus éloquentes : celles que Mounge l'Uillaou avait imprimées autour de la boîte à sel, sous le pied-droit de la cheminée, à droite du foyer, à un peu plus d'un mètre cinquante au-dessus de l'âtre.

Séraphin attaqua cette cheminée à coups de masse et alors, tout de suite, ses narines furent envahies par une odeur de suie froide. Bientôt, il respira dans cette suie qui se détachait de la hotte au fur et à mesure que celle-ci disparaissait. Bientôt il en fut imprégné. Quand il s'essuyait le front d'un revers de main, il se la répandait sur le visage. Ce n'était pourtant pas l'odeur normale de la suie, c'était cet étrange remugle qui stagnait autour de la chair de sa mère, la nuit où il avait fait ce rêve.

Maintenant, il ne restait plus qu'une surface de deux mètres carrés environ de ce conduit tronqué par-dessus lequel on voyait briller les yeuses. Séraphin déblayait soigneusement, brouette après brouette, toutes les pierres, tous les plâtras où la suie était attachée. Encore seulement une dizaine de centimètres et il atteindrait enfin cette surface où les doigts de son père avaient imprimé leurs empreintes rouges et il les détruirait et il les réduirait en poussière et il irait les jeter à la Durance.

Il cracha dans ses mains comme tant de fois par jour, pour se donner courage. Juché sur le mur, il leva la pioche et l'abattit droit devant lui. Elle rencontra le vide et s'y enfonça jusqu'au manche. Séraphin faillit perdre l'équilibre et suivre la trajectoire de l'outil, la tête la première. En tout cas, il le lâcha, étonné. Il sauta du mur à l'intérieur de la pièce. Il toucha le fer du pic coincé entre deux galets. Il extirpa le premier. Après l'avoir délité de son torchis humide, il extirpa l'autre, délicatement. Une couche de plâtre lui apparut alors, presque neuf, en tout cas, d'une nature différente du torchis et de la chaux morte qui jointoyaient tous les murs de La Burlière. Il se saisit d'une martelette et commença de creuser ce plâtre. Au troisième coup le fer de l'outil à son tour disparut dans le vide. Les plâtras détachés résonnèrent sourdement contre un objet métallique. A mains nues, Séraphin dégagea l'arête d'une brique de chant, puis d'une autre. Ces deux briques couvraient juste l'emplacement où son père avait laissé ces traces sanglantes et Séraphin dut s'appuyer à cet endroit précis pour les extirper. Quand il se déplaça pour les jeter sur le tas de gravats, le soleil déclinant éclaira le fond d'une cache de quarante centimètres de côté et de profondeur, soigneusement appareillée. Sous les déblais entassés pendant la démolition, on distinguait les angles d'une boîte de fer.

Séraphin s'en saisit. Elle était plus lourde que les briques qu'il venait de détacher. C'était une boîte oblongue, destinée à contenir un kilo de sucre en morceaux. Sa couleur de pain cuit témoignait que, pendant longtemps, elle avait dû servir à cet usage, exposée aux fumées de l'âtre. Le couvercle en était orné d'un paysage Breton qu'on distinguait encore. C'était l'image d'un calvaire et d'une Bigouden assise sur les marches, laquelle contemplait une anse semée de brisants.

Séraphin souleva ce couvercle sans effort. La boîte était pleine à ras bord de pièces de vingt francs en or.

Ni la lenteur de sa démarche ni le temps qu'il mettait à répondre si on l'interrogeait ni l'isolement volontaire où il se confinait ni l'obstination qu'il mettait à détruire sa maison, ne pouvaient mieux révéler sa vraie nature et combien il se démarquait des autres hommes que la manière dont Séraphin traita ce pactole.

Comme il avait écarté Rose, comme il avait écarté Marie, il écarta l'or de sa route. Si les gens de Peyruis ou de Lurs avaient pu voir ce cantonnier se saisir de cette boîte, l'ouvrir, regarder — oh ! pas plus de cinq secondes et sans un seul tressaillement de joie — la chaude couleur de tant de louis chatoyants, ils en auraient eu froid dans le dos car : il referma la boîte à sucre sans toucher aux pièces et il la déposa sur le mur, à côté de lui.

Il restait deux heures de jour et il ne voulait pas les perdre. Il restait à détruire deux mètres de ce conduit de cheminée où il baignait dans l'odeur froide de cette suie qu'il avait respirée sur le fantôme bien en chair de sa mère. Il lui fallait s'en débarrasser au plus vite, ne plus voir cette paroi noire debout devant lui. A coups redoublés de sa masse et de sa pioche, il en eut raison, mais quand il acheva, quand pour la première fois, à cet endroit, il atteignit le sol, il faisait nuit noire, une nuit sans lune.

Séraphin exténué s'essuya une dernière fois le visage d'un revers de main. Il n'y avait plus de hotte, mais lui-même disparaissait sous la suie : noir, gluant, avec un visage de ramoneur et ses cheveux blonds encrassés de particules grasses. Il semblait que la cheminée l'avait chargé de perpétuer cette odeur funèbre, née dans un cauchemar et que la réalité prenait à son compte. Avec des gestes las, il récupéra la boîte en fer qu'il enfouit dans sa musette, il enfourcha sa bécane et il regagna Peyruis dans la nuit sombre.

Alors, quand le bruit des pédales et de la chaîne mal graissée se fut estompé au lointain, une furtive houle froissa le bosquet de lauriers, en bordure de la route. Quelqu'un, circonspect comme un chat, s'en extirpa, écouta s'écouler les menus cailloux et le plâtras qui s'égouttaient des ruines, puis se mit en marche. Il contourna les pans de mur encore debout et pénétra dans la cuisine par la brèche de la cheminée rasée. Il s'embroncha dans les décombres en maugréant. Il battit le briquet. Sa lueur tira de l'ombre les restants des murailles, s'immobilisa à la hauteur de la cache que Séraphin n'avait pu encore détruire. La lueur disparut. L'homme toujours maugréant fit sonner les éboulis sous son pas. Il s'éloigna dans la nuit par les sentiers de la colline.

Séraphin rentra sa bicyclette à la remise. Il se dénuda entièrement et jeta ses vêtements dans le coffre à bois. Par la porte intérieure qui donnait sur l'escalier, il monta à sa cuisine, ouvrit le robinet de la pile et, à grande eau froide, à grands coups de savon noir, il se lava des cheveux aux pieds. Quand il eut terminé, il se lava une seconde fois, avec une savonnette *Le Mikado* qu'il gardait pour les occasions et qui sentait bon. Il se rasa. Après quoi, il monta à l'étage mettre du linge propre. En redescendant, il avisa la boîte qu'il avait tripotée. Il la lava aussi, dessus, dessous, avec une éponge qu'il jeta à la poubelle. Il se moucha solidement à trois ou quatre reprises et le mouchoir, il le jeta aussi. Il se flairait avec méfiance, les mains, les aisselles. Il respira à pleins poumons. L'odeur de la suie l'avait enfin quitté.

Alors seulement il songea qu'il avait faim et soif. Il chauffa la soupe, qu'il préparait pour trois ou quatre jours. Il ouvrit une boîte de sardines et se fit cuire deux œufs. Et ce ne fut que lorsqu'il eut mangé, bu son quart de vin rouge et débarrassé la table, qu'il tira à lui la boîte de fer et qu'il la considéra longuement.

Le calvaire breton, la Bigouden et l'océan lui

parlaient de sa mère. Elle devait avoir choisi cette boîte sur la foire de Manosque ou de Forcalquier. *Elle l'avait tenue entre ses mains.* Et puisqu'il avait anéanti tous les objets qu'elle avait touchés, il devait aussi détruire celui-ci. Pourtant, la douceur du moment de la journée qu'elle évoquait le retenait de jeter cette boîte aux ordures. Il se disait que chaque jour, devant le café fumant sur la table, sa mère devait y avoir puisé le sucre des petits déjeuners, jusqu'à ce que son père la lui prenne pour la transformer en coffre-fort dérisoire et l'enfouir, pour toujours, dans cette cache, sous la cheminée.

Séraphin caressa longtemps ce sucrier de fortune, avant de le renverser ouvert sur la toile cirée.

Alors, quand il retira la boîte, quelques pages pliées en quatre qui devaient en tapisser le fond s'en échappèrent, masquant le tas des louis.

C'étaient trois feuilles de ce papier timbré solennel comme un billet de banque, avec son chiffre en noir, ses vergeures et ce profil noble en filigrane d'une justice couronnée de lauriers.

Ces feuilles étaient couvertes, à l'encre noire, d'une petite écriture sèche quoique malhabile et dont les lignes, tant elles étaient nettes, paraissaient avoir été tracées de la veille.

A quelques mots près, ces documents reproduisaient le même texte et voici ce qu'ils disaient :

Je soussigné, Célestat Dormeur, geindre à Peyruis, reconnaît avoir reçu séances tenantes et en espèces, la somme de francs mille deux cents (1 200 francs) des mains de Félicien Monge, maître roulier à Lurs. Contre ce prêt consenti de bonne foi de part et d'autre, ledit

Célestat Dormeur versera audit Félicien Monge, tous les ans, le jour de la Saint-Michel, l'intérêt fixé d'un commun accord à 23 % de la somme, soit, chaque année, deux cent soixante-seize francs. Cette somme sera remboursable dans sa totalité pour le jour de la Saint-Michel 1896, à peines de poursuites.

Fait à Lurs le jour de la Saint-Michel 1891.

Deux signatures suivaient qui figuraient aussi sur le timbre fiscal apposé en bas et à gauche.

Sauf les noms et les sommes, le texte des deux autres billets était identique.

Contre un intérêt de vingt-trois pour cent, Félicien Monge prêtait pour cinq ans la somme de mille francs à Didon Sépulcre, moulinier d'huile à Lurs et, aux mêmes conditions, il prêtait mille cinq cents francs à Gaspard Dupin forgeron aux Mées.

Mille francs, mille deux cents francs, mille cinq cents francs... Qu'est-ce que ça voulait dire, à l'époque ?

Séraphin se souvint que dans les comptes rendus par Me Bellaffaire, il était question de ventes de terres arables mises à prix à cent francs l'hectare. Cent francs en 97 ou 98... C'est-à-dire cinq parmi les pièces qui se trouvaient éparpillées sur la toile cirée. C'est-à-dire qu'avec mille francs d'alors, on pouvait se payer dix hectares de cette terre de la vallée, si fertile... C'était une somme mille francs, surtout grevée de ce fabuleux vingt-trois pour cent d'intérêt annuel. Il y avait de quoi — oui, il y avait de quoi — vouloir la mort d'un homme... La mort d'un homme et celle de sa famille... Trois inconnus... Trois hommes d'ici... C'étaient bien trois hommes d'ici que le prieur avait surpris, affûtant leurs tranchets au bord de la source Sioubert.

Séraphin reprit les reconnaissances de dette qu'il avait repoussées sur le tas de louis, pour en vérifier les dates : *remboursables le jour de la Saint-Michel 1896.*

— Le jour de la Saint-Michel 1896, j'avais dix-huit jours... Et c'est dans la nuit, veille de ce jour-là que...

Un souvenir l'éblouit comme un éclair. Il revit Patrice Dupin au pied du cyprès, Patrice Dupin lui disant :

« Pourquoi crois-tu que mon père m'ait demandé si tu avais les mains mâchurées ? »

Séraphin frappa la table d'un coup de poing retenu. Tout s'éclairait dans son esprit. Si Marie Dormeur, Rose Sépulcre et Patrice Dupin venaient tant — prétendument par amitié — lui tenir les pieds chauds, c'est que leur père les dépêchait à La Burlière pour l'espionner. Toutes ces lourdes présomptions désignaient les trois hommes.

— De tout sûr c'est eux ! exprima Séraphin à voix haute.

Machinalement et sans les compter, il remettait poignées par poignées les louis dans la boîte à sucre. A les soupeser dans sa main il comprenait que ça en faisait beaucoup, une boîte entière... Comment son père avait-il pu gagner tout ça ? Il est vrai qu'en prêtant à vingt-trois pour cent... Mais pour prêter, il fallait d'abord avoir l'argent.

Séraphin isola l'une des pièces pour l'examiner. Le visage qui s'y profilait arborait favoris et toupet haut perché. Les bajoues l'alourdissaient en forme de poire. L'orle portait en couronne cette inscription :

LOUIS-PHILIPPE Ier — ROI DES FRANÇAIS

Sous ce roi, Monge l'Uillaou, mort à trente-trois ans en 1896, ce Monge n'était même pas né. D'où tenait-il alors, ces louis qui glissaient si bien sous les doigts, qui étincelaient avec l'éclat du neuf, comme miraculeusement préservés du contact avilissant de tant de mains sales, comme si personne, en vérité, ne les avait jamais touchés ?

Quand il eut fait couler toutes les pièces dans la boîte, Séraphin se plongea encore et encore dans la lecture des trois documents, comme s'il craignait d'oublier ces noms : Gaspard Dupin, Didon Sépulcre, Célestat Dormeur.

Longtemps longtemps dans la nuit calme du village — les heures sonnaient, la fontaine coulait, parfois dérangée par un peu de vent — Séraphin remua les feuilles de papier comme neuves, timbrées d'un beau timbre bleu sans tache. A la fin, il les replia, les posa sur les louis dans l'ordre où il les avait trouvées et il referma la boîte. Il se leva et il alla ranger cette boîte sur l'étagère de l'évier, à côté de la poêle à frire.

Après quoi, il se tira un verre d'eau au robinet et il revint s'asseoir lourdement devant la table. Les avant-bras à plat sur la toile cirée, il ouvrait et fermait sans cesse ses poings énormes comme s'il étreignait une gorge imaginaire. Le dégoût, le chagrin, la fureur, lui forgeaient la tête terrible d'une antique Érinye.

Quand Séraphin sortit dans la rue, le lendemain matin, il était aussi serein et aussi lent que d'ordinaire. Il ne mit pas plus de hâte ni plus de nervosité pour accomplir son travail quotidien. Il ne frappa pas plus fort de sa masse sur les cailloux. Et le dimanche, quand il arriva à La Burlière, voyant Patrice Dupin devant lui, il lui montra son visage de tous les jours et lui sourit gentiment. Il avait eu de tout temps la poignée de main molle, de sorte que lorsque Patrice lui tendit la sienne, il n'eut pas à feindre l'effusion, puisque, d'ordinaire, il n'en montrait pas davantage.

Il fit sauter les traces de la cache à gauche du vide laissé par la cheminée. Il descella les dalles où se lisaient les traînées de sang laissées par sa mère rampant vers le berceau. Il les porta dehors. Il les réduisit en poussière à coups de masse.

C'était l'époque où les hirondelles revenaient aux nids. Elles poussaient des cris déchirants en croisant autour de la ferme détruite. Parfois, plusieurs d'entre elles s'immobilisaient les ailes battantes en un point précis du ciel comme si elles s'accrochaient à des génoises invisibles. Et leur ballet dessinait dans le vide, en pointillé, l'ébauche de cette maison qui n'existait plus. Longtemps ainsi par les soirées tièdes, elles s'obstinèrent autour du fantôme de leur nid. La plupart d'entre elles allèrent nicher ailleurs, sous les génoises des églises, contre les poutres des châteaux délabrés ou sous les tuiles du cloître de Ganagobie ; mais certaines n'en démordirent pas. Tout l'été, leurs pleurs retentirent entre la Durance et le bois de yeuses, sur le vide de La Burlière.

Il existait maintenant une brèche de dix mètres où la ferme de La Burlière était effacée jusqu'aux fondations.

Séraphin n'avait plus besoin de porter les déblais à la Durance. Il avait arraché la trappe de la cuisine oubliée lorsqu'il avait brûlé tous les meubles et toutes les portes et, par cette ouverture, il déversait au fond des écuries creusées dans le safre, tout ce qui subsistait de l'ancien relais de roulage.

Un jour, il se trouva devant un vide immense qui dessinait toujours sur le sol la forme oblongue d'un cercueil. Ce fut la seule fois où les louis trouvés dans la muraille lui servirent à quelque chose. Il se fit livrer trente tombereaux de grenaille à ballast qu'il égrena soigneusement à la fourche sur toute la surface de La Burlière.

Quand il eut éparpillé la dernière pelletée, il se redressa. Un vent de fin d'été balayait ce nouveau vide et un murmure, comme étonné, passait dans les grands arbres. Ces quatre cyprès, plus hauts depuis qu'ils étaient seuls, il semblait que leurs flammes vertes se balançaient avec nonchalance dans l'attente d'un nouveau catafalque, que bientôt on allait déposer entre leurs candélabres.

Patrice à la gueule cassée arrivait ce soir-là dans son automobile rouge et il regardait le spectacle de Saraphin debout, appuyé sur sa fourche à ballast et qui contemplait son œuvre. Que son dessein soit accompli ne lui faisait pas le visage moins sombre.

— Et alors ? demanda Patrice. Et maintenant ? Tu es plus avancé ?

— Ma foi..., grogna Séraphin.

Il roulait sa cigarette en mesurant ce vide et il s'apercevait que celui-ci n'existait que pour les passants et peut-être pour cet homme qui l'épiait en dessous : cet homme élégant qui arborait, comme un drapeau, sa face que les chirurgiens avaient rendue goguenarde pour l'éternité.

Mais pour lui, Séraphin, La Burlière était un monument indestructible. Il n'était pas suffisant de la raser pour l'effacer. Elle se dressait devant lui quoi qu'il fasse. Il marchait vers elle. Il ouvrait la porte. Il enjambait le cadre du tableau. Il retrouvait le massacre et l'odeur de suie humide qui imprégnait l'ombre de sa mère, la fois où il avait rêvé d'elle.

Raser les lieux du crime n'avait pas suffi à l'exorciser. Il fallait maintenant exterminer ses auteurs pour recouvrer la paix de l'âme, et que tout s'éteigne : souvenirs et fantômes.

Or, si Séraphin connaissait bien Didon Sépulcre et Célestat Dormeur, il n'avait jamais vu Gaspard Dupin. Cet homme-là dont le fils était si assidu à l'espionner, il fallait le rencontrer, savoir ses habitudes, examiner dans quelles conditions on pouvait l'attaquer sans risquer de se faire prendre.

Justement, Patrice disait :

— En tout cas, maintenant que tu as fini, rien ne

t'empêche plus de venir à Pontradieu. Tu verras, ajouta-t-il sur un ton indéfinissable, il y a des choses charmantes à Pontradieu...

— Oh ! mais, répondit Séraphin, ça, vous pouvez en être sûr : maintenant, de tout sûr que je vais y aller.

— Ah oui ? dit Patrice. Et si je te prenais au mot ? Et si je t'invitais dimanche en quinze ?

— Allez, dit Séraphin, pourquoi pas dimanche en quinze ?

Il regarda Patrice monter en voiture et, longtemps après son départ, il écoutait encore sans bouger le bruit du moteur décroître.

Ce fut à partir de ce jour-là qu'il se mit à rôder sur l'emplacement de La Burlière comme un chien de chasse humant le fumet d'un gibier dévoyé.

Avait-il vraiment tout effacé ? Une brique lui pesait sur l'estomac comme s'il avait mangé quelque chose de vénéneux. Que les assassins soient encore en vie ne suffisait pas à expliquer son malaise.

Il redoubla de vigilance, les yeux à l'affût, tout son subconscient tendu vers il ne savait quoi. Il passa, il repassa, dix fois aux mêmes endroits, il s'obstina de son pas lourd qui arpentait l'espace vide entre les quatre cyprès-cierges, lesquels paraissaient maintenant souffrir d'une secrète pauvreté.

Enfin, un matin, le soleil qui se levait sous un certain angle, lui livra la trace d'une ornière insolite, au large de l'aire nue, dallée de pierres rondes.

C'était un sentier sur les galets usés par les traces de cinquante générations de Monge, lequel désignait en droite ligne un dôme de verdure serrée, devant le talus planté de chênes verts.

C'était, autour d'un frêne mort depuis longtemps, un fouillis de viornes, de ronces ressemées, de vernes droites pressées comme des épis. Une puissante clématite aux tentacules épais comme des lianes enserrait le tout, étouffait tout, escaladait jusqu'aux plus hautes branches de l'arbre mort et cascadait de là-haut en arabesques infinies, comme une fontaine de feuilles.

Le sentier creusé à travers l'aire disparaissait là-dessous et ne reparaissait pas de l'autre côté.

Séraphin attaqua ce bosquet qui l'inquiétait et l'attirait à la fois. Sans chemise car le soleil tapait encore dur, la poitrine et les bras déchirés par les épines courbes comme des hameçons qui lui labouraient la peau, il travailla la journée entière pour abattre ce fouillis et le brûler sur l'aire.

Au soleil couchant enfin, il dégagea un puits dont l'ouverture approchait les quatre mètres de circonférence. C'était un puits blanc comme neige. Un berceau noué de trois rubans de fer rouillé usés jusqu'à la corde le couronnait. Au faisceau où se rejoignaient ces trois tiges recourbées en crosse d'évêque, une poulie était suspendue, rouillée elle aussi et où s'enroulait encore une chaîne qui plongeait dans un lavoir attenant, comblé de feuilles mortes.

Sur la pierre de ce lavoir, comme abandonné de la veille, délavé par la soude, Séraphin aperçut un battoir de lavandière. Il n'osa pas le saisir par le manche. Il n'osa pas poser ses doigts là où sa mère, peut-être la veille de sa mort, avait refermé les siens. Il le souleva par la palette et le laissa retomber craintivement.

Un malaise indéfinissable le tenait en alarme devant

cette découverte. Il se mit à fouiller parmi les feuilles mortes qui comblaient le lavoir. Il en retira, au bout de la chaîne, les restes d'un seau en fer galvanisé. Ce seau complétait bien l'image qu'il portait en lui car, ce battoir, cette chaîne, ce puits, Séraphin les avait déjà vus, quelque part, au cours de sa vie.

Il recula de quelques mètres pour contempler ce tableau d'ensemble qui l'angoissait. L'ornière creusée sur les dalles de l'aire rejoignait bien le puits. C'était le plus court chemin pour aller à La Burlière et on distinguait très bien la trace coupée net devant cette porte qui n'existait plus.

Quant au puits, il évoquait un objet neuf récemment déballé d'un écrin. Il paraissait blanc comme neige à cause de sa margelle taillée dans le marbre. Ce marbre, sous le soleil couchant, loin d'évoquer les grâces d'un jardin d'évêque — d'où il devait pourtant provenir — ne parlait au contraire que sépulcres et tombeaux. Il était sinistrement blanc. Lavé par les pluies, décoloré par le soleil et toujours neuf depuis tant de siècles car l'érosion n'avait pas entamé ses arêtes, il était blanc comme un linceul. Il étincelait comme un signal devant la verdure sombre des yeuses. C'était un témoin ce puits et peut-être aussi loquace que les taches de sang...

Séraphin n'hésita pas. Il leva sa masse pour l'abattre de toute sa force. Le manche cassa net au ras de la gueuse de fer qui avait tant servi. Séraphin piqua du nez contre la margelle où il dut se retenir pour ne pas plonger dans le puits. Il se redressa interloqué. L'écho du choc retentissait encore en bas, dans les profondeurs.

Séraphin considéra le manche qu'il n'avait pas

lâché. Il souffrait, dans les muscles de ses bras, de toute la force du coup qui lui avait été rendu. Le seul résultat, c'était une esquille de marbre, grosse à peine comme une coquille de moule, qui avait sauté du bloc.

Séraphin passa le doigt sur cette blessure. Il concentra son attention passionnée sur ce lavoir où les feuilles mortes des yeuses, hérissées de piquants, commençaient à se lever sous le vent du soir. Il fit lentement du regard le tour de cette margelle de luxe. Il examina, il toucha, ce berceau de fer si élégant. Ce puits ventru, d'un blanc malsain, ce puits trop riche pour cette humble Burlière, ce puits qu'il avait déjà vu — mais où ? — il semblait à Séraphin qu'il voulait lui parler.

A la nuit tombée seulement, chargé des débris de la masse et du battoir qu'il n'avait pas oublié, il se résigna à regagner Peyruis et sa paisible maison.

Cependant, dans son cerveau méthodique, la nécessité de détruire ce dernier témoin de son malheur ne s'effaça pas et le dimanche suivant, il arriva à La Burlière muni d'outils de carrier.

Alors, dès qu'il eut rangé sa bécane au pied du cyprès, il se retourna et vit Marie Dormeur. Elle était adossée contre le berceau du puits et elle regardait Séraphin avec son beau sourire.

Cela lui fit un effet prodigieux. Il oublia ses intentions et même il se débarrassa l'épaule de la musette chargée de ferraille qui sonna contre les dalles.

Marie était assise sur la large margelle, les jambes pendantes, balançant ses chaussures blanches. Sur l'espace de plus de trente mètres qui les séparait encore, Séraphin avançait avec précaution comme s'il redoutait de l'effaroucher. Pour un peu, il aurait marché sur la pointe des pieds, car une puissante convoitise l'attirait vers elle et il craignait qu'elle ne s'en avisât.

Oh ! ce n'était pas, bien sûr, la convoitise naturelle d'un garçon pour une fille. Non. C'était en pure perte qu'elle était belle, jeune et pathétique dans l'amour vain qu'elle lui portait. Tout ce que Séraphin voyait en elle, c'était la fille d'un assassin. Sur-le-champ, dès qu'il l'aperçut, l'idée germa, se développa, s'épanouit que s'il la faisait disparaître, il punirait plus sûrement le Célestat Dormeur que s'il le tuait lui-même. Il ne pourrait même pas pleurer sur le corps de sa fille. Sitôt après l'avoir précipitée, Séraphin comblerait jusqu'à la gueule ce puits de malheur. Avec soin, à l'aide de sa grande hie de cantonnier, il tasserait dessus bien soigneusement tous les déblais qu'il pourrait trouver.

— La prunelle de ses yeux..., grommela-t-il entre ses dents.

Dix mètres seulement le séparaient encore de sa proie et tous les détails de sa charmante personne se révélaient à mesure qu'il approchait. Elle se tenait d'une main au berceau de fer et, à l'index de cette main, une grosse pierre bleu tendre étincelait qui devait avoir la couleur de ses yeux. Il n'était plus qu'à quelques pas d'elle. Il distinguait ses lèvres brillantes et, sur sa main nerveuse étreignant le berceau, cette pierre où jouait le soleil et qui paraissait l'appeler, comme un miroir une alouette.

Le pas qu'il fit ensuite, il le fit les yeux fermés car il craignait de se graver au fond de la mémoire, pour toujours, le regard confiant de Marie.

Alors, l'air vacilla autour de lui en une ondulation

paisible, comme lorsque tremble la terre. Il crut entendre — il entendit — un bruissement de feuilles mortes, comme si la surface du lavoir se déchirait sur quelque tumescence insolite. Il vit se soulever sa mère sur cet air en mouvement qui ne le soutenait plus. Elle se soulevait depuis l'une de ces caisses à savon bourrées de paille qui servaient aux lavandières, autrefois, et dont Séraphin avait trouvé les débris au profond des buissons. Elle se leva. Elle lui fit face. Elle traversa Marie et elle traversa Séraphin. Il lui céda la place. Il recula en désordre. Son visage était pareil à celui qu'il lui avait vu en rêve — ce visage qui n'avait peut-être jamais été le sien —, ses traits figés portaient le masque impassible et désenchanté que Séraphin avait si souvent observé sur les morts de la guerre. Son épaule ployait sous le poids d'un seau d'eau, lequel était invisible et son bras gauche, comme pour rétablir l'équilibre, s'écartait légèrement du corps, dans la position que si souvent elle avait dû prendre sur cette ornière bien marquée et bien réelle où elle cheminait docilement, entre le puits et la maison. Et elle trottinait vers La Burlière et, à l'endroit exact où se trouvait la porte, elle en franchissait le seuil et, aussitôt qu'elle avait pénétré dans cette cuisine sans matière, elle disparaissait.

Cette hallucination avait duré le temps d'un éclair. Le temps pour Séraphin de reculer de quatre mètres, comme si Marie était un aimant aux pôles inversés. Le temps aussi de lui permettre de situer l'espace où sa mémoire avait enregistré ce puits pour la première fois. C'était dans ce rêve où il avait déjà vu sa mère. C'était là que, subjugué par l'apparition de cet être déshabillé comme dans une gravure grivoise, il avait pris ce puits pour une balustrade de terrasse et ce berceau de fer pour une tonnelle. Ce lieu d'où elle avait surgi, c'est à peine si, alors, il s'était esquissé dans son subconscient. Mais maintenant, il lui sautait à la figure. Oui, c'était bien de ce berceau, c'était bien de cette margelle de marbre blafard, c'était bien de ce lavoir — mais alors plein d'eau claire — que sa mère s'était levée pour lui tendre ces seins énormes où la dernière goutte de lait qu'elle voulait lui offrir s'était caillée.

Séraphin s'appliqua les mains sur la face en un geste brutal qui fit un bruit de gifle.

— Mon Dieu ! Qu'est-ce que tu as ? Mais qu'est-ce que tu as ?

Marie avait sauté de la margelle. Elle se suspendait des deux mains aux poignets de Séraphin sans parvenir à les ébranler.

— Va-t'en ! proféra-t-il. Va-t'en ! Vite ! Va-t'en !

Il avait fait la nuit sur son visage par ses poings bien serrés, comme si l'obscurité pouvait effacer cette vision qui venait de le cravacher. Et qu'elle l'ait atteint en plein jour, sous le soleil de onze heures du matin, dans l'allégresse d'un dimanche — la cloche de Ganagobie appelait à la messe ; un camion traînait sur la route son tintamarre de chaînes ; le train Marseille-Briançon sifflait dans la courbe de Giropée — tout cela ne la rendait pas moins hallucinante ni moins désespérée.

Marie qui lui avait obéi et se retirait, ne se décidait quand même pas à l'abandonner ainsi. Elle le regardait de tous ses yeux, qui continuait à lui faire signe de la main. Un signe qui fauchait. Un signe qui voulait tout le temps dire : « Va-t'en ! Ne reste pas là ! Fous le camp ! » Elle ne voyait que ce geste et le dos de Séraphin, car il marchait à reculons, à pas comptés, comme s'il tenait en respect quelqu'un de visible seulement pour lui.

« Il reculait devant ce puits, dira Marie soixante ans plus tard, comme devant une bête féroce. »

Quand le dimanche suivant, sa bicyclette à la main, Séraphin Monge s'engagea dans l'allée de sycomores qui conduit à Pontradieu, c'était un jour où les arbres eux-mêmes annonçaient le malheur. Leurs frondaisons, échevelées par le mistral, se hurlaient des paroles de panique.

L'allée était longue, courbe. Les éteules, les vignobles, venaient mourir au pied des platanes. Là-bas, entre les ramures charnues des fusains taillés au cordeau, scintillaient des étincelles d'eau attisées par le vent. Un sentier entre des buis très bas quittait l'allée et semblait inviter à le suivre. Séraphin équilibra sa bicyclette contre un arbre et s'avança sur ce sentier. Les fusains faisaient rideau devant lui en deux rangées serrées et quand il les eut dépassés, il découvrit sans transition la surface moutonnante d'un très grand bassin. Il évalua qu'il devait faire plus de quarante mètres de longueur sur vingt de large. Des peupliers d'Italie lui faisaient une escorte verticale qui élargissait encore la perspective du miroir d'eau.

Patrice lui avait parlé de ce réservoir. L'orgueil de Gaspard Dupin avait été, à grands frais, d'en colmater les fentes et de l'emplir de nouveau. Avant lui, tapissé de feuilles mortes, il était comme un œil crevé sous les peupliers. Il en avait fait restaurer la margelle de marbre blanc. Sur plus de cinq cents mètres, il avait déterré la canalisation en poterie, écrasée par endroits. Depuis, la fontaine coulait de nouveau. Elle barrait toute la largeur du bassin vers le nord. C'était un fronton Louis XV à lourdes coquilles. Les têtes aux traits grossiers de quatre lares déterrés par les comtes, autrefois, y étaient enchâssées. Par les tuyaux de cuivre plantés dans leurs larges bouches et qui avaient abîmé leur sourire grivois, ils vomissaient sans bruit quatre tresses d'eau grosses comme des cordes à grenier.

De longues minutes durant, Séraphin rêva devant cette surface tranquille ; sur cette margelle de marbre aussi blafarde que celle du puits à La Burlière et qui devait dater de la même époque. Il en fit lentement le tour. Elle mesurait plus de cinquante centimètres de large, ce qui permettait d'y déambuler aisément. Il sembla à Séraphin qu'il percevait, à côté de ses grosses chaussures, le pas furtif des évêques lesquels, autrefois, y promenaient leurs têtes méditatives.

Quand il reprit sa bicyclette au pied du platane, il avait les yeux pleins de ce bassin qui le subjuguait comme s'il lui faisait signe, comme s'il le conviait à user de son pouvoir. Il rêvait qu'il y noyait Gaspard Dupin.

Pendant qu'il marchait, songeant à cette solution facile, il sentit tout à coup que le vent ne soufflait plus dans les mêmes arbres. Il leva la tête. Il vit une éolienne, une pergola sous un éboulement de roses. Il vit un kiosque en forme de pagode enseveli sous la vigne vierge. Derrière de grands trembles transparents qui l'estompaient sur un fond d'aquarelle, Pontradieu se dressait devant lui.

A la fois longue et haute, souriante par quantité de persiennes vertes aux couleurs passées, la bastide était délavée par le soleil comme l'encre d'une vieille lettre. Derrière l'une de ces persiennes croisées, quelqu'un égrenait dans l'air de midi quelques notes sur un piano.

Séraphin songea d'abord qu'il s'agissait de Patrice. Mais celui-ci était debout, dans la perspective de la façade, scrutant l'horizon avec inquiétude, du haut d'un perron à marquise.

— Qu'est-ce que tu fous ? cria-t-il de loin.

Il descendait vivement les marches. Il s'avançait vers Séraphin les deux bras écartés, dans le simulacre de vouloir l'étreindre et bravement armé de son hideux sourire.

— Qu'est-ce que tu foutais ? répéta-t-il. J'ai bien cru que tu me faisais faux bond !

Il frémissait encore de cette crainte qu'il avait éprouvée et cette émotion vibrait encore dans ses doigts. Pour la première fois de sa vie, Séraphin fut tenté de serrer les phalanges de quelqu'un, au lieu d'abandonner cette chiffe molle comme une serpillière dont il faisait don à tout le monde. Mais non... Patrice Dupin était le fils de Gaspard... Il n'y avait plus de gueule cassée qui tienne. Le monde n'avait pas duré que quatre ans. La guerre n'était qu'un épisode, elle n'avait pas le pouvoir d'enterrer le passé sous elle. Au contraire : c'est d'elle, finalement, qu'il avait surgi. Non. Il n'était pas là pour se fourvoyer dans cette amitié. Patrice ne rencontra, pour répondre à son élan, que cette main réticente qui faisait l'oiseau mort dans la sienne.

— Je me suis arrêté, expliqua Séraphin, pour regarder le bassin.

— Ah ! Tu as vu s'il est beau ? C'est l'orgueil de mon père. Tous les jours il en fait le tour ! Même quand il rentre tard il faut quand même qu'il aille faire le tour de sa pièce d'eau.

— C'est un beau bassin..., dit Séraphin rêveusement.

— Allez, viens ! Ici, on mange à midi ! Ma mère est déjà à table.

Il l'entraîna dans un vestibule clair qui sentait le vin de noix et la cire d'abeille. Il le poussa par une porte vitrée vers une pièce qui baignait sous la pénombre des stores. Meubles et plantes vertes y luisaient modestement. Un peu de verrerie ostentatoire sur une grande table nappée de blanc parlait seule de quelque opulence. A cette salle, un long corridor sans porte faisait suite, au fond duquel la confidence d'un piano achevait de s'éteindre.

— Ma mère ! dit Patrice.

Séraphin vit une femme assise au bas bout de la table qui portait mitaines malgré la douceur de l'arrière-saison, mais c'était pour mieux égrener le chapelet dont elle ne se séparait pas. Elle était lisse, propre et sans âge. Sur la cinquantaine qu'on parvenait enfin à lui donner, flottait un air de jeunesse attardée, où la vie avait ricoché. Fraîche, rose comme un bonbon, le teint ravivé par un maquillage à peine esquissé, elle levait vers tout un regard chargé des félicités éternelles.

Derrière elle, camouflée sous les longues tiges des

tradescantias qui cascadaient depuis les pots accrochés au plafond, se tenait en faction une sorte de grenadier rugueux comme un tronc d'arbre et dont on devinait qu'il s'agissait d'une femme, seulement parce qu'elle portait robe. Ce personnage épiait Séraphin d'un œil extrêmement mobile et se mangeait les lèvres à force de réserve et de réprobation.

D'un petit geste impératif, la dame au chapelet tendait à Patrice une sorte de carnet accompagné d'un crayon et Patrice y inscrivait rapidement quelque chose.

— Ah ? Ouh ! C'est vous Séraphin Monge ? Alors c'est vous...

Sa voix ténue formait les mots au ras des lèvres, elle coulait comme un filet de vinaigre d'une fiole, sans timbre, parfaitement blanche. Elle tendait sa main à mitaine encombrée d'un demi-rosaire, en branlant du chef et en répétant :

— Alors c'est lui, Séraphin Monge ? Si j'avais cru... Si jamais j'avais pu croire...

Patrice entraîna Séraphin vers la fenêtre.

— Confite en dévotion et sourde comme un pot. C'est ma mère.

— Vous l'avez encore..., murmura Séraphin.

— Comment encore ? Mais elle n'a que...

Soudain, il se souvint qu'il parlait à l'orphelin de La Burlière.

— Elle ne m'a jamais entendu ni rire ni pleurer, dit-il. A dix-huit ans, elle gardait les vaches de son père, sous un noyer, là-haut, à Chauffayer, dans le Champsaur. La foudre est tombée si près d'elle qu'elle lui a crevé les deux tympans. Mon père l'a épousée sourde parce qu'elle avait des « espérances ». Seulement dame ! Les espérances, il a fallu les attendre... Les deux oncles à héritage, ils ne sont pas morts tout de suite.

Il ramenait Séraphin vers le couvert dressé pour quatre personnes ; il le faisait asseoir dans un fauteuil de reps bleu aux tons passés. La table était longue, prévue pour de nombreux convives. Au haut bout, vis-à-vis de la mère, un fauteuil plus grand, étrangement éloquent, paraissait présider alors que la nappe devant lui n'était garnie d'aucune assiette.

— Si votre père a peur de moi, dit Séraphin, je n'aurais pas dû venir.

— Qu'est-ce que tu chantes ? Il ferait beau voir : N'oublie pas que je suis son *memento mori.* De plus ! En affaires, je suis aussi fort que lui. Et alors là, pardon, ma gueule cassée fait merveille ! Un vrai porte-respect !

Séraphin hochait la tête en souriant mais il ne perdait pas de vue le fauteuil vide au bout de la table où il essayait de dresser l'effigie d'un homme qu'il ne connaissait pas et qu'il devait tuer.

— Et puis n'oublie jamais : nous avons des droits sur eux !

En cet instant le regard de Séraphin errait sur le couvert solitaire dressé en face de lui et devant lequel personne encore n'était venu s'asseoir.

Soudain, au fond du corridor où tout à l'heure mouraient les notes d'un piano, un pas décidé résonna. Quelqu'un s'avançait en faisant sonner les talons, rapidement, avec énergie. Quelqu'un surgit du corridor.

Séraphin vit apparaître une veuve de guerre. Il vit devant lui une veuve de guerre qui froissait de la soie noire autour de la souplesse de son corps. Elle était moulée de noir et de blanc de la tête aux pieds. Elle était noire et blanche comme le sol à damiers où elle évoluait. Elle avait des yeux ronds rapprochés comme ceux d'un rapace et où flottaient des reflets de sous-bois. Un emportement prodigieux quoique refréné se frayait chemin par tous les défauts de son quant-à-soi ; Séraphin reçut cette vision et cet appel en pleine figure. Il vacilla. Il comprit d'un coup — lui qui ne comprenait jamais rien — le malheur qui habitait ce corps. Personne ne lui avait appris à se lever devant une femme et il ne l'avait jamais fait. Mais devant celle-ci, il se mit instinctivement debout, renversant presque son fauteuil dans sa hâte et il ignorait si c'était pour lui rendre hommage ou pour se tenir sur ses gardes.

Patrice la cigarette en suspens guettait sur les traits de Séraphin l'effet que l'apparition lui causait.

« S'il ne l'aime pas, se dit-il, je ne pourrai plus l'aimer lui. »

— Ma sœur Charmaine, dit-il. Son mari a été tué en octobre 1918. Je ne sais pas si tu imagines ?

Le regard de Charmaine était rivé sur celui de Séraphin qui n'avait pas eu le temps de rendre le sien évasif. Elle tenait ses longues mains légèrement écartées du corps. Elle esquissait une sorte de révérence dérisoire qui ne lui tirait pas un sourire. « Oui, semblait-elle dire, voyez l'état où l'on m'a réduite... » Le noir et le blanc de sa robe se drapaient au creux de son ventre et s'épanouissaient en une corolle qui s'efforçait, dans toute cette rigueur, d'éclairer malgré elle le tour de ses seins à peine couverts.

Patrice observait Séraphin. Il s'attendait que jetant Charmaine, à peine accessible à ses rêves, dans les gencives de ce cantonnier, le passé de celui-ci et ses chimères et son idée fixe d'enfant mal sevré voleraient en éclats. Il lui avait fait cette surprise parce qu'il les aimait tous les deux et qu'il voulait — naïvement — les rendre heureux l'un par l'autre.

Le premier éblouissement passé et quand il eut réussi à soustraire son regard à celui de Charmaine pour le poser au loin sur les tradescantias, Séraphin aperçut quand même la main de la jeune femme tendue par-dessus la table et il avança la sienne, mais elle n'eut de lui que ce lamentable lambeau de chair qui ne savait pas serrer.

— Eh bien, dit-elle, asseyez-vous ! Ça m'ennuierait que vous grandissiez encore.

Elle parlait un peu du nez, avec une voix qui traînait sur les dernières syllabes.

Séraphin lui obéit lentement et baissa la tête vers son assiette.

A cet instant, la grenadière qui tout à l'heure montait la garde auprès de la sourde, lui brandissait d'autorité sous le nez une coquelle bouillante dont elle le frôlait, maladroitement semblait-il. Elle le servit de mauvais gré et, sous prétexte de pencher le plat vers lui, elle lui fit claquer aux oreilles un vilain bruit de mâchoires comme si elle voulait le mordre.

— Tiens ! remarqua Charmaine. Notre cher père n'est pas là aujourd'hui ?

— Voyons ! Tu sais bien, dit Patrice. Il est à Marseille. C'est le jour de Conchita.

— Le jour de la pintade ! persifla Charmaine. De combien crois-tu qu'elle va le plumer, cette fois ?

Patrice haussa les épaules.

— Est-ce que je sais ? En tout cas, pas moins de cinq mille francs. J'ai entendu mon père téléphoner chez

Hispano-Suiza pour demander une voiture avec chauffeur. Elle doit en avoir besoin pour sa tournée espagnole.

— Enfin..., soupira Charmaine. Tant qu'il ne la met pas enceinte, tout va bien.

— Quelqu'un, dit Patrice, pourrait bien s'en charger à sa place...

Charmaine se tourna vers Séraphin.

— Ça ne vous gêne pas, dit-elle, que nous lavions notre linge sale en famille devant vous ?

Mais Séraphin ne répondit pas. Il louchait vers le fauteuil où se tenait d'ordinaire Gaspard Dupin et n'avait d'attention que pour ce siège vide.

— Il faudra t'habituer, dit Patrice, c'est un homme qui ne parle pas.

— Ça me serait égal, prononça lentement Charmaine, si du moins il consentait à me voir.

Se sentant observé, Séraphin se retourna un peu trop vivement. Alors, il rencontra encore le regard de Charmaine. Au large des algues vertes qui flottaient dans ses prunelles et composaient la couleur de ses yeux, il vit clignoter une lueur d'étonnement alarmé. Il sentit que les sens divinatoires de la jeune femme tâtonnaient autour de son secret, le flairaient. Il se recroquevilla sur lui-même, offrant le moins de prise possible et se contraignit à soutenir l'attention de son hôtesse en lui dédiant son plus placide sourire.

— Ce fauteuil que vous semblez admirer, dit Charmaine doucement, c'est du vrai Louis XV, ne vous déplaise...

Elle avala lentement une bouchée et reprit :

— Nous en avons un autre... Moins passé... Il est

dans ma chambre. Je vous le montrerai tout à l'heure, pour peu que vous en manifestiez le désir...

Quand, surgissant du corridor, elle avait vu se lever Séraphin devant elle, elle s'était dit un peu légèrement : « Celui-là, il me le faut. » Mais quand elle avait tenu dans la sienne cette main serpillière qu'il offrait à tout un chacun, le découragement s'était emparé d'elle et tout son élan s'était brisé.

Depuis quelques instants cependant, elle prenait lentement conscience que ce cantonnier prodigieux par sa taille et par sa bêtise — puisqu'elle ne lui produisait aucun effet — n'était peut-être pas aussi limpide qu'il y paraissait.

Elle remarquait ses mains, jamais ouvertes, les poings faits, comme toujours prêts à frapper. Ses mains d'où dépassaient, dérisoires, la fourchette d'argent et le couteau à manche de corne.

« Il lui suffirait, se disait-elle, d'un tout petit accès de colère pour les réduire en miettes par inadvertance, les rejeter sur la table à l'état de copeaux. Et son sourire niais, dont il ne se départ jamais, n'atteint pas son regard, ne le trouble pas, ne l'émeut pas. Et d'ailleurs, ce regard, tout à l'heure rencontrant le mien, il ne m'a rien promis. Il n'a réussi qu'une seule chose : me glacer et pourtant... »

Lentement, lentement, devant cette table où il mangeait posément de toutes petites bouchées, Charmaine prenait la dimension de son vis-à-vis et il lui paraissait que jusqu'à cette étiquette de « cantonnier » dont il était affublé, contribuait à le dissimuler davantage, à le camoufler, comme ces insectes dont les couleurs docilement s'adaptent à celles du milieu traversé.

Une excitation délicieuse s'empara d'elle en présence de ce mystère, lequel était pour elle inséparable de l'amour. Mais elle ne laissa pas voir à Séraphin cet intérêt nouveau qu'il suscitait. Au contraire, elle garda l'air désenchanté, parut se désintéresser de lui et ne lui accorder plus qu'une politesse distraite, comme à l'ami de son frère.

— Oui..., soupira Patrice. Il nous donne beaucoup de souci notre père. Figure-toi qu'il s'est entiché d'une diva marseillaise qui a la folie des grandeurs. Trois fois, elle a loué l'Alcazar, trois fois il y a eu cinquante personnes. Mon père a tout payé. Le pire c'est que ça s'est su. Et la diva, maintenant, elle trouve toutes les portes ouvertes. Tu comprends : elle a du *crédit*.

Il déplaça tous les morceaux de son visage en puzzle pour ingurgiter une bouchée de râble de lièvre. Et quand il eut repris l'aspect goguenard qui lui était habituel, il ajouta :

— Il va proprement nous mettre sur la paille à la longue...

— Et elle a des fesses en goutte d'huile..., gémit Charmaine. Il traîne notre nom dans le ridicule.

— Et il n'a plus la tête aux affaires..., insista Patrice.

— Il devient un danger public pour la famille, renchérit Charmaine.

Patrice se tourna vers sa mère. Elle s'expliquait par gestes avec la grenadière qui épiait Séraphin.

— Il est vrai, grommela-t-il qu'avec celle-là, il n'a pas dû rire toutes les nuits... Ah ! il l'a eu son sac d'or... Mais à quel prix...

— Il a dû attendre... longtemps ? demanda Séraphin.

— Longtemps... Enfin au moins cinq ans... Les deux oncles sont morts vers 1900... J'avais quatre ans...

— Et moi un, dit Charmaine.

— Ça fait longtemps..., dit Séraphin.

Patrice se leva brusquement.

— Allez viens ! On va fumer une cigarette dans mon atelier.

Il entraîna Séraphin vers un escalier de bois ciré. Il ouvrit une porte sur l'air confiné d'une pièce qui sentait la térébenthine.

— Assieds-toi où tu peux ! dit-il.

Il n'y avait là que des divans défoncés et une commode ventrue qui supportait une énorme tête de marbre, pourvue d'un beau nez, d'un menton délicat, d'un front rêveur souligné par un nœud de lauriers. Ses yeux étaient blancs comme ceux d'un aveugle de naissance. Séraphin passa la main sur ce marbre. Autour de lui s'éparpillait une profusion de toiles ; les unes, tournées contre la cloison ; les autres, accrochées au mur, de guingois. Toutes celles qui étaient visibles représentaient de belles têtes de femmes ou d'hommes.

Le chevalet aussi supportait une toile, mais à l'envers. Un mot était inscrit au crayon fuchsine sur le châssis, un seul mot : *Attente.*

Patrice retourna prestement le tableau, tandis que Séraphin, assis, roulait une cigarette avec application. Quand il leva les yeux, il vit de trois quarts, allongée avec abandon et la tête penchée, une femme qui paraissait dormir. Biffée en travers d'un trait imaginaire qui la tranchait en deux triangles, la moitié de son corps blanc était dans le noir, la moitié de son corps noir était dans le blanc. La toile était noire et blanche, rehaussée d'un reflet de soufre rose où s'estompait l'esquisse d'une fête paysanne en plein désordre.

— Tu ne crois pas, dit Patrice doucement et il vint s'asseoir à côté de Séraphin. Tu ne crois pas que c'est un péché toute cette superbe chair sans objet ?

— C'est votre sœur ? demanda Séraphin.

— Si tu veux, dit Patrice. C'est à partir d'elle, c'est un ensemble. J'avais pensé faire une longue théorie de veuves de guerre, allant visiter les tombeaux. Ça s'est réduit à ça, avec cette fête derrière.

Mais il s'aperçut que Séraphin ne l'écoutait plus et que son regard ne quittait pas le mur à côté de la croisée où une toile était suspendue de travers. Il demeurait les mains immobiles dans le dernier geste de rouler sa cigarette qu'il n'achevait pas. Il se levait. Il allait se planter devant le tableau. C'était la tête d'un homme posée coupée sur un plateau couleur de vieil or. On l'avait peinte minutieusement vraie afin que nul ne l'aimât.

C'était la tête d'un homme commun, au regard bas, au menton lourd. Ses traits modelés sur une ossature grossièrement équarrie tiraient de ce défaut un aspect de mâle énergie. Il en émanait une volonté de tribun de foire ou de maquignon.

— C'est mon père, dit Patrice. Tu ne trouves pas que je lui ressemble ?

Il s'esclaffa en un rire qui lui mouilla ses fausses lèvres.

Voir de face, de si près, l'un des trois assassins de sa mère fit un effet prodigieux sur Séraphin. Il était rivé à cette trogne enluminée par les vives couleurs du bien-vivre et il s'efforçait de le recréer jeune, vingt-cinq ans auparavant, dans la cuisine de La Burlière, famélique, peut-être, à cette époque, à force de maigreur.

Par la porte ouverte derrière eux, Charmaine était

entrée et elle considérait Séraphin de dos, planté devant le portrait de son père. Elle voyait aussi la toile blanche et noire, sur brouillards de soufre rose, qui était son corps imaginaire, mais rendu plus réel et plus éloquent par cette ombre et cette lumière qui le sectionnaient en deux longs triangles. A cette évocation mélancolique et dont Patrice avait su saisir toute la voluptueuse ambiguïté, ce paysan du Danube — Ah ! il n'avait pas besoin de le dire qu'il était cantonnier ! Il le montrait assez ! — lui, il préférait contempler la tête satisfaite de son jouisseur de père qui bâfrait dans la richesse avec une boulimie d'ancien affamé.

A l'égal du modèle qu'elle méprisait, elle crut pouvoir mépriser Séraphin. Mais, à cet instant, celui-ci se retourna d'un bloc et de nouveau leurs regards se croisèrent et avant qu'il ne lui dérobe le sien, elle y rencontra la même lueur que tout à l'heure quand il épiait le fauteuil vide. Aussitôt d'ailleurs, le sourire placide recouvrit cet éclair. Mais Charmaine était sur le qui-vive et un malaise inexplicable gâchait le désir qu'elle éprouvait pour cet athlète.

Le soir vint. Séraphin qui n'avait pas de lanterne à sa bicyclette, dit qu'il lui fallait rentrer.

— Je l'accompagne, dit Charmaine, jusqu'au portail.

Patrice serra entre ses mains la patte molle de Séraphin.

— Reviens quand tu veux, dit-il, ça me fait du bien de te voir. Je n'ai pas d'amis. Je ne veux pas en avoir. Tu comprends... les voir arriver... m'annoncer leur mariage... me dire... « On t'aurait bien invité, mais tu comprends... »

Il fit entendre son rire qui sonnait toujours faux.

— Bien sûr que je comprends ! Ma gueule ! En ces jours de liesse ! Alors non ! Pas d'amis ! avec toi, au moins, je sais que je ne risque rien de ce côté !

— Non, dit Séraphin, avec moi, vous ne risquez rien.

Dans l'escalier qu'ils redescendaient ensemble, Charmaine les précédant, Patrice retint Séraphin par le bras.

— A propos... Cette fille, tu sais, que j'ai vue... un dimanche à La Burlière...

— Laquelle ?

— Tu sais bien ! — Patrice avait la tête basse comme pour avouer une faute. Celle qui m'a dit bonjour... Celle qui m'a souri. Celle que j'ai appelée la Persane...

— Ah ! oui, dit Séraphin. C'est la Rose Sépulcre.

— Tu la vois toujours ?

— Je la rencontre parfois..., dit Séraphin qui n'oubliait pas qu'elle était la fille d'un autre meurtrier.

— Si jamais tu la vois, tu lui diras...

Patrice s'arrêta net. Ils arrivaient au bas de l'escalier. Un miroir à trumeau les reflétait tous les deux. Patrice s'esclaffa.

— Tu lui diras rien du tout ! s'exclama-t-il. Rien du tout ! Que pourrais-tu bien lui dire ?

Séraphin lui tourna brusquement le dos pour aller récupérer sa bécane au pied d'un arbre. Charmaine l'attendait et se mit en marche à ses côtés. Patrice les regardait s'éloigner. Il aurait voulu les peindre tous les deux, cheminant dans la perspective de cette allée, l'un dans sa défroque de velours et de chemise bleue à fleurettes blanches, l'autre dans son domino noir et blanc, leurs pas si bien accordés, leur silence timide, si parfaitement éloquent. Et pourtant, au bout de cette avenue, ils allaient se séparer. Séraphin tendrait sa main molle à Charmaine et Charmaine reviendrait la tête basse. Et ils auraient l'un et l'autre fait un pas de plus vers la vieillesse.

Le soir était long à se dessiner, à s'installer sur la terre. Il devait y avoir eu de gros orages sur les hautes vallées, entre l'Ubaye et la Clarée car les nuages à tête rose fusaient hors des montagnes comme un bouquet trop longtemps contenu. On entendait parler la Durance sous le mistral comme lorsqu'elle commence à grossir.

— Il y a donc une Rose Sépulcre dans votre vie ? demanda Charmaine.

— Non, dit Séraphin, dans ma vie il n'y a personne.

Quand ils arrivèrent vers les fusains qui masquaient la pièce d'eau, elle le précéda vers le fronton aux masques grimaçants.

Elle se baissa pour boire au canon et il détourna les yeux car il supportait mal de la regarder dans cette posture.

Elle se redressa et s'essuya la bouche d'un revers de bras.

— Combien de temps encore, dit-elle, allez-vous ne pas me voir ?

— Mais..., dit Séraphin interdit, je suis cantonnier...

— Et alors ? Ça veut dire quoi ça ? Un prétexte pour ne pas vivre ? Vous les cherchez, on dirait ?

Elle plongea rapidement la main dans son décolleté pour en retirer un mouchoir de dentelle qu'elle déplia. Une clé brillante reposait sur cet écrin.

— Prenez-la ! commanda Charmaine. Au bout de la pergola, entre le garage et le jardin d'hiver, il y a un perron et une porte étroite. Vous l'ouvrirez avec cette clé. Elle donne sur le grand corridor. Ma chambre...

C'est la première porte à droite. Je laisserai le battant entrebâillé et la veilleuse allumée. Je vous attendrai, dit-elle, aussi longtemps qu'il faudra.

Séraphin regardait fixement cette clé et cette corbeille de chair qui se soulevait hors du décolleté.

— Eh bien ! s'exclama Charmaine impatientée. Qu'attendez-vous ?

Elle lui tourna le dos pour s'accroupir au bord du bassin dans la même attitude à la fois soumise et provocante que lorsqu'elle buvait tout à l'heure au mascaron de la fontaine. Elle contempla dans ce miroir le couple qu'ils formaient. Mais, bien qu'il soit présent, avec sa chevelure épaisse, ses larges oreilles, ses pommettes relevées et ses joues de souffleur de flûte, elle eut l'impression qu'elle était seule dans le reflet.

— Venez, dit-elle, qui nous empêche d'être nostalgiques ? Mirons-nous dans cette eau... Ne savez-vous pas que si dans trente ans d'ici nous pouvons encore nous y voir, nous aurons tous les regrets du monde ?

— Je sais, dit Séraphin dans un souffle.

Il avança sa main molle vers la clé qui pendait au bout des doigts de Charmaine et qu'elle ne lui tendait plus. Il s'en empara doucement. Il lui tourna le dos. Il s'en alla.

Il rentra à la nuit dans Peyruis. Au loin cornait la basse d'un trombone de bal et la voix de femme d'un aigre accordéon. Des lumières rapides couraient sur tous les chemins, volant vers les plaisirs.

Séraphin avançait dans la rue déserte où les chèvres béguétaient derrière les portes délabrées des étables. Il traînait les pieds comme s'il portait une lourde charge.

Le malheur de ne pouvoir vivre comme tout le monde l'écrasait.

Il poussa sa porte. Comme tous ici, il la laissait ouverte quand il s'en allait. Dès qu'il pénétra dans la cuisine, il comprit que quelqu'un y avait séjourné.

Tous les soirs, en rentrant, comme s'il craignait d'oublier, il ouvrait la boîte à sucre. Il en tirait les trois feuilles de papier timbré et il relisait avidement les trois noms : Gaspard Dupin, Didon Sépulcre, Célestat Dormeur. Et il les repliait, toujours dans le même ordre. L'ordre dans lequel il les avait trouvés. L'ordre dans lequel il avait décidé de les supprimer.

Or, ce soir-là, il s'aperçut que les billets étaient dans un ordre différent. Gaspard Dupin était dessous, Didon Sépulcre dessus et Célestat Dormeur au milieu... Quelqu'un était venu. Quelqu'un avait pris connaissance de ces papiers... Séraphin secoua un peu les louis dans la boîte, qui firent entendre leur bruit onctueux. Non. Apparemment, à estimer le poids et le volume, ils y étaient tous. Et d'ailleurs, si quelqu'un était venu pour les prendre, il les aurait tous emportés.

Séraphin se redressa, serrant la boîte dans ses deux mains. Il flairait la présence de quelqu'un *que les louis non plus n'intéressaient pas ;* quelqu'un qui s'était promené lentement et sans crainte à travers l'espace de la cuisine, de la souillarde et de la chambre attenante. Il la flairait et pourtant, aucune odeur n'en était demeurée. Cette présence, d'ailleurs, resta là toute la nuit. Immatérielle, épaisse et lourde, elle comblait l'alcôve et la cuisine de son souvenir.

Séraphin avait oublié Charmaine et le bonheur. Il était aux aguets de son rêve affreux qui viendrait le punir pour avoir voulu s'écarter du droit chemin. Mais il guetta en vain. Il ne fut pas visité. Sa conscience demeura silencieuse comme les rues de Peyruis sous le rouet de la fontaine.

Il eut l'impression toute la nuit que quelqu'un s'était installé à son chevet pour veiller sur son repos.

Quand Gaspard Dupin rentra chez lui ce soir-là, bien après le départ de Séraphin, dans le sillage de son Hudson-Terraplane, silencieuse comme un paquebot, se traînait sur quatre roues à bandages une camionnette qui n'avait plus que le souffle. Derrière ses ridelles brimbalantes quatre énormes chiens aux yeux rouges épiaient l'environ sans répit, la langue pendante.

Gaspard alla immobiliser sa voiture tous phares éclairés devant le paddock. Il avait acheté Pontradieu pour trois raisons : le bassin d'abord qui lui donnait l'impression de porter des manchettes de dentelle ; la gloriette, à cause de sa rose des vents, et le paddock. Ce mot fabuleux de paddock s'était développé dans sa mémoire au point d'y créer tout entière une Angleterre de rêve. Toute son enfance il l'avait entendu prononcer par son père qui venait ici ferrer les chevaux des « Messieurs ».

Ces « Messieurs » qu'on n'appelait plus les comtes depuis longtemps, ils n'avaient eu pour toute descendance finale, après dix siècles prolifiques, qu'un seul fils qui s'était fait tuer en 14 au sortir de Saint-Cyr —

casoar et gants blancs. Ses parents aux mains vides étaient morts peu à peu, de chagrin, d'inutilité, au cours de cette interminable guerre où les Gaspard gagnaient tant d'argent.

Celui-ci, de Gaspard, avait enlevé le *Bien* pour une bouchée de pain après quatre enchères désertes.

Ce soir-là, il sortit avec quelque effort de sa voiture. Le temps était passé où il était maigre. Devant les phares, à travers le haut grillage, brillaient au fond du paddock les mangeoires de cuivre de quatre stalles vides. Gaspard vit avec plaisir que, suivant ses ordres, on avait répandu de la paille dans les boxes.

— Ce sera parfait, dit-il en se frottant les mains.

Il mit solennellement pied à terre. La solennité lui était venue avec l'embonpoint et l'ambition politique. D'ailleurs, depuis qu'il en était le maître, il ne rentrait jamais à Pontradieu sans se donner l'impression de fouler aux pieds une bête vaincue.

Il se détourna et fit un signe. La camionnette vint se ranger devant lui. Il en descendit un homme tout en torse qui se dandinait sur ses courtes jambes. Gras et mou, il se courbait devant Gaspard presque ventre à terre, qu'il avait fort gros.

— Vous les mettrez là-dedans, dit Gaspard en désignant le paddock.

— C'est solide ? demanda le nabot.

— On y parquait des étalons dans le temps.

— Bon.

Il déroula de sa ceinture quatre longes de cuir et il escalada le plateau du véhicule où il disparut parmi le grouillement des quatre bêtes impatientes.

Il abaissa la ridelle et sauta à terre, tenant les quatre longes dans une seule main.

Gaspard avait tiré le verrou extérieur qui commandait la porte du paddock et en rabattait le vantail qui criait de tous ses gonds rouillés. A ce bruit qui les excitait, les bêtes poussaient des feulements sinistres, énervés. Elles avançaient en flairant le sol, tirant sur leurs longes tendues. Le nabot entra avec elles dans l'enclos pour les libérer des longes. Il ressortit en bloquant énergiquement le verrou.

— Et rappelez-vous bien surtout ! dit-il. Donnez-leur à manger vous-même tous les soirs ! Parce que sans ça... *même vous,* elles ne vous reconnaîtront plus !

Il avait la main tendue et ouverte, la casquette ôtée avec déférence.

Gaspard compta des billets hors de son portefeuille et les fit claquer sur la paume du nabot. Il ne lui dit pas bonsoir, se contentant d'un simple signe de tête. L'homme remonta sur son siège et relança le moteur. Gaspard resta seul devant sa voiture dont il éteignit les phares.

La lumière du perron était allumée et Patrice, attiré par ce remue-ménage, attendait son père en haut des marches.

Gaspard avançait tête basse, préoccupé, jetant de temps à autre sur les coins sombres de la pergola des coups d'œil à la dérobée. Patrice ne lui avait jamais connu que cette allure circonspecte, aux aguets, toujours sur le qui-vive, cette allure soit de chasseur, soit d'animal traqué.

Il le regardait venir d'un œil critique, sans indulgence. Son père avait beau porter monocle, leggins, chapeau et culotte de peau, la voix du forgeron, obligé de crier pour se faire entendre dans le vacarme de l'atelier, trahissait toujours ses origines. Et il avait les mains mal ébarbées d'un vilain cal à rebrousse-peau.

— Vous cherchez le malheur..., lui dit-il quand il fut à sa portée. Ces animaux sont aussi dangereux que des fusils chargés. Ils peuvent tirer sur n'importe qui...

— Justement ! Je veux qu'ils soient dangereux et que ça se sache !

Il sortit un cigare de son étui et l'alluma.

— Y a longtemps que j'y pensais, dit-il. Y a longtemps que j'en avais envie. C'est le père de Conchita qui en fait l'élevage. Je les ai connus au berceau. Ils m'obéissent au doigt et à l'œil !

Il était aux anges.

— Tu les entends ? Ce sont des dobermans d'Amérique. Ils n'aboient pas, ils feulent ! Ces chiens-là, c'est capable de tuer un homme dans le plus grand silence.

— Tuer ! prononça Patrice avec mépris. Est-ce que vous savez seulement ce que c'est que tuer ?

Gaspard ôta son cigare de ses lèvres, ouvrit la bouche et se retourna comme si on l'avait piqué. A cet instant, la gueule cassée de Patrice lui apparut en pleine lumière et il se tut. Le cauchemar que cette tête résumait si parfaitement avait toujours le don de lui imposer silence.

Mais rapidement ses pensées prirent un autre tour. Il jeta un regard en dessous aux marches du perron qu'il venait de gravir. Il scruta la pénombre du vestibule derrière lui dont Patrice avait laissé la porte battante. Il leva les yeux vers la cime des arbres d'où la lune allait surgir. Son attention se concentra sur la girouette qui grinçait, indécise, comme un avertissement.

— Il est venu..., souffla-t-il.

— Qui ? demanda Patrice.

— Le cantonnier.

— Oui. Si c'est de Séraphin Monge que vous voulez parler, c'est exact. Il est venu. Je l'ai invité à déjeuner. Je l'ai présenté à Charmaine...

— Je le flaire..., dit Gaspard.

— Mais... Vous ne l'avez jamais vu ?

Gaspard jeta sur son fils un regard sournois.

— Je n'ai pas besoin de le voir, dit-il, je sens où il est passé...

— Comment pouvez-vous en vouloir autant à quelqu'un que vous ne connaissez pas ?

Gaspard ôta son monocle fantaisie qui lui fatiguait l'œil et le glissa dans son gousset.

— Il donne... le mauvais exemple.

— Ah ! parce que vous, vous croyez donner le bon ?

— Ah, c'est pour ça que tu m'en veux ?

Patrice haussa les épaules.

— Je n'en veux plus à personne. Non. Je vous observe. Vous m'amusez !

— Je me demande ce que tu as à me reprocher ?

— De ne pas souffrir.

— Qu'est-ce que tu en sais? Chacun souffre de ce qu'il peut et comme il peut.

Il s'accouda à la balustrade, tournant le dos à son fils.

— On croit que les hommes sont toujours pareils, dit-il à voix basse. On nous juge sur ce que nous avons été. Et pourtant, on change tellement.

Il fit face à Patrice brusquement.

— Il a fini ton cantonnier de démolir sa maison ?

— De fond en comble. Il ne reste plus qu'à semer du

sel dessus, et je crois qu'il le fera. C'est un malheureux. Vous devriez avoir pitié de lui.

— Les malheureux, dit Gaspard, d'un ton pénétré, le Bon Dieu les a pas tous faits...

Il regardait avec inquiétude du côté du paddock où les quatre dobermans feulaient plaintivement.

— Je crois, dit-il, que ce soir, je ne ferai pas mon tour... Mais, ajouta-t-il comme si quelqu'un l'avait mis au défi, demain je recommencerai !

Il entendit derrière lui une sorte de sifflement. C'était la grenadière qui avait de l'asthme et manifestait ainsi sa présence. Plaquée raide contre le mur du vestibule comme une horloge de campagne, cette pauvre femme attendait son maître pour lui déverser son rapport sur cette journée si chargée.

— Allez vite la retrouver, dit Patrice, sinon, elle va s'étouffer dans son venin.

— Elle m'aime, dit Gaspard avec satisfaction. Elle se jetterait au feu pour moi.

— Oui, dit Patrice, et surtout elle y jetterait les autres.

Tournant le dos à son père, il descendit les marches du perron. Il marcha vers le paddock. Du plus loin qu'elles l'entendirent, les quatre bêtes se dressèrent contre la grille, côte à côte, sans un soupir. Ainsi debout, elles dépassaient Patrice de la tête. Leurs langues pendantes et leurs yeux rouges évoquaient des lueurs d'incendie. Sous la lumière indirecte du lustre à lanterne accroché au perron, leur poil ras prenait la couleur aubergine de la lamproie. A les contempler ainsi soufflantes et attentives, un frisson parcourut l'échine de Patrice. Il dit plus tard qu'il ne savait, ce soir-là, ce qui l'avait retenu d'aller chercher son fusil pour les abattre. Mais le fait est qu'il s'en alla pour échapper à leur regard de convoitise.

Dès le lendemain, Gaspard tint parole. Il reprit ses promenades dans le parc. Seulement, il sortait de la maison, tout armé, le fusil en bandoulière et bardé, sous la cartouchière, d'une ceinture de reins en cordouan, large comme une selle où était rivé un gros mousqueton. Il marchait vers le paddock. (Ce n'était jamais sans quelque gâterie dans les mains.) Par le mousqueton engagé dans les boucles des longes, il se rivait à la taille un couple de chiens et ainsi, hérissé de défenses comme un char d'assaut, il allait patrouiller dans ce sombre parc.

Il passait sous la pergola, il traversait le labyrinthe, le kiosque chinois, cette roseraie disparue où les églantiers atteignaient trois mètres de haut. Il affrontait la nuit sous la cédraie compacte, autour du quinconce de buis taillés en ballerines. Devant leurs têtes rondes comme des lunes les dobermans marquaient toujours l'arrêt, pleins d'espoir à l'idée d'une proie possible. Gaspard terminait sa promenade en bouclant deux fois le tour du bassin, sur la margelle. C'était là qu'il respirait le plus largement, se dandinant et se croyant vêtu d'un pourpoint de satin orné de galons bleus. Son itinéraire était réglé comme la marche d'un roi. Il n'en dérogeait jamais d'une semelle.

Il avait fait ça naguère mains aux poches, le cœur léger, plein de projets d'embellissements et de magnificence. Il avait fait ça jusqu'à ce jour d'automne où il avait appris que là-bas, à Lurs, de l'autre côté de la Durance, au lieu-dit La Burlière, un homme qui s'appelait Séraphin Monge démolissait sa maison. Dès lors, la peur s'empara de lui et le mena par le bout du nez à travers ses caprices. Il vécut les fesses serrées, l'échine courbe, dans l'attente d'il ne savait quoi, se réveillant en sursaut la nuit, à côté de la sourde (qui s'emparait tout de suite de son chapelet), bondissant sur le fusil à portée de la main.

Cette crise atteignit son paroxysme quand son fils se prit de passion pour ce Séraphin Monge comme si c'était un exploit de démolir sa maison. Il lui parut dès cet instant que le danger se précisait et au fusil rassurant il pensa d'ajouter ces chiens féroces dont, depuis six mois déjà, le père de Conchita le suppliait de le débarrasser.

Seulement, dès le second soir, le renfort des chiens devint inopérant.

A partir de ce soir-là, en effet, la girouette indécise durant tant de semaines cessa brusquement de grincer. L'aire du vent la bloqua nord-sud, raide comme une flèche.

La montagnière s'était mise à souffler. C'est ce vent qu'on prend pour le mistral, sauf qu'il descend du nord-est et qu'il ne cesse pas durant la nuit.

Pendant tout le temps où il sévit sur le pays, il est difficile de penser à autre chose qu'à lui. Il ne souffle pas par rafales mais comme un fleuve, à jet continu.

Les gens de la plaine, seuls, peuvent en parler. S'ils ont trois platanes devant leur ferme, ils doivent se résigner à leur laisser la parole, à ne plus entendre qu'eux — toutes portes claquées —, à différer les conversations sérieuses.

Si l'on est obligé de marcher contre lui, il vous tire

brutalement les larmes des yeux. Après, on ne voit plus qu'en cillant des paupières. On voit tout dédoublé : on voit deux facteurs qui arrivent gonflés comme des ballons sur leurs bicylettes et pourvus d'autant de bras qu'une déesse asiatique.

Les bergers — qui ne croient à la force de la nature que lorsque ça les arrange —, les bergers s'obstinent. Alors, par les éteules, on ne rencontre que troupeaux formant la spirale, têtes contre fesses, qui refusent de manger, qui refusent de boire, qui refusent d'avancer ou de reculer. Et les chiens, philosophes, se couchent d'impuissance et ils lèvent les yeux vers le pâtre, lui demandant quoi faire. Et il ne peut rien décider et il montre le poing au vent et il accuse Dieu le Père et il bourre les chiens de coups de pied et, finalement, il demeure, symbole de la futilité, seul debout, les yeux pleurards, devant ce troupeau qui n'obéit qu'aux éléments.

Et quand, par surcroît, il souffle en automne, ce vent, il va ramper, par les joints éclatés des portes trop sèches, jusqu'aux profondeurs noires des caves. Alors, le vin lui-même, au fond des vaisseaux mal ouillés, grommelle contre lui, comme un grand-père grincheux.

Au bout de trois jours, il arase bons et méchants au même niveau de soumission. Il abaisse les superbes, mais il n'élève pas les humbles.

Sans ce vent, rien — peut-être — ne serait arrivé.

Pontradieu était devenu le rond-point du tumulte. Sept cent cinquante arbres croissaient dans le parc, sans compter les cèdres qui le débordaient en désordre. La plupart d'entre eux dépassaient trente mètres de haut, car leurs racines plongeaient dans la rivière souterraine qui double la Durance. La montagnière y vrombissait à travers bois comme sur un buffet d'orgues. Elle y écrasait son accord tonitruant qui n'en finissait pas de s'amplifier. Toute la malédiction de la nature déchirait cette rumeur cor.tinue qui se déversait en cataracte dans les oreilles et rendait chacun prisonnier de soi-même.

Quand Gaspard sortait faire sa ronde au crépuscule, ce vent lui sautait à la figure en un bond hostile, l'enveloppant comme un linceul mouillé, en une caresse lascive. Il ne le lâchait plus. Il gambadait autour de lui avec des claquements de voile. On eût dit un filet à papillon qui le ratait de peu à chaque fois. Il jouait avec sa nervosité jusqu'au paddock où il allait prendre les dobermans.

Ces chiens-là, dès que la montagnière s'était levée, ils avaient commencé à ululer comme des oiseaux de nuit. A ululer à la mort jusqu'à dessécher leurs énormes gueules pour ne même pas s'entendre les uns les autres. Maintenant, résignés à ne plus avoir d'ouïe, à ne plus avoir de flair, ils restaient vautrés sur la paille, désarmés de leur vigilance, de leur espoir de tuer, neurasthéniques.

Ils se dressaient sans conviction sous le claquement de la schlague maniée par Gaspard. Leurs oreilles inutiles flottaient comme de ridicules lambeaux de feutre et ne se redressaient plus à la moindre alerte, car il n'y avait plus d'alerte. Le vent était le seul bruit du monde.

Gaspard en tirait deux de l'enclos — jamais les mêmes — et il les arrimait solidement au mousqueton de sa ceinture. Il toisait les grands arbres sous le clair de lune. Il disait : « Enfant de pute ! » très distinctement. Et il se mettait en route.

Il comprit vite que le parc pouvait le narguer et ne plus lui appartenir. Alors, il ne se contenta plus de porter l'arme à la bretelle. Il fit sa ronde le fusil au flanc, le doigt sur la détente.

Quelqu'un en même temps que lui comprit qu'il était à la merci d'une embuscade. Ce fut la grenadière qui se mit en tête de le couvrir, armée elle aussi d'une espingole à chamois qu'elle avait descendue du Champsaur pour toute dot et qu'elle astiquait comme une armoire. Dès le second soir, se retournant brusquement sous le regard de quelqu'un, ce fut la silhouette de son âme damnée que Gaspard aperçut, se coulant de tronc en tronc. Il lui cria des choses qu'il n'entendit pas lui-même. Il lui fonça dessus avec les chiens et finalement, ce fut à coups de pied dans le train qu'il s'en défit. Il voulait bien avoir peur, mais il interdisait qu'on eût peur pour lui.

Sous ce vent Séraphin commença à guetter sa victime. Il avait cru se saisir de la clé tendue par les doigts de Charmaine parce qu'il éprouvait pour elle une certaine tendresse. Mais en vérité s'il l'avait prise c'était — peut-être à son insu — pour pouvoir justifier sa présence à Pontradieu en toute circonstance. Il ne perdait jamais de vue que Gaspard Dupin n'était *qu'un seul* des meurtriers de La Burlière et qu'il ne devait pas se faire prendre avant de les avoir punis tous les trois.

Il arrivait sur sa bicyclette qu'il planquait dans un fossé, au pied d'un ponceau. Un jour, d'ailleurs, dans ce fossé, il en découvrit une autre, couchée contre l'herbe, plus vieille que la sienne, munie d'un porte-bagages et qu'il aurait prise pour une épave s'il n'avait repéré sur la potence la plaque fiscale de l'année. Il n'y prêta pas grande attention et dissimula la sienne un peu à l'écart.

De loin, dans le crépuscule, il voyait ce bataillon d'arbres noirs parmi les vignes et les labours clairs. Ces troncs en formation serrée hérissaient la plaine comme les piques d'une antique armée. Se défilant par les chemins creux, il ne l'abordait jamais que par le plus long et le plus touffu. Il s'y coulait dans les fourrés mouvants. Aussitôt, il devenait lui aussi le jouet du vent. Mais ici, l'expérience de la guerre lui servait. Il savait qu'au ras du sol, le vacarme même d'un tir de barrage n'empêche pas d'entendre le pas pressé de la compagnie d'en face qui monte à l'assaut. Aussi se jetait-il à terre sans hésiter. Et il rampait dans les orties, sur l'herbe truffée de panicauts hérissés de piquants. Il se portait au niveau des allées, camouflé derrière les saxifrages géantes amoureuses de l'hiver.

Au bout de trois jours, il connut l'itinéraire toujours immuable de Gaspard, depuis la sortie du paddock jusqu'à la pièce d'eau. Et ce fut au bord de ce bassin qu'il l'aperçut pour la première fois.

Alors qu'il était tapi contre le vent parmi les massettes du marécage au milieu des troncs de peupliers, Gaspard surgit devant lui, dans le clair de lune, entre deux fusains. Séraphin découvrit un homme court sur pattes, massif, commun et dont la démarche prouvait qu'il était sur ses gardes. Il arpentait, précédé de ses molosses, la margelle du bassin en se dandinant. Il avançait le fusil au flanc, prêt à tirer. Sous la pénombre de son chapeau à larges bords on apercevait la moustache, l'arc des sourcils. On distinguait qu'il était pâle de frayeur. Il fit deux fois le tour du miroir d'eau avant de disparaître derrière les fusains.

Séraphin ne s'étonna pas de n'éprouver à son égard aucun sentiment de haine. Il s'était forgé au cours de ses nuits blanches une âme de justicier. Il était seulement l'arme d'une victime. Il devait lui obéir sous peine d'entendre le froissement brutal des feuilles sèches à la surface du lavoir où l'âme de cette mère morte était peut-être restée ; sous peine de la voir marcher vers lui pour lui imposer entre les mains, ses seins où se caillaient encore les deux dernières gouttes de lait qu'elle lui destinait vingt-cinq ans auparavant.

Il ne se demandait pas non plus comment il allait s'y prendre pour se défaire d'un homme armé et défendu par deux chiens énormes. Ce soir-là, il s'avança en rampant jusqu'au bord de la pièce d'eau du côté où les peupliers faisaient de l'ombre. Il caressa de la main le marbre froid de long en large comme pour s'assurer qu'il était bien lisse et sans aspérité. Il acquit la conviction que c'était là que tout devait se jouer.

Au quatrième jour, la montagnière atteignit son paroxysme. Sa plainte rauque ravivait dans le souvenir les plus mornes regrets. Les arbres craquaient comme mâts de navire. Sur les branches fracturées comme des ailes et qui pendaient lamentables, les nids vides des oiseaux s'effilochaient, partaient à la dérive.

Ce soir-là, Séraphin battant les zones d'ombre à plat ventre ou courbé en deux, se retrouva devant le kiosque chinois qui lui parut convenir aussi pour un guet-apens. Camouflé sous l'ampélopsis qui l'ensevelissait tout entier, ce caprice élégant d'un hobereau désœuvré du siècle dernier rutilait sous le clair de lune. La nuit, entre les murs de verdure, y était si épaisse que Séraphin hésita à s'y risquer. Il n'avait pu encore situer exactement où se trouvait, à cette heure, le maître de Pontradieu. Il pouvait aussi bien être là-dessous, car la traversée de ce berceau faisait partie de son itinéraire.

Aux aguets, Séraphin franchit le passage découpé chaque année dans la vigne vierge par le jardinier. Il fit quelques pas en aveugle dans les ténèbres. Là-bas, par la même ouverture pratiquée vis-à-vis de celle qu'il laissait derrière lui, bruissaient au clair de lune les rosiers de la pergola que barattait le vent.

Alors, une main légère se posa sur son bras. Il s'attendait à un assaut pas à une caresse, et le fantôme qui hantait son inconscient était toujours si prompt à le persécuter que sous cette main qui le papait délicatement, il recula en désordre, pris de panique. Il recula assez brusquement pour se cogner contre un obstacle, y trébucher, tenter de s'y retenir et finalement se retrouver assis sur un banc.

Le vent transformait les feuilles serrées de l'ampélopsis en un orchestre de castagnettes qui bruissait seul aux oreilles de Séraphin.

— Qui ? souffla-t-il.

— Qui ça pourrait être ?

Il reconnut la voix de Charmaine à son oreille.

— Vous m'aviez donc à ce point oubliée ?

— Il fait très noir.

— Oui. Mais mon parfum est toujours le même.

— Le vent l'emporte, dit Séraphin.

— Le vent emporte tout. Sauf nous. Pourquoi n'avez-vous pas osé entrer ? Je vous cherche partout.

— Vous me cherchez partout ? dit Séraphin pour gagner du temps.

— Oui, dans tout le parc. J'ai même cru vous voir passer dans un rayon de lune. Je vous ai même appelé... Mais... Le vent sans doute...

— Ce n'était pas moi, dit Séraphin.

Il n'ajouta pas : « Moi, vous ne m'auriez pas vu. »

— Ce devait être votre père... ou votre frère, ajouta-t-il précipitamment.

— Non..., réfléchit Charmaine. Ni l'un ni l'autre. Mais quelle importance puisque vous êtes là ? Et si le parfum que je porte ne vous atteint pas, c'est sans doute que je suis trop loin de vous.

Il n'avait pas eu la présence d'esprit de se remettre debout durant cet entretien. Il sentit qu'elle s'asseyait sur ses genoux, que ses bras emprisonnaient son torse et puis il sentit contre sa poitrine, nue sous la chemise ouverte, deux seins qui cherchaient les pointes des siens.

Il devint comme une statue de pierre. La chaleur reflua en boule jusqu'au fond de son être. Les poings serrés, les yeux clos, il tâchait de se préparer à l'assaut imminent de cette vision embusquée au détour de son cerveau. Cette vision qui n'allait pas manquer de se servir de cette sensation nouvelle pour substituer à ceux de Charmaine deux seins froids aux aréoles laiteuses qui dessinaient déjà dans l'obscurité leur beau galbe funèbre.

Il se tortillait comme un ver sous l'étreinte de Charmaine sachant que la vision s'évanouirait sitôt que le désir tomberait de lui.

— Vous voir..., réussit-il à dire.

Charmaine se remit debout.

— Ah ! c'est vrai... Me voir... Vous aimeriez bien me voir ? Et moi aussi je veux vous voir... Vous regarder... Venez !

Elle le souleva presque d'elle-même, avec la force de la volonté. Elle l'entraîna par cette porte dont elle lui avait remis la clé. Et sans lui lâcher le poignet qu'elle serrait comme dans un étau, elle lui fit franchir le seuil de sa chambre.

— Attendez ! dit-elle.

La pièce était obscure. Ici, le vent soufflait aussi. Sa houle miaulait par le foyer ouvert d'une cheminée froide. Charmaine donna de la lumière. Séraphin se tourna vers la lampe. C'était une statuette de verre humblement à genoux qu'abritait un abat-jour couleur cuisse de nymphe. Elle était posée sur le piano en forme de harpe. Séraphin vit aussi un meuble à écrire, un lit de campagne, très haut, en gros noyer solide, un lit de cadeau de noces et ce devait être le cas. Il vit entrebâillée la porte d'un placard sur des effets féminins. Il vit des livres éparpillés sur un grand tapis, devant la cheminée froide où clapotait le vent. Des coussins en désordre sur ce tapis témoignaient que quelqu'un s'y tenait souvent ainsi, allongé à même le sol. Un parfum flottait sur tant de charme, le même sans doute que la belle veuve portait sur elle. Jamais le mot « bonheur » n'avait eu autant de substance pour Séraphin que devant ces objets choisis. Ces détails, plus tard, beaucoup plus tard, quand il serait perdu seul dans les forêts des montagnes pour se taire à tout prix, ils lui reviendraient en mémoire — tout le temps — et ils lui crèveraient le cœur.

Il était seul avec cette femme dans cette pièce dont il n'avait jamais connu la pareille, lui, Séraphin Monge, le cantonnier. Mais il était seul d'abord avec la vérité qu'il ne pouvait partager avec elle. Ah ! pouvoir lui dire : « Ma mère, comme vous — veut faire l'amour avec moi. Ma mère, morte depuis vingt-cinq ans ! Égorgée par votre père ! Voilà pourquoi elle m'empêche de vous approcher ! Voilà pourquoi elle se glisse à votre place. Vous la vouliez la vérité ? Eh bien, la voilà ! »

Car, sincèrement, il croyait que c'était ça, la vérité.

Charmaine suivait le regard traqué, pris au piège que Séraphin posait sur chaque chose, sauf sur elle. L'énigme qu'elle avait flairée chez lui dès le premier jour excitait sa curiosité.

« J'y mettrai le temps qu'il faudra, songea-t-elle, je ne compte même pas que ce sera pour cette nuit... »

— Eh bien, dit-elle doucement, vous vouliez me voir... Au moins, regardez-moi...

Elle portait cette fois une robe à losanges noirs et blancs que peuvent seules se permettre les femmes sûres de leur ligne et de la couleur de leurs yeux. Mais la couleur de ses yeux l'avait-il seulement remarquée ?

Séraphin, debout et gauche, cerné par tant d'effluves sensuels qui sourdaient de tous les objets qu'elle effleurait chaque jour, évitait de les rencontrer ces yeux.

La panique de se retrouver traqué par ses visions le rendait ivre de peur. Jusqu'ici il avait réussi à les maîtriser juste à temps. Mais là, il était coincé. Sa présence dans le parc de Pontradieu à dix heures du soir ne pouvait s'expliquer que s'il y était pour Charmaine. Et comme elle le recherchait elle aussi, il n'y avait plus d'obstacle entre eux.

— Préférez-vous...

Elle fit un pas vers lui qui n'avait pas bougé, qui était toujours planté entre la cheminée et le piano, à deux pas de l'entrée qu'elle avait refermée derrière lui. Elle répéta :

— Préférez-vous... me voir me déshabiller ? Le faire vous-même ? Ou que j'aille le faire là-bas ?

Elle avait l'impression de jouer faux, de ne pas dire ce qu'il fallait. Jamais elle ne s'était trouvée — l'ayant amené jusqu'à sa propre chambre — devant un homme aux bras ballants. Elle désigna d'un signe de tête derrière elle la porte entrebâillée d'un cabinet de bains.

— Là-bas, dit Séraphin.

Elle lui obéit docilement, mais au moment de quitter la pièce, elle lui fit face.

— Vous n'allez pas, dit-elle, en profiter pour vous sauver ?

— Non... Pourquoi je me sauverais ? Mais non...

Il rougit à l'idée qu'elle l'eût si bien deviné : car c'était précisément là ce que lui soufflait son subconscient : se ruer au-dehors dès qu'elle aurait disparu ; foncer vers sa bicyclette ; pédaler à mort jusqu'à Peyruis, distant de quatre kilomètres... Et se coucher, se fourrer dans les draps, laisser la panique se calmer, oublier...

Mais, si loin qu'elle pût être de la vérité, il ne fallait pas lui fournir l'occasion de penser : « Il n'était donc pas dans le kiosque pour moi. Mais alors qu'y faisait-il ? Pourquoi rôdait-il dans le parc, un jour de travail, si loin de chez lui ? »

Quand il aurait tué Gaspard, cette réflexion de sa fille pouvait lui être fatale. Non : s'il voulait aller jusqu'au bout de sa justice, il devait tout supporter : étreindre Charmaine jusqu'au moment où elle deviendrait le truchement de la Girarde. Et puiser dans cette étreinte la force de supporter ce que cette ombre lui voudrait à toute force chuchoter par la bouche d'une autre. Toutefois, ce n'était pas sans terreur qu'il se préparait à cet affrontement.

Il ne l'entendit pas se glisser hors du cabinet de bains. Elle apparut devant lui. Son corps tout à l'heure confiné par les lignes de sa robe, si seyante fût-elle, occupait dans la pièce un plus grand espace, comme si naissant d'un bourgeon, il avait éclaté.

Il demeura immobile, les bras pendants le long du tronc, les poings serrés, n'ayant pas remué depuis son entrée dans la pièce. A la vue de Charmaine nue, évoluant devant lui, son sexe s'était brutalement réveillé et lui faisait mal, arqué sur lui-même sous les vêtements serrés.

Charmaine contemplait ce résultat avec un sourire dissimulé. Elle s'assoyait sur le lit. Elle se laissait aller sur la courtepointe rouge où, enfin, toutes les courbes de sa chair se trouvaient soulignées. Elle chuchotait et de l'endroit où il se trouvait, à cause du vent dans la cheminée ouverte, il l'entendait à peine.

— Regardez, disait-elle, regardez ce que votre timidité m'oblige à vous dire... J'aime m'aimer... oui, presque autant que j'aime qu'on m'aime. Là ! Vous êtes content ? Vous vouliez connaître les mystères de la femme ? Eh bien, voyez... Regardez-moi. Regardez-moi bien... Sans détourner les yeux... Sans détourner les yeux...

Sa longue main de pianiste survolait de ses doigts ce triangle noir comme une toison de deuil qui soulignait le bouclier de son ventre en boucles serrées et régulières, comme tricotées.

Sur le tapis, en silence, le regard rivé sur cette main presque sans mouvement, Séraphin avait fait un pas, puis deux, puis trois. Il surplombait Charmaine de toute sa taille, avec sa chemise délavée, son poids de tronc d'arbre. Elle l'épiait à travers ses cils rapprochés, envahie par l'inconscience du désir qui durcissait en elle tant de fibres sans matière. Soudain, comme mue par une brutale impatience, sa main libre alla se poser sur le sexe érigé comme une colonne. Et la différence qui existait entre cette preuve flagrante de convoitise et cette immatérielle expression de mansuétude qui éclairait là-haut, loin au-dessus d'elle, les traits incertains de cet homme, la désarçonnait, s'insinuait comme une lame froide dans son attente. Un malaise l'envahissait comme si elle frôlait un mystère plus épais encore que celui qu'elle avait cru deviner en lui.

Pourtant, l'homme commençait à ployer les genoux, peut-être même ébauchait-il le geste de se pencher sur ce corps qui criait famine.

Alors, en un miaulement strident, deux coups de feu à peine séparés percèrent le bruit du vent, percèrent les murailles, percèrent le cocon de perversité délicieuse où se complaisaient les futurs amants.

— Patrice ! hurla Charmaine.

Elle se dressa sur son séant. Elle fut debout, les deux mains contre ses seins nus, haletante, à côté de Séraphin qui avait reculé de deux pas.

— Patrice ! répéta-t-elle.

Les détonations avaient claqué dans sa tête chavirée,

comme les trois syllabes de ce nom et elle avait crié comme elle l'entendait. Depuis longtemps, elle s'attendait au pire avec Patrice. Il se regardait trop dans tous les miroirs à sa portée. Elle était sûre qu'un jour il ne supporterait plus cette tête d'arlequin dessinée par un peintre cubiste et qu'il se la ferait sauter.

— Patrice ! souffla-t-elle.

Séraphin la trouva rhabillée à côté de lui, en cinq sec, avant même d'avoir bougé. La tentation s'était évaporée entre eux comme fumée fallacieuse.

— C'est dehors..., chuchota Séraphin.

A cet instant, deux autres coups de feu claquèrent encore. Charmaine se précipita dans le corridor, se jeta sur la porte dérobée, dévala l'escalier du perron étroit. Là-bas, très loin, du côté de la ferme, des lumières couraient, se croisaient, fulguraient, sous le clair de lune ou dans l'ombre. Charmaine courut dans leur direction. Elle filait comme un animal alarmé. Elle avait oublié Séraphin. L'angoisse qu'elle éprouvait la requérait tout entière. Patrice... Patrice et elle — isolés par la surdité de leur mère — s'étaient aimés comme de tendres complices depuis leur enfance. Patrice... Son beau visage... Cette tête d'adolescent romantique qui regardait au loin, le menton dans la main, les nuages sur les collines ; les villages toujours neufs sous la lumière et qui faisaient signe pour qu'on vienne les voir ; la balafre blafarde de la Durance qui éventrait la vallée. Patrice qui désignait tout cela d'un mouvement de sa belle tête et qui lui disait : « Je n'aime que ça. Je suis atteint d'incuriosité totale pour le reste du monde. Je n'aime que ça et toi, quand tu te penches sur ton piano. » Patrice le pacifique, à l'âme tuée par la guerre.

Elle courait, elle courait vers ces lumières là-bas qui

se rapprochaient, venant de la ferme. Les chiens feulaient à la mort, derrière les grilles du paddock.

Séraphin aurait dû fuir, ne pas se montrer, mais ce nom de Patrice, qu'elle ne cessait de prononcer en haletant, le tirait en avant à la suite de Charmaine.

Les lumières s'étaient rassemblées autour de la pièce d'eau. Tout de suite, debout sur le bord, ils virent se découper la silhouette de Patrice. Il tenait une arme dans sa main droite.

— Mon Dieu ! souffla Charmaine.

Séraphin la reçut épuisée contre lui. Elle tremblait à grands tremblements, comme un oiseau qui va mourir. Elle répétait :

— Merci mon Dieu... Merci mon Dieu..., à la vitesse d'une antienne.

Le vent s'était miraculeusement calmé. Il usait ses dernières forces si haut dans les ramures des arbres qu'il n'était plus qu'un soupir de regret.

A neuf heures de la même soirée, dans la bourrasque qui alors atteignait son paroxysme, Gaspard Dupin sortit du paddock, deux chiens à la ceinture, le fusil abaissé.

Il insulta le vent, enfonça son chapeau et se jeta dans les allées du parc, tête basse, la peur au ventre, mais ivre de colère.

« Brigand de sort ! se disait-il. Après tout, ce parc est à moi ! Et le premier que j'y trouve je lui lâche mes chiens dans les fesses ! »

Mais cette vulgarité bravache ne parvenait pas à lui faire accroire qu'il était du bon côté de la justice. En vérité, ce n'était qu'un pauvre moyen pour dissiper les images terribles qui l'assaillaient depuis quelque temps. Des images qu'il croyait bien enfouies en lui pour toujours et que la soudaine intrusion de ce cantonnier dans sa vie, avaient fait se lever de leur crasse, toutes neuves, flamboyantes, luxueusement historiées de détails effroyables.

Il savait bien que c'était depuis la lointaine origine de ces mauvais souvenirs qu'il avait peur en permanence, même lorsqu'il était vêtu de la toge de juge au tribunal de commerce ; même au milieu de ses prospérités ; même pendant les folles nuits avec Conchita. Peur aux fesses... Peur comme un lièvre.

Ah ! si seulement il n'y avait pas eu ce vent qui privait les chiens de leur flair et qui le rendait sourd. L'armée des arbres et des arbustes déferlait de chaque côté des allées, imitant tout ce que la peur suggérait.

Il atteignit la pièce d'eau, enfin soulagé de se trouver au large du clair de lune, dans un espace suffisamment dégagé pour ne pas être surpris.

« Il faudra que je fasse remonter la surverse », se dit-il. Il venait de constater — une fois de plus — qu'en restaurant le bord de marbre, pillé au cours des âges, on avait ménagé trop bas les orifices d'évacuation et que, de ce fait, il manquait quarante centimètres au niveau de l'eau pour affleurer.

Cette réflexion de bâtisseur le remit en selle. Il se vit, le doigt tendu vers tout ce qu'il fallait faire, devant l'entrepreneur casquette basse.

Il jeta un regard satisfait sur son chef-d'œuvre. La vue de cette pièce d'eau avait le pouvoir de le tonifier.

Il tira sur la longe des chiens. Tout absorbé dans ses satisfactions d'orgueil, il avait failli oublier sa peur. Un mouvement du bois, qu'il crut différer sur l'unisson de la bourrasque, la raviva d'un seul coup. Fusil braqué, il tourna sur lui-même, les chiens dans l'axe de cette houle suspecte. Mais non, il n'y avait rien d'autre que le vent qui s'offrait quelque discordance aux profondeurs des taillis échevelés.

Gaspard s'aventura sur le large rebord du bassin, ses chiens étroitement serrés contre ses jambes. Oui, décidément, il faudrait faire remonter la surverse pour obtenir un miroir d'eau par n'importe quel temps.

Le ressac du vent venait battre contre la margelle. Il prenait la surface à rebrousse-eau. Il repoussait le jet continu au canon des fontaines contre le mascaron. Les lares en pleuraient de toutes leurs rides de pierre et ces larmes, suintant sur leurs rires figés, étaient sinistres sous la lune.

Gaspard avançait avec la nonchalance d'un blasé. La peur au ventre, dans le large espace qui le séparait des bois, ne faisait plus qu'une boule minuscule, juste capable d'entretenir sa vigilance. Il s'était même offert le luxe (avec beaucoup de difficulté) de s'allumer un cigare qu'il fumait en toute arrogance.

Il se sentait enfin l'âme d'un homme qui a bien mérité son repos.

Il promena ainsi, sur la moitié du pourtour de la pièce d'eau, sa suffisance inquiète, ses chiens qui soufflaient leur morgue dans la vaine attente d'une proie et son fusil perfectionné.

Il venait juste de tirer une bouffée voluptueuse de son cigare, lorsque le pied lui manqua. Le pied lui manqua-t-il ? Le sol se déroba-t-il sous ses pas ? Qui peut le dire ? Le fait est qu'il plongea dans l'eau de tout le poids de ses quatre-vingt-dix kilos en faisant des bras de grands moulinets inutiles. Le fusil lui échappa et coula à pic et il entraîna dans sa chute les deux chiens déséquilibrés et auxquels, d'ailleurs, les pattes avaient aussi manqué. Tout se réduisit en un énorme plouf que le vent seul, sans doute, entendit.

Tout en sachant bien que le vacarme des arbres couvrirait ses appels, Gaspard cria cependant, par instinct. Malgré la hauteur de la margelle par rapport au niveau de l'eau, il tenta de s'agripper au rebord et le manqua de peu parce que les chiens, d'une secousse, l'y arrachèrent. Eux, ils nageaient mais la nature ne les ayant pas dotés d'une âme de terre-neuve, ils s'efforçaient de regagner la terre ferme chacun pour soi.

Gaspard ne savait pas nager et de plus il savait qu'au-dessous de lui, il y avait deux mètres cinquante de fond d'un bord à l'autre de ce bassin, long de quarante mètres et large de vingt, dont il était si fier.

C'était une eau du creux des montagnes, qui s'infiltrait à travers les couches d'argile ployées au gré des courbes tectoniques ; qui passait très bas sous le lit de la Durance pour resurgir à six cents mètres d'ici, dans une oseraie où on l'avait captée, n'ayant rien perdu de sa froideur native.

Or, cette eau qu'il avait pris tant de peine à faire couler de nouveau dans ce bassin, cette eau au miroir tant charmeur, Gaspard s'apercevait, depuis qu'il était dedans, qu'elle était animée d'une vie propre nullement créée pour l'agrément de l'homme. Elle était élastique, visqueuse et glacée. Elle lui imprégnait la peau. Elle infiltrait sa glace à travers ses tissus jusqu'au sang qu'elle s'employait à figer.

Il songeait, Gaspard, tout en se cramponnant à la longe des chiens qui l'entraînaient en désordre, chacun pour soi, qu'il avait mangé au dîner des pieds et paquets préparés avec science par la grenadière ; des pieds et paquets qui l'avaient un peu rassuré.

Or, tandis qu'il se débattait, qu'il buvait, quand il respirait à contretemps, cette eau qui lui tapait contre les dents, pure, coupante comme du diamant liquide, il songeait avec effroi à ces pieds et paquets. Il sentait que sous l'effet de l'eau glacée, ils étaient en train de se figer au fond de son estomac où ils allaient former une masse dure, bloquée au centre de son corps, coupant les échanges et le paralysant. Alors, il cria une seconde fois.

A cet instant, les chiens l'entraînaient vers le côté des peupliers. Gaspard, cramponné à leurs laisses, se débattait avec furie pour conserver un peu de chaleur à son corps. Les chiens atteignaient la margelle, s'y hissaient à mi-corps, s'y arcboutaient, donnaient de furieux coups de reins, mais leurs onglons dérapaient sur le marbre, les quatre-vingt-dix kilos de Gaspard les tiraient en arrière, d'autant qu'ils n'unissaient pas leurs efforts. Ils retombaient. Ils se remettaient à nager. Ils fonçaient en droite ligne vers les fontaines qui se déversaient dans le bassin en une nappe égale.

Alors, entre les rires des lares ruisselants, Gaspard, dans sa demi-inconscience, aperçut sous le clair de lune un homme debout sur la margelle et qui le regardait sans sourire et sans haine, comme curieusement, se débattre contre la mort. Bien que depuis si longtemps, il ne l'ait plus vu, Gaspard le reconnut tout de suite. Il sut que s'il était là, s'il se montrait à lui dans le grand jour du clair de lune, placide et les mains aux poches, c'est parce qu'il était certain que lui, Gaspard, allait mourir.

Sans doute fut-ce à cet instant, où paralysé de frayeur il cherchait à tâtons et en vain son fusil autour de lui, que les pieds et paquets figés bloquèrent sa respiration. Il ouvrit la bouche pour la dernière fois, en émettant un long râle de muet de naissance, avant de tourner sa face vers le miroir de l'eau où enfouir sa peur pour toujours.

Les chiens, comme ils avaient tiré le vivant tirèrent le mort. Obstinément, ils s'accrochaient à la margelle, ils s'efforçaient de se hisser. Le poids de Gaspard les rejetait en arrière. Ils recommençaient. Ils parvenaient quelquefois à s'extraire jusqu'au poitrail hors du bassin. Ce fut dans cette position, gueule ouverte, langue pendante et soufflant leur colère impuissante, que la grenadière les surprit.

Cette pauvre femme, les menaces l'avaient contrainte de renoncer à suivre son maître pas à pas. Pourtant elle rôdait toujours, la pétoire à la main, dès qu'il sortait dans le parc, mais trop loin pour lui porter secours.

Quand elle atteignit le bassin, elle vit tout de suite en face d'elle les gueules d'enfer qui soufflaient leurs langues rouges. Elle comprit tout en un clin d'œil et que jamais ces chiens ne la laisseraient approcher. Elle épaula. Elle tira. Une fois, deux fois. Elle atteignit le premier dogue en pleine tête. Elle rata le second qui se remit à nager, traînant cette fois deux cadavres, péniblement. Il commençait à s'épuiser et n'essaya pas de gagner une autre berge. Il s'acharna à remonter de ce côté-ci.

C'était le moment où Patrice revenait dans sa voiture rouge. Il était allé jouer de la mandoline sous les fenêtres de Rose Sépulcre au moulin du bord du Lauzon. La sœur au corps ingrat avait risqué un rapide coup d'œil par le fenestron de la soupente et Patrice était sûr que Rose l'avait envoyée pour le reconnaître car, presque aussitôt, elle avait entrebâillé discrètement le contrevent de sa croisée.

Quand Patrice après cet exploit s'engagea dans l'allée de Pontradieu aux arbres échevelés, le roi n'était pas son cousin, malgré le désordre qui régnait sur les éléments.

Les deux coups de feu de la servante lui sautèrent

dessus comme des chats hargneux. Il freina brutalement. Il avait toujours dans sa voiture un revolver d'ordonnance qu'il sortait parfois de la boîte à gants pour en caresser la crosse. Il s'en empara. Il descendit.

Il pensait que c'était son père qui avait tiré. Ce devait être à peu près le moment où il faisait, comme chaque soir, ses deux tours de bassin. Au pas de course il s'engagea dans cette direction. Dès qu'il eut passé les fusains, il vit la tête du doberman au-dessus de la margelle forçant sur ses pattes et la gueule ouverte. Et il vit la servante, la pétoire à la main. Il évalua la situation d'un coup d'œil rapide. Il tira deux fois sur le chien qui sauta en arrière. Il se précipita, se jeta à plat ventre sur la margelle. Les corps de son père et des deux bêtes dérivaient lentement poussés par le vent. Patrice enfonça ses mains dans l'eau glaciale. De justesse, il empoigna le collier d'un des molosses.

— Aide-moi ! cria-t-il.

La grenadière aussi s'était mise à plat ventre et tirait sur une longe qui flottait. Ils amenèrent ainsi le corps de Gaspard jusqu'au bord de la margelle. Patrice trouva à tâtons le mousqueton à la ceinture et il libéra les cadavres des chiens. Alors, le corps de Gaspard se retourna sur le dos, sa face apparut sous le clair de lune. La congestion avait figé sur son visage une expression d'étonnement terrifié, la bouche béante, les yeux démesurément écarquillés.

Patrice et la grenadière s'efforçaient d'arracher ce corps à l'eau froide. Derrière eux, ils entendaient des appels. Des lanternes balayaient la surface du bassin. C'était le fermier, son fils et sa fille qui accouraient à la rescousse.

— On allait juste se coucher ! criaient-ils. On a

compris aux coups de feu qu'il se passait quelque chose. Heureusement qu'on est sous le vent ! Sans ça même des coups de feu, on les aurait pas entendus !

Ils s'allongeaient tous à plat ventre. Ils plongeaient leurs mains. Ils empoignaient les vêtements de Gaspard par où ils pouvaient. Ils apportaient une excitation morbide, curieuse.

— Fermez-lui les yeux ! criait le fermier. Fermez-lui les yeux tout de suite ! Froid comme il est déjà, après ce sera plus possible !

Ils étaient six, cramponnés aux vêtements du mort, mais ils ne parvenaient pas, même en unissant leurs efforts, à le sortir du bassin.

Patrice leva les yeux. Il vit Charmaine qui courait vers eux depuis les fusains.

— Poussez-vous ! dit quelqu'un derrière lui. Laissez-moi faire.

Patrice se retourna et découvrit Séraphin qui écartait le fermier et sa fille et qui s'allongeait à côté de lui et qui enfonçait ses bras dans l'eau et qui faisait tourner le cadavre de Gaspard pour l'amener sur le dos. Il l'empoigna des deux mains au col de sa veste et de sa chemise. Il commença à tirer lentement. Et il se redressait à mesure et les autres s'efforçaient de l'aider. Et finalement, presque debout, il eut contre lui tout entier ce cadavre qu'il déposa doucement à plat sur les dalles de marbre.

Ils tremblaient tous de froid, pourtant le vent avait miraculeusement cessé. Ils regardaient tous ce mort qui avait tant pesé sur leur vie d'une façon ou d'une autre et qui venait de finir si simplement.

— Il faut le lever de là ! dit le fermier réaliste.

— Séraphin..., dit Patrice, toi, prends-le par les pieds, nous on se mettra chacun à un bras...

Séraphin se baissa.

— Pas lui ! glapit la grenadière qui arma son fusil. C'est ta faute ! dit-elle tournée vers Patrice, si tu avais pas amené celui-là ici, rien ne serait arrivé ! Tu le savais pas qu'il porte malheur ? Regarde-le !

Elle désignait tragiquement Séraphin avec sa main faite comme un battoir. Elle s'était approchée de lui. Elle lui braquait son arme dessus presque à bout touchant. Elle lui aboyait dans la figure :

— Mais, regardez-le ! Vous, vous le voyez pas ! Vous, vous pouvez pas le voir. Vous descendez pas du Champsaur, vous ! Mais moi j'ai l'habitude, mais moi je le vois. Il a beau se cacher derrière sa tête d'image sainte, mais moi je sais qui est-ce ! Mais moi je le connais !

— Taisez-vous pauvre folle ! gronda Charmaine. Au moins taisez-vous !

Patrice doucement lui prit le fusil des mains.

— Elle a reçu un gros choc, dit-il. Ce n'est pas sa faute...

Ils s'accroupirent tous pour ramasser cette lourde chose trempée comme une serpillière, qui faisait déjà le tronc d'arbre et ne se laissait pas si aisément manipuler.

Le fermier et Patrice s'emparèrent du bras gauche, son fils et sa robuste fille du bras droit. Séraphin fit reculer doucement Charmaine qui se penchait aussi. Il s'attela au cadavre, une jambe dans chaque main comme il l'avait fait si souvent au front et quelque fois sous les obus. La grenadière, tout au long du parcours, fit de ses mains un coussin de tendresse sous la tête du mort.

Ce cortège au pas lourd remonta la grande allée de Pontradieu. La sourde, prévenue au fond de son silence par quelque fibre attachée à son cœur, se tenait en haut du perron éclairé. Charmaine courut vers elle, qui commençait à descendre les marches.

Gaspard Dupin rentrait chez lui pour la dernière fois. Son corps abandonnait derrière lui une longue traînée d'eau froide qu'il avait puisée au fond de ce si beau bassin, source de son orgueil.

Séraphin veilla toute la nuit avec Patrice le corps de son ennemi abattu. Dans le salon dont on avait repoussé les meubles anonymes sous leur housse, on avait dressé un lit de fortune où l'on avait allongé Gaspard, les pieds roides dans ses bottes de gentleman farmer. Il avait été impossible de les lui arracher. L'eau glaciale l'avait raidi avant l'heure.

Le fermier dansait gauchement d'un pied sur l'autre demandant pour lui et les siens la permission de se retirer. Ils étaient de vendange, demain matin. Patrice acquiesça de la tête.

Charmaine se rongeait les peaux des ongles à force d'impatience. Parfois, elle risquait un coup d'œil à la dérobée vers Séraphin. Cet imbécile ! Croyait-il par hasard qu'elle allait se morfondre toute la nuit devant le cadavre de ce père qu'elle n'avait jamais aimé ? La volupté interrompue, si brutalement étranglée sur place par les détonations, lardait de coups de lance son corps si bien préparé.

La sourde ayant beaucoup pleuré, mais le visage

serein, égrenait son chapelet de plus belle. On lisait sur ses traits paisibles sa certitude que son défunt était déjà les mains jointes, devant la face de Dieu. Pourtant, parfois, ses traits se défaisaient. Elle perdait son chapelet dans les plis de sa jupe. Elle se jetait toute petite contre le corps rugueux de la grenadière. Elle enfouissait son visage dans la robe en toile de sac. Elle la prenait à témoin avec sa voix de filet d'eau :

— Ma pauvre Eudoxie ! Mon pauvre Gaspard !

Elle se hasardait sur la pointe des pieds à venir le voir encore une fois.

Patrice éprouvait devant la mort de son père l'indulgence triste qu'il lui avait toujours témoignée. Il regrettait de ne plus le voir vivant mais cette nouvelle émotion, qui l'avait atteint au milieu d'un bonheur intense, n'était pas parvenue à l'y arracher. Il était toujours là-haut, au moulin du Saint-Sépulcre. Il était sûr que c'était Rose qui avait commandé à Marcelle de venir s'assurer par le fenestron si c'était bien lui qui s'était installé sous le vent, sur le rocher au sommet de la cascade, pour lui jouer de la mandoline.

Il voyait encore le mouvement consentant de cette croisée entrebâillée, à l'abri de laquelle Rose s'était montrée, immobile, en silhouette.

Seul Séraphin nourrissait à l'égard du défunt un sentiment profond. Il était allé une fois ou deux, farouchement épié par la grenadière, contempler les mains de Gaspard Dupin, maintenant jointes de force sur les grains d'un chapelet. Ces mains-là étaient donc les mêmes qui avaient aiguisé le tranchet à la margelle de la source Sioubert pour venir un peu plus tard le plonger dans la gorge de la Girarde. Et maintenant cette vie aussi s'était arrêtée, mais en toute quiétude, comme celle de n'importe qui, ayant échappé au remords, échappé à la justice.

Séraphin contemplait les effets de cet accident stupide qui lui coupait l'herbe sous les pieds. Gaston Dupin était mort, soit, mais comme tout le monde, pas devant quelqu'un qui lui aurait auparavant révélé pourquoi il mourait.

Il avait trop attendu. Il s'était laissé endormir par cette veuve qui le dévorait des yeux de l'autre côté du lit de mort. Et il sentait que le désir de Charmaine était intact, qu'il n'était même pas freiné par cette odeur d'eau sournoise qui imprégnait ce cadavre, lequel ne parvenait pas à sécher. Il fit un mouvement sur sa chaise. Il se dressa à demi.

— Où allez-vous ? dit Charmaine.

— Je rentre. Demain matin il faut...

— C'est dimanche matin, dit Charmaine. Et d'ailleurs il faut que vous restiez. Le docteur et les gendarmes vont arriver. Patrice les a prévenus par téléphone. Ils voudront savoir... Vous étiez sur les lieux...

Elle crut voir qu'il esquissait un geste de dénégation.

— Ne vous inquiétez pas... Je dirai pourquoi vous étiez ici.

La nature profonde de Séraphin se redressa avec colère, imprudemment. Pour qui le prenait-elle ?

— Je n'ai pas peur ! Pas pour moi ! grogna-t-il.

Et il se rassit. Mais aussitôt il songea qu'il n'avait pas le droit d'être susceptible. Il ne devait pas se découvrir. Il ne devait pas susciter le moindre étonnement. Il devait demeurer le cantonnier humble et soumis. Celui-ci était mort, soit. Mais il en restait deux. Il ne desserra plus les dents. Il garda les yeux rivés sur le cadavre, tâchant de s'en repaître. Mais il sentait que, tout mort qu'il était, Gaspard Dupin lui avait échappé.

A cinq heures le docteur arriva dans une Voisin à haubans d'avant 14. Il eut un haut-le-corps devant le cadavre de Gaspard. Il avait encore banqueté trois jours auparavant avec lui chez Sauvecanne, au repas du Touring-Club. Même un médecin s'étonne toujours un peu de la mort d'un mortel.

— Comment est-ce arrivé ? s'enquit-il. Et depuis quand ?

On le lui précisa. Il parut surpris mais ne dit rien.

— Il avait mangé quoi ?

— Des pieds et paquets, renifla la grenadière.

— Des pieds et paquets ! répéta le docteur les yeux au plafond. Pour plonger ensuite dans l'eau glacée... Je vous demande un peu !

Le menton dans la main, il fit du regard le tour des vivants, sagement rangés autour du lit.

Il avait la grosse habitude des familles face aux morts subites. Ce Gaspard qui leur avait tant gagné d'argent à ceux-là, maintenant — à cause d'une maîtresse qu'on lui connaissait de notoriété publique — il était en train de leur en manger et beaucoup... Et ce docteur, qui s'appelait Roman, il connaissait très bien, étant natif de Dauphin, la sensibilité des héritiers de par ici à l'égard de l'argent. Noyé dans la pièce d'eau au cours d'une promenade au clair de lune, c'était bientôt dit...

Il tournait autour de ce mort avec une mine pleine de réticences. Il l'examinait sur toutes les coutures, le palpait, inspectait ses vêtements. Il espérait découvrir quelque trace de coup, ecchymose suspecte, égratignure inexplicable qui auraient justifié le refus du permis d'inhumer pour un examen plus approfondi. Mais non... Ce cadavre était irréprochable. Il était mort d'hydrocution, un point c'est tout... Il ne trouvait rien et ne rien trouver mettait le comble à sa perplexité car, contre toute évidence, il avait une conviction intime. Seulement, on ne refuse pas un permis d'inhumer sur une simple conviction intime. Or, une fois le cadavre mis en bière et porté en terre, ce serait, le cas échéant, la croix et la bannière pour l'en faire sortir et c'est par là que la responsabilité du médecin serait bougrement engagée... Il soupira.

— Tenez, vous là ! qui paraissez costaud et qui, *a priori,* n'êtes pas de la famille — n'est-ce pas, il n'est pas de la famille ?

Il désignait Séraphin qui se leva.

— Aidez-moi, commanda le Dr Roman, à déshabiller la victime.

Mais le cadavre ne voulait pas être déshabillé. Il était rigide de la nuque aux orteils comme un tronc d'arbre. Il eût fallu détacher les vêtements au ciseau ou au rasoir, ce à quoi le docteur renonça.

Il allait poser une question capitale lorsque, au-dehors, des feulements graves comme des notes de basson lui imposèrent silence. C'étaient les deux dobermans survivants qui signalaient l'arrivée des gendarmes.

— Eh bien ? demanda le brigadier. Que s'est-il passé ici ?

Il était encore sous le coup de l'émotion. Il n'avait jamais vu de fauves faire des bonds aussi désespérés pour franchir leur enclos et venir le dévorer. Il s'épongeait le front.

— Vous avez là des bêtes dangereuses, dit-il.

— Elles ne nous connaissent même pas nous, dit Patrice. C'était à mon père. Je les ferai abattre.

En apprenant que la victime était tombée dans le bassin et qu'on l'en avait retirée pour l'apporter au salon, il esquissa une moue dubitative qui ne le quitta plus.

— On aurait dû le laisser sur place.

— Nous ne savions pas, dit Charmaine, s'il était mort. Nous espérions que non.

Le jour se levait. Pendant que chaque témoin déclinait son identité, le Dr Roman avait pris sa décision. Remuer l'eau trouble de cette noyade n'apporterait, à lui et aux autres, que des cascades de désagréments et, après tout, le plus vraisemblablement du monde, le *de cujus* pouvait fort bien avoir fait un faux pas et les pieds et paquets avaient fait le reste...

— Eh bien ? demandait le brigadier. Vous docteur, qui avez examiné le corps... De quoi s'agit-il ?

Le médecin répondit comme s'il récitait un procès-verbal :

— Il a fait un faux pas. Il a plongé dans l'eau glaciale en entraînant les chiens. Il avait mangé, peu de temps auparavant, une portion de pieds et paquets. Il est mort de congestion. C'est limpide comme du Flaubert !

Le brigadier écrivait à mesure.

— Naturellement, vous n'avez relevé sur le corps aucune marque suspecte, par exemple : ecchymoses, traces de coups, égratignures, etc. ?

Le Dr Roman aspira une grande goulée d'air avant de répondre :

— Pas à ma connaissance.

Sachant la valeur des mots, il conjecturait, au hasard, que peut-être son interlocuteur l'ignorait.

— Pas d'autre question ? demanda-t-il.

— Aucune, pour l'instant, répondit le brigadier qui écrivait avec application.

Le Dr Roman ouvrit sa serviette pour en tirer un formulaire qu'il fit claquer d'un coup sec.

Nous soussigné, docteur en médecine, déclare avoir examiné le corps de..., etc.

Tout serait donc rentré dans l'ordre et Gaspard Dupin aurait été enterré entier au lieu d'être ouvert en deux comme une bête de boucherie, si le gendarme Simon, mû par la conscience professionnelle, n'était pas allé flairer du côté du bassin, afin de *s'imprégner de l'atmosphère.*

Ce gendarme soupçonneux entreprit donc de faire lentement le tour de la pièce d'eau, les deux mains passées dans le ceinturon et tâchant de se mettre dans la peau de la victime et le pied lui manqua exactement à l'endroit où il avait manqué à Gaspard Dupin.

— Mort naturelle ! proclama le Dr Roman.

A cet instant fit irruption le gendarme trempé qui abandonnait une traînée d'eau sur le parquet du corridor. Il fit le salut réglementaire, toutefois il claquait des dents.

— Eh bien, Simon ? demanda le brigadier. Mais... Vingt dieux que vous est-il arrivé ?

— Mort naturelle sans doute, chef, marmonna le gendarme Simon, mais du moins lui en a-t-on savonné la pente...

— Que me chantez-vous là ?

En un étonnant réflexe, le docteur avait déjà escamoté le permis d'inhumer au fond de sa serviette.

— Un coup à attraper la crève ! s'exclama-t-il. Déshabillez-vous ! Quittez votre uniforme tout de suite ! Qu'on lui trouve des vêtements secs. Cet homme risque la mort !

Quand, réconforté par deux verres de gnôle et bizarrement accoutré en paysan grâce au costume du fermier, le gendarme put raconter son affaire, tout le monde se transporta au bord de la pièce d'eau. Tout le monde se courba sur la partie de margelle qu'il désignait.

— Penchez-vous chef ! Passez votre main ici !

Le chef accroupi obéissait. Il promenait ses doigts sur le marbre. La surface en était aussi glissante que du verglas. Elle était griffée en deux endroits par des bottes différentes : celles, sans clous, de la victime et celles du gendarme.

— Et elle est glissante sur plus de trois mètres de long ! s'exclamait Simon. Celui qui se promenait là-dessus était sûr de se foutre la gueule dans l'eau !

Le Dr Roman promenait son nez au ras de la bordure.

— Ça sent la soude..., dit-il. Le parquet frais astiqué... Un mélange, sans doute, de savon, noir probablement, et de cire vierge. Une patinoire, dit-il pensivement, une vraie patinoire...

— Quand je vous le disais, chef, qu'on lui avait savonné la pente ! triompha le gendarme.

La vie humaine ne tient jamais qu'à un fil. Nul besoin de dynamite, de coup de revolver ou de poignard pour la détruire. Celui qui avait conçu ce traquenard de bonne ménagère, peu coûteux, subtil, ne devait pas l'ignorer. A moins qu'il n'ait répugné à se salir les mains au contact de sa victime...

Séraphin considérait avec incrédulité cette margelle qu'un peu de savon et de bonne cire convenablement dosés avaient transformée en piège mortel. Celui qui avait fait ça devait savoir — comme lui Séraphin — que, chaque soir, le maître de Pontradieu venait prendre le frais autour de son bassin, les chiens à la ceinture gênant ses mouvements...

Ainsi donc, Gaspard Dupin était bien mort assassiné, mais ce n'était pas lui, Séraphin Monge, qui l'avait tué.

« Cherche à qui le crime profite... »

En trois jours, on établit que la victime avait une maîtresse ; que celle-ci lui mangeait la laine sur le dos ; que ses enfants s'étaient plaints — devant des tiers — de cet état de choses.

Les gendarmes, en furetant partout, trouvèrent dans les dépendances toute une provision de savon noir liquide et de cire vierge. Ils découvrirent aussi que trois pots de chaque produit étaient entamés. Pourquoi trois pots entamés ? Un seul après l'autre ne suffisait-il pas ? On posa cette question à tout le monde. On n'obtint que des réponses qui ne satisfaisaient personne et surtout pas le juge.

On s'inclina devant la sourde éplorée. On négligea la veuve de guerre. Affronter seulement la franchise perverse de son regard effarouchait le juge. Elle lui brûlait les doigts comme un tison ardent. Il l'écarta. Et la grenadière, en vain, désigna Séraphin d'un doigt accusateur : « C'est lui ! Vous le connaissez pas ? C'est lui qui démolit sa maison. Il est fou en plein. Il a survécu à un crime. Toute sa famille a été assassinée dans le temps ! Vous trouvez ça normal, vous, que lui seul ait échappé ? Il traîne le crime après lui ! Il lui colle au corps ! Partout où il passe, il l'apporte ! C'est lui ! Je le sens ici ! »

Et elle se pointait l'index sur le cœur.

On dédaigna Séraphin Monge. D'une : il n'héritait pas de la victime. De deux : il n'avait pas l'air assez malin pour avoir l'idée de ce traquenard. De trois : M. Anglès, l'ingénieur des Ponts et Chaussées, avait étendu la main sur lui. Et M. Anglès, c'était deux choses : l'autorité et le bras long. M. Anglès, si on ne lui avait pas rendu son cantonnier, était capable d'étendre le bras jusqu'à Paris.

En revanche, l'air goguenard de Patrice, dont il ignorait qu'il le devait à l'art des chirurgiens, déplut au juge. Il réussit à le faire asseoir dans son cabinet quarante-huit heures après le crime. Devant lui, sur le bureau, plusieurs objets étaient alignés : un pot de savon noir, une boîte de cire, un revolver d'ordonnance et une mandoline. Le juge désignait d'un doigt accusateur le pot de savon noir et la boîte de cire.

— Que faisaient ces deux objets incongrus dans votre voiture ? Pouvez-vous l'expliquer ?

— Bien sûr, dit Patrice. La mécanique ça a des pannes — fréquentes — je m'y connais un peu, alors je répare... Et quand j'ai réparé, j'ai les mains souillées de cambouis et souvent dans les endroits que je fréquente, je ne peux me présenter avec les mains sales... Ça explique le savon noir...

— Fort bien ! Et la cire ?

— Les gendarmes ont dû remarquer que ma voiture comporte quelques accessoires en acajou : le tableau de bord, les dossiers du roadster, l'intérieur des portières. Il faut les cirer parfois.

— Soit ! s'exclama le juge. Et alors ça ?

Il fit sonner d'un coup sec la mandoline sous le nez du prévenu.

— Je ne sache pas, grommela Patrice, que mon père ait été assommé avec un objet contondant. D'autre part, ceci est beaucoup trop fragile.

— Sans doute ! Seulement, il y a un trou de deux heures et demie dans votre emploi du temps. Voyons, suivez-moi bien : A neuf heures, le matin du drame, le fils du fermier, comme tous les jours, vient passer le grand râteau sur la pièce d'eau pour ramasser les feuilles mortes. Il en fait le tour complet et lui, il ne glisse pas. Donc, à cette heure-là, le piège n'est pas encore préparé. A partir de ce moment-là, nous suivons les faits et gestes de tous les familiers de la victime et les vôtres en particulier. Pour tous les autres, leurs emplois du temps s'emboîtent parfaitement. Quant à vous, vous partez à neuf heures dix. Le fils du fermier vous voit passer. Vous allez à Manosque où vous avez rendez-vous avec les ingénieurs de l'électricité. Vous déjeunez avec eux. A quinze heures vous les quittez. Vous vous rendez sur un chantier où vous avez une réunion de travail. A dix-sept heures trente, on vous retrouve chez le marchand de journaux à Manosque. A dix-huit heures, vous faites un bridge dans l'arrière-salle du café *Glacier* avec un chirurgien-dentiste, un notaire et un greffier du tribunal. Vous quittez tout ce beau monde à huit heures, après avoir bu deux vichy-menthe et dès lors on perd votre trace jusqu'au moment — vingt-deux heures — où vous arrivez — inopinément ! — devant la pièce d'eau où votre père se débat.

— Où il est déjà mort.

— Je vous l'accorde. Néanmoins, vous tirez deux balles de ce revolver...

Le juge souleva l'arme et la laissa retomber.

— Sur le chien ! Entre parenthèses mes compliments, vous l'avez atteint entre les deux yeux... Mais là n'est pas la question : entre vingt heures et vingt-deux heures, on perd votre trace. Vous avez eu tout le temps à ce moment-là de revenir savonner le bord du bassin. Je veux donc savoir où vous étiez. Et puis il y a une chose, surtout, que je veux savoir : pourquoi trimbaliez-vous une mandoline dans votre voiture ?

— Ça, marmonna Patrice, vous pouvez courir...

— Vous refusez de me répondre ?

— Du tout ! Je suis allé m'entraîner à jouer de cet instrument sur les pentes de Ganagobie...

— Où naturellement nul ne vous a vu ?

— Le vent soufflait. Je ne tenais pas à ce que quelqu'un soit témoin de mes fausses notes.

— Réponse insuffisante, dit le juge. Je me vois dans l'obligation de vous garder. Attention ! Entendons-nous bien ! Je ne vous inculpe pas directement pour le meurtre de votre père. Je vous inculpe pour port d'arme prohibée. C'est bien joli les souvenirs de guerre, mais c'est interdit de les sortir de chez soi. Et n'oubliez pas ceci : ce délit peut être passible de cour d'assises.

— Ce n'est pas un souvenir de guerre, dit Patrice doucement.

Il se retint pour ne pas ajouter en montrant sa tête : « Le seul souvenir de guerre que j'ai conservé, je le porte sur moi. » Mais il avait horreur d'écraser les autres sous des arguments massue. Il se contenta d'expliquer :

— J'avais un camarade, avec, à peu de chose près, la

même tête que la mienne, peut-être encore un peu plus défaite. Un jour, de guerre lasse — c'est le cas de le dire ! — il se l'est fait sauter... Avec ça... Et il m'a légué l'arme par testament et par dérision.

— Je vous autorise, dit le juge, à vous pourvoir d'un avocat. Nous verrons sous quarante-huit heures à examiner votre mise en liberté provisoire. Mais d'ici là, mille regrets !

Quand il quitta le cabinet du juge — on lui avait épargné les menottes car les gendarmes, eux, savaient ce qui se devait à une gueule cassée — le plus grand bonheur du monde attendait Patrice dans le vestibule du palais de justice. Il vit, devant la haute porte-fenêtre, timide, en retrait, Rose Sépulcre qui le regardait, les yeux baignés de larmes.

Elle avait dû venir à bicyclette depuis Lurs et elle était là, les jambes un peu poussiéreuses, le chapeau un peu de travers et ses yeux... Ses yeux des mille et une nuits, qu'on aurait pu masquer, chacun, avec une grosse amande, ses yeux pleins de larmes, qu'il voyait sauter au bord de ses cils.

Patrice posa un doigt en travers de sa bouche quand il arriva à sa hauteur. Il entra en prison ivre de joie.

Cette décision de Rose de partir à bicyclette pour Digne avait pris naissance au repas de famille, quand Marcelle — toujours au courant de tout — avait annoncé que Patrice avait été emmené entre deux gendarmes et que c'était lui l'assassin de son père.

— C'est pas prouvé ! s'exclama Rose. Tu l'inventes !

— C'est pas sûr..., dit Térésa.

— Si c'est sûr ! cria Didon.

Il frappa du poing sur la table où les couverts tressautèrent.

— Ça peut être que lui vous entendez ? Que lui !

La sueur perlait à son front et heureusement, il venait d'avaler sa soupe chaude, ce qui pouvait l'expliquer, mais la peur lui refroidissait le ventre.

— Il a raison, dit Marcelle, qui ça pourrait être d'autre ?

— Toi tais-toi ! glapit Didon. On t'a rien demandé !

Depuis qu'il avait appris la mort étrange de Gaspard Dupin, il vivait sur des pointes d'épingle.

— En tout cas, dit Rose, moi je pars.

— Où tu vas ? demanda Térésa.

— A Digne, assister Patrice. Y doit pas croire que tout le monde l'abandonne. Je sais pas comment j'arriverai à le voir, mais je le verrai...

— Tu restes là ! cria Didon. Où je te...

— Tu lui rien du tout ! cria plus fort Térésa.

Elle reprit à voix très douce :

— Même si on l'accuse mal à propos, c'est quand même le fils Dupin...

Marcelle la plate regardait fielleusement sa sœur.

— Cœur d'artichaut ! souffla-t-elle.

Rose qui partait se retourna comme si on l'avait piquée.

— Tu veux une gifle ?

— Parfaitement ! Tu n'es qu'un cœur d'artichaut ! Y a pas deux mois, y en avait que pour le Séraphin. Dis que c'est pas vrai !

— C'est vrai, admit Rose. Mais le Séraphin que veux-tu...

Elle secoua plusieurs fois la tête avec découragement.

— C'est pas un homme..., acheva-t-elle à voix basse.

C'était la Tricanote, en rentrant ses chèvres, comme d'habitude, qui avait annoncé l'arrestation de Patrice à Clorinde Dormeur. Au village de Lurs, on avait toujours un peu de retard sur les événements, surtout à l'automne où il y a tant à faire.

Célestat venait de ramasser sur la balance où sa femme l'avait pesé, le mortier du levain pour la fournée de la nuit.

— Ces juges, grommela-t-il, ils vont toujours au plus pressé.

— Qu'est-ce que tu dis ? demanda Clorinde.

— Oh ! rien... Je me parle.

Lui, il n'y croyait pas une seconde à la culpabilité de Patrice. Il jeta un coup d'œil d'envie au fusil suspendu dans l'arrière-boutique, à la hotte de la cheminée. Si tous ceux qui prenaient le serein sur les seuils le voyaient passer avec le fusil, ils n'auraient pas fini d'en dire... Seulement... Il y avait deux cents mètres entre le fournil et la boulangerie. Deux cents mètres truffés de recoins, d'étables suintantes comme des trappes de cave, de départs d'escalier sous des voûtes, de portes cochères sans battants, bavant l'ombre comme des tunnels ; de maisons en ruine embusquées derrière les orties, les sureaux et les lilas d'Espagne, avec ces terrifiantes fenêtres béantes sur le vide comme sur le souvenir des morts, qu'elles ont toutes. Ayant toujours, depuis vingt-cinq ans, conservé un relent de peur, Célestat ne passait jamais tranquillement devant ces fonds obscurs. Il se gardait même de tourner la tête vers eux car s'il le faisait, machinalement, il les voyait étoilés de rouge sombre comme si toute une estrade de procureurs attendait là, somnolents mais fin prêts, depuis un quart de siècle.

Or, chaque nuit, entre quatre et cinq heures, pendant que cuisait la première fournée, Célestat rentrait faire un petit somme quand perlait à peine, là-bas, vers la tête d'Estrop, un filet de jour vert émeraude. Tout seul était le boulanger, dans cette rue de Lurs où il y a une mauvaise ampoule électrique au bout d'une potence, tous les deux cents mètres. Et alors quel secours ? Chaque matin, derrière les persiennes, Célestat entendait ronfler ses clients. Il ne manquait pas, d'ailleurs, de les traiter de feignants, au passage. Mais ça n'empêchait pas d'être seul. Si on l'attaquait, en admettant qu'il puisse crier, ceux qui dormaient derrière les fenêtres en auraient pour un gros quart d'heure avant de lui porter secours. Et quand ils arriveraient, qui sait ce qu'il aurait fait de lui celui qui avait déjà tué Gaspard ? Comme si c'était un travail d'homme d'aller savonner le bord d'un bassin. Un fusil, un couteau, un *courregeon* (ces lacets de cuir longs comme des jours sans pain qu'on utilise pour les chaussures de chasse) tout ça, on comprend... Ce sont des armes d'homme. Mais du savon et de la cire ! Qui sait ce qu'il allait trouver, l'autre enfant de pute, la prochaine fois ? Il lui arrivait, à Célestat, de regarder de travers le pétrin qui avait si bien la forme d'une caisse de mort ; le four, toujours brûlant ; le tas de balles de farine, deux fois haut comme lui et dont une seule — et avec un bruit mou encore ! — suffirait à lui rompre la nuque. Car, si Gaspard, ce puissant personnage riche à millions qui s'esquivait quand par hasard il le rencontrait ou qui lui tendait deux doigts inconsistants quand il ne pouvait l'éviter, si Gaspard donc s'était fait bêtement couillonner, à plus forte raison lui, Célestat, pouvait l'être aussi et par n'importe quoi.

D'ailleurs, il n'en avait dit mot à personne et surtout pas à Clorinde qui se serait *estrassée* de rire mais, depuis plus d'un mois, maintenant, chaque fois que vers quatre heures, il quittait le fournil, quelqu'un lui emboîtait le pas. Oh, quelqu'un de très malin, quelqu'un de très agile qui le serrait de si près que, lorsqu'il se retournait pour le surprendre, l'autre tournait avec lui, comme s'il avait fait partie de son corps, comme s'il avait été lié à son échine. Plusieurs fois ainsi, dans cette rue bosselée de Lurs entre les créneaux des murailles ruinées, il avait cru voir — il avait vu — une ombre agile s'abscondre discrète derrière un bouquet de sambuquiers dardant hors des décombres.

« Ils vous font rire, se disait Célestat, ceux qui parlent de temps oublié. Ceux qui viennent vous dire : " C'est loin tout ça. " Il y a de certaines fois où le temps écoulé, sans vous en apercevoir, vous l'avez traîné derrière vous. Vous vous tournez, vous vous dites : " Tè ! Il est là celui-là ! " Des fois où... ce qui est arrivé il y a vingt-cinq ans vous menace de plus près que la guerre suspendue au-dessus de vos têtes ou que le petit grain de genièvre qui roule sous vos doigts quand vous vous rasez et qui sera un cancer sans doute mais dans vingt ans ! La preuve ! Qui aurait pensé — avec tant de morts comme il y a eu — que ce Séraphin Monge au retour de la guerre reviendrait au pays et, surtout, qu'il lui prendrait fantaisie de jeter bas La Burlière ? Qui aurait imaginé que Gaspard Dupin — avec tant de précautions comme on avait dit qu'il prenait — il trouverait moyen de glisser sur du savon noir ? Qu'encore un peu, on allait croire que sa mort était naturelle ?

« Quand on songeait à tout cela, c'était bien beau, par crainte du ridicule, de ne pas décrocher le fusil à la hotte de la cheminée mais lorsque lui, Célestat, serait retrouvé mort entre le fournil et la boulangerie — et qui sait de quoi ? — les rieurs qui s'assembleraient autour de son cadavre se diraient peut-être : " Somme toute, il aurait mieux fait de le prendre son fusil. " Le cas une fois échu, ça ne paraîtrait plus du tout ridicule. »

Au terme de ce délibéré, Célestat empoigna l'arme avec décision, se la passa en bandoulière, cala sous son bras le paquet de levain et monta les deux marches de la boutique. Clorinde soulevait le rideau de perles pour rentrer.

— Maï... qué fas ? dit-elle.

— Tu le vois pas ? Je vais pétrir.

— Tu vas pétrir avec le fusil maintenant ? Tu es pas un peu momo ?

— Gaspard Dupin est mort, dit Célestat.

— Et alors ?

— Et alors, tu diras ce que tu voudras, mais moi, à partir de maintenant, je prends le fusil.

Elle haussa les épaules, bâilla, ôta les poids de la balance et leva les yeux vers le carillon Westminster. Il allait sonner huit heures. Elle allait pouvoir faire sa caisse. Mais soudain une autre idée la frappa.

— Moun diou ! Huit heures ! Et la petite qui est pas rentrée !

Dans sa grande conversation avec sa voisine sur le crime de Pontradieu qui mettait un peu d'animation dans la monotonie quotidienne, elle avait oublié

Marie. La Tricanote, qui venait déjà de voir passer Célestat avec le fusil, vit jaillir Clorinde et qui trottait sur ses pieds plats de toute la vitesse de ses courtes jambes.

— Clorinde ! Qu'est-ce que tu as ?

— Le sang bouillant ! lui cria Clorinde sans se retourner. La petite est pas encore rentrée !

La Tricanote qui était friande de drames se précipita à la suite de Clorinde. Toutes deux, elles se penchèrent sur le rempart. Et tout de suite, dans la pénombre grandissante, elles virent le triporteur de Marie qui montait la côte de Lurs.

— De tout sûr elle sera encore allé voir son Séraphin, dit la Tricanote.

— De tout sûr ! soupira Clorinde. Ce cantonnier me fera mourir !

Non. Marie n'était pas allée voir Séraphin ou du moins, si elle avait eu l'espoir de le rencontrer, elle avait été déçue car Séraphin, ce jour-là, ne travaillait pas sur la portion de route où Marie avait à faire. Marie devait aller livrer le pain jusqu'à Pont-Bernard, parce que Coquillat, le boulanger de Peyruis, avait attrapé un panaris et qu'il ne pouvait plus pétrir. Depuis huit jours, les gens de Peyruis se servaient moitié à Lurs moitié aux Mées. Pour Célestat, ça faisait double fournée.

C'est en revenant de Pont-Bernard qu'un pneu du triporteur creva. Ce n'était pas la première fois. Marie avait l'habitude. La sacoche contenait tout le nécessaire pour réparer. Seulement, il fallait de l'eau pour repérer le trou. Elle dut pousser le tri sur plus de cinq cents mètres jusqu'à la source Sioubert. Elle n'aimait pas cette fontaine sournoise, au ras du sol, qui ne faisait aucun bruit et dont le lavoir s'enfonçait profondément sous les feuillages, ce qui le rendait sombre en toute saison, mais elle n'avait pas le choix.

Elle retroussa ses manches et se mit au travail. Seulement quand elle eut libéré la roue, elle s'avisa qu'elle avait gardé sa bague au doigt et qu'elle risquait de rayer l'aigue-marine. Elle la retira et s'apprêtait à la poser en évidence sur la pierre du rinçoir, à l'endroit le plus sec, mais elle remarqua alors la grande encoche en forme de faucille qui s'incurvait sur la pierre couleur d'huile d'olive. Elle ignorait à quoi elle avait servi mais d'instinct, elle préféra aller mettre sa bague plus loin, sur une dalle plus claire, à la sortie de la surverse, bien en vue.

La réparation dura longtemps. Le trou était minuscule par où l'air s'échappait bulle à bulle, et Marie s'énerva beaucoup à le localiser, à râper la chambre à air. De plus elle dut resserrer la roue avec une clé anglaise qui foirait... Elle ronchonnait, elle râlait. Elle avait horreur d'avoir les mains sales et il lui faudrait attendre d'être à la maison pour les laver comme il faut.

Ce fut dans cet état d'esprit coléreux — et ses cheveux étaient décoiffés et elle ne pouvait y toucher avec ses mains sales — qu'elle remonta sur le tri et qu'elle le relança à coups de pédale rageurs. Elle parcourut deux cents mètres — pas plus — et poussa un cri d'horreur. Elle avait oublié son aigue-marine. D'un coup de reins elle fit changer de direction à son engin qu'elle traitait comme un cheval. Un camion à chaîne qui pointait dans le virage fit désespérément usage de son klaxon à manivelle. Il évita le tricycle de justesse. Marie ne s'en aperçut même pas. Sa chère aigue-marine que ses parents lui avaient apportée dans sa chambre, le matin de ses dix-huit ans ! Comment avait-elle pu l'oublier !

Elle descendit en voltige et se précipita vers la source. Il faisait déjà très sombre, sous le berceau de verdure. Marie sûre d'elle s'avança vers le pilier de la surverse et envoya la main. La bague n'y était plus. La panique s'empara de Marie. Elle supposa n'importe quoi d'absurde : qu'elle s'était trompée d'endroit, qu'un rat avait fait tomber l'anneau dans le bassin. Elle fouilla tout autour du lavoir, à quatre pattes, en gémissant de chagrin. Elle enfonça ses bras jusqu'au fond du bassin mais la vase se souleva et ce fut dans une eau noire qu'elle tâtonna en pure perte. Elle n'abandonna ses recherches que lorsque la nuit sous le berceau les rendit vaines. Éplorée, bouleversée, trempée par l'eau froide qui l'avait éclaboussée, elle reprit le chemin de Lurs les larmes aux yeux.

Trois jours après la mort de Gaspard Dupin, Séraphin n'accomplissait toujours les gestes de la vie ordinaire que machinalement. L'étonnement qui l'avait frappé devant le cadavre ne s'était pas dissipé. Qui l'avait frustré de sa vengeance ? Qui lui avait coupé l'herbe sous les pieds ? Pas plus que Didon Sépulcre — lequel s'efforçait pourtant de le croire — pas plus que Célestat Dormeur — lequel ne s'y trompait pas — il n'imaginait que Patrice soit coupable. Dix fois il fut sur le point de jeter sa masse sur le tas de ballast qu'il était en train de concasser pour enfourcher son vélo et foncer vers Digne, dire ce qu'il savait.

Seulement, chaque nuit, il devait se garder du rêve qui le poursuivait, qui jalonnait, pour ainsi dire, sa route. Il vivait des nuits paisibles à condition de ne pas s'écarter du but, mais sitôt qu'il l'oubliait, le cauchemar menaçant errait autour de son sommeil, s'efforçait de lui transmettre ce secret que surtout il ne voulait pas connaître.

Maintenant, les journées étaient courtes, dès six heures il faisait nuit. Séraphin s'efforçait de se raccrocher tant bien que mal à la vie familière qu'il sentait couler parallèle à la sienne, parée de tant d'attraits.

C'était l'époque où Peyruis sentait la rafle écrasée et le vin en train de bouillir derrière les soupiraux des caves. Deux alambics s'étaient installés sur la placette, et Séraphin venait rôder autour d'eux, respirer l'odeur du bois de pin sous les chaudières et contempler l'eau-de-vie qui coulait en filet de verre dans les bacs où voguait debout le thermomètre sur son bouchon de liège.

Tant de générations de Monge avant lui avaient dû se carrer sur ces bancs, sous les bâches tendues, pour discuter, le quart d'étain en main, de la qualité de la *goutte* et cela aurait pu continuer longtemps encore durant tant de générations, sans ces trois assassins.

Parfois, les bouilleurs l'invitaient à s'asseoir sur ce banc auquels, seuls, les propriétaires avaient droit. Ils lui tendaient ce fond de quart où le marc refroidissait. Il s'en humectait les lèvres sans l'avaler, car il se souvenait trop bien de l'odeur des tranchées, les matins d'attaque, quand on distribuait la gnôle.

On le voyait défiler parmi ces clartés et ces vapeurs puis se fondre dans la nuit poussant les feuilles mortes, distribuant comme un enfant des coups de pied aux marrons d'Inde dont les bogues éclataient sur le chemin. Il rentrait chez lui. Il ouvrait la boîte à sucre. Il dépliait les reconnaissances de dette. Il les relisait. Il avait biffé d'un grand trais au crayon fuchsine celle de Gaspard. Il pensait à Patrice, en prison depuis la veille. Il pensait à Didon Sépulcre, là-bas dans son moulin à huile qui devait préparer la saison. Il pensait à Célestat Dormeur, là-haut, dans son fournil qui faisait à manger pour tout un village, tout seul dans la nuit. Ces êtres, ceux qui lui avaient fait le plus de mal sur la terre, ils occupaient seuls sa pensée, à l'exclusion de toute amitié. Il n'avait pour vivre que des sentiments de haine. Mais ces hommes, dans le fond, était-ce bien les mêmes qui avaient exterminé sa famille, autrefois ? Et s'ils n'étaient plus les mêmes, à quoi servait de les haïr ? Depuis qu'il avait vu le cadavre de Gaspard, il doutait que faire d'un être cette pauvreté puisse contenter un fantôme, même si on le porte en soi. Il trouvait la tâche lourde et que sa mère — où qu'elle soit — était bien exigeante de tant lui en demander. Toutefois ces minutes de désarroi duraient peu chez lui. Il les devait uniquement à cette partie de son âme qui se laissait gagner, parfois, au contact de tant de petits bonheurs, par la tentation de vivre comme tout le monde.

Un soir — un soir profond d'octobre où il ne fait pas bon être seul — il remontait lourdement l'escalier. Il poussait la porte de la cuisine qui coinçait contre le carrelage. Il allumait l'électricité. Et il trouvait Charmaine devant lui, assise à sa place et qui le dévisageait fixement. Il ne comprit pas dès l'abord ce qu'elle venait de faire. Pourtant, la boîte à sucre était bien ouverte sur ses louis couleur de vieux miel. Il fallut du temps à Séraphin pour se faire à l'idée qu'elle avait étalé sur la toile cirée les trois reconnaissances de dette avec, au centre, celle qu'il avait biffée au crayon fuchsine. Ils restèrent plus d'une minute pétrifiés tous les deux, leurs regards rivés l'un à l'autre.

Dans cette pièce au plafond bas, jamais il ne lui avait paru si beau. Elle le voyait comme une épée en forme de crucifix. Il lui semblait que jusqu'à lui elle n'avait jamais rencontré d'homme. Il allait peut-être la tuer pour avoir découvert son secret, mais elle ne parvenait pas à avoir peur. Sa sensualité perverse, qu'elle assumait avec le plus parfait naturel, lui tenait lieu d'armure. Elle vivait dans la seconde présente avec volupté. La minute qui suivrait lui importait peu. Elle parla avec sa nonchalance habituelle.

— Je ne vous dénoncerai pas, dit-elle. Je n'aimais pas mon père et je crois savoir maintenant ce qu'il vous a fait.

Elle désigna les papiers sur la table.

— C'était donc lui l'assassin de La Burlière ?

— Ils étaient trois, dit Séraphin.

Il se laissa tomber sur la chaise vis-à-vis d'elle, les jambes coupées, sans cesser de la regarder en face.

— C'était donc ça votre secret ? dit-elle. Vous êtes le vengeur ? Vous êtes le redresseur de torts ?

Elle avança la main vers les siennes, mais il les cacha précipitamment sous la table.

— Ça vous plaît de punir ? demanda-t-elle doucement.

Séraphin serra les mâchoires. Lui dire la vérité ne l'avancerait à rien. Et il voyait bien, sous la lampe, briller ses lèvres. Il savait ce qu'elle voulait. Il savait qu'elle ne pensait qu'à ça. Il savait à quoi, par elle, il allait être conduit et que, cette fois, aucun coup de feu ne viendrait le délivrer de justesse.

Elle ramassa les papiers sur la table, les remit dans leurs plis, les entassa sur les louis et referma le couvercle d'un coup sec. Elle se saisit de la boîte et alla la replacer sur l'étagère, à côté de la poêle à frire. Sa chute de reins ondulait avec décision durant les quelques pas qu'elle fit. Elle était vêtue de dentelle noire qui la faisait paraître nue ou en haillons. Elle revint vers la table et pointa le doigt vers Séraphin jusqu'à toucher sa poitrine à travers la chemise.

— A partir de maintenant, dit-elle, je suis vous et vous êtes moi. Comme si on était dans un naufrage. Et si vous deviez avoir quelque remords, sachez que Patrice sera libéré demain.

— Ce n'est pas lui..., murmura Séraphin.

— Bien sûr que ce n'est pas lui.

Elle fit le tour de la table. Il était toujours aussi pétrifié. Elle se pencha vers son oreille pour lui chuchoter :

— Vous nous avez rendu un fier service. Il allait nous ruiner...

Il gardait les genoux serrés, les poings faits. Il réfléchissait qu'il pouvait la tuer sans peine, mais que jamais il ne parviendrait à s'en tirer ; qu'on l'arrêterait tout de suite et qu'alors, les deux autres assassins de sa mère demeureraient en vie. Mais il savait aussi qu'il n'aurait jamais le courage de supprimer Charmaine. Au contraire : il sentait vrombir autour de lui cette sensualité pathétique par touches légères — comme un bourdon caresse à peine le calice où il s'enivre — qui sourdait de son regard, de sa voix, de son odeur de bergamote presque indiscernable et qui le paralysait de désir, de curiosité et de terreur.

— Partez ! dit-il. Je ne peux pas...

— Vous ne pouvez pas ? Vraiment ?

Placée derrière lui, elle lui encerclait le torse, elle appuyait ses seins contre les épaules dures comme du rocher ; ses longues mains descendaient, avec le geste triangulaire du plongeur, vers la ceinture de muscles qu'elle palpait sans insister puis plus bas encore. Elle le dénudait avec une patience et une lenteur de garde-malade soulevant la gaze sur une plaie purulente. Elle lui emprisonna le sexe entre ses doigts.

— Et maintenant ? Vous êtes sûr que vous ne pouvez vraiment pas ?

Avec une force d'homme, elle écarta la table qui fit un bruit affreux. Elle se plaça debout devant Séraphin et sa dentelle noire craquait et elle la passait par-dessus sa tête. Il vit son ventre bombé comme un bouclier, sa toison si particulière en mailles serrées tricotées.

C'était déjà le moment où, avec un sifflement de lanière, la Girarde dépliait dans la tête de Séraphin son linceul de feuilles mortes au puits de La Burlière. Elle se faisait de plus en plus nette à chaque apparition nouvelle. Et cette nuit, sa vision lui livra un nouveau détail : les yeux de sa mère, très à fleur de tête, d'un bleu délavé, ne regardaient pas droit devant eux. Il y en avait un, le gauche, qui se fixait dans l'orbite un peu plus haut, un peu plus loin.

Était-ce ce fantôme, était-ce Charmaine qui l'enfourchait comme une monture ? Qui l'enlaçait de ses jambes comme si elle escaladait un tronc d'arbre ? Sous ce chevauchement lascif il était inerte comme un bloc de pierre. La seule manifestation humaine qu'il ne pouvait commander, c'était ce sexe érigé comme malgré lui et qui ne remuait pas et qui se dressait tel un priape pétrifié, insensible.

Elle lui criait des insultes, des obscénités. Mais jamais il ne desserra les poings, ne fit un mouvement, ne la toucha autrement que par ce sexe impersonnel qu'elle serrait dans l'étau de ses cuisses, sans résultat.

Elle pleura d'humiliation car d'ordinaire, elle avait l'habitude de navrer les hommes par l'impassibilité, le silence et la lucidité. Mais comment navrer un être pour qui vous n'existez pas et qui est raide de peur et qui sait à peine, terrorisé qu'il est par un fantôme, que c'est une femme qui fait l'amour sur lui ?

— C'est pas possible, pas possible, pas possible !

Elle gémissait cette litanie les dents serrées. Elle ne comprit jamais que derrière cette tête de marbre, semblable à celle qui ornait la commode dans l'atelier de Patrice, c'était contre sa mère morte que Séraphin se débattait, lui toujours reculant, elle toujours s'avançant, avec cet œil un peu chaviré qu'il lui connaissait maintenant, mais qui ne le regardait toujours pas en face, avec ce silence d'énigme. Il tournait la tête de droite à gauche pour fuir les lèvres rouges et humides — celles de sa mère ? celles de Charmaine ? — qui cherchaient un autre contact ; détournant la bouche pour échapper à ces seins élastiques qui réclamaient d'être emprisonnés entre les menottes d'un bébé et qui, il en était sûr, allaient le rassasier de lait mort.

Charmaine s'escrima longtemps à faire céder l'homme. Elle y mit toute son impudeur, se surpassant elle-même, ne s'étant pas crue si lascive ; sûre qu'elle finirait par avoir raison de ce lingam inutilement raide et qu'alors, Séraphin refermerait les bras sur elle. Car c'était bien cela qu'elle recherchait : le berceau consolateur de ses bras.

Elle s'écroula d'un coup, découragée. Elle resta plusieurs minutes comme morte, toujours enfourchée sur ce corps mais n'ayant plus la force de l'étreindre ; à la fois vannée et insatisfaite. Elle le frappa à coups redoublés sur les pectoraux, sur les bras, sur le ventre, ivre de colère. Elle s'arracha à lui. Elle lui cracha sur le sexe.

Il était toujours aussi immobile. Il avait toujours les yeux ouverts sur d'autres visions. Elle le gifla à toute volée. Elle en eut mal aux mains, comme si elle avait tapé sur de la pierre. Il ne détourna même pas la tête.

Elle se rajusta à la diable dans ses dentelles. Elle dit :

— Je reviendrai tous les soirs ! Vous entendez ? Tous les soirs ! Vous céderez !

Elle voulut rageusement claquer la porte en partant, mais le vantail coinçait contre le carrelage et elle rata son effet.

Séraphin perçut le bruit d'un moteur relancé. Mais ce fut inconsciemment, car cette goutte de lait morte qui était la partie la plus visible de son hallucination, lui mouillait l'intérieur de la bouche, se répandait sur sa langue, sur ses muqueuses. Et elle avait le goût de la suie humide.

Il se rua sur l'évier et il se cogna les doigts dans la bouche et le vomi qu'il expulsa était noir et le goût de suie remonta dans ses narines et y végéta tout le reste de l'horrible nuit qui suivit.

Il revint s'affaler sur sa chaise comme s'il s'était battu avec quelqu'un de sa force. Il sentait sur les poils de sa poitrine et au creux de ses mains — que pourtant il n'avait pas desserrées — le parfum de Charmaine qui dominait, sans la dissiper, l'odeur de suie, en un mélange chargé d'un mystère dont il ne parvenait pas à saisir le sens.

Soudain, l'idée le traversa que Charmaine avait lu les papiers et qu'il était à sa merci. Il ne pouvait s'offrir le luxe de voir se transformer en haine le désir qu'elle éprouvait pour lui. S'il voulait se consacrer à l'essentiel : atteindre les deux assassins qui restaient à châtier, il devait couper court à travers ses fantasmes et ses sensations bizarres, couper droit comme une flèche. Même s'il devait boire du lait à la suie jusqu'à plus soif. Même s'il devait entendre ce secret que sa mère voulait à toute force lui chuchoter.

S'il ne voulait pas que Charmaine s'oppose à ses desseins, il devait se plier à ses fantaisies. A ce prix seulement, elle deviendrait sa complice. Et si, à cause de ce plaisir qu'il prendrait, sa mère le punissait par un aveu qui le révulsait par avance, tant pis. Après tout, il avait connu la guerre. Aucun cauchemar, aucun mystère ne pouvait l'approcher en horreur.

Il se mit debout. Il se précipita dans l'escalier. Il entra dans la remise, enfourcha sa bécane et fonça à toutes pédales vers Pontradieu. Il lui fallait prendre Charmaine dans ses bras et lui demander pardon.

Quand on est ivre de jalousie, on ne recule devant rien. Et Marie l'était. Depuis cinq heures de l'après-midi, elle marchait avec une boule d'épingles enfoncée dans la gorge, ce qui lui permettait tout juste de répondre oui ou non. A cinq heures — Marie repassait du linge dans l'arrière-boutique —, la Tricanote avait soulevé le rideau de perles.

— Clorinde ! Tu sais pas la nouvelle ? Y paraît que la veuve joyeuse...

Clorinde pesait de la repasse sur la bascule, pour les sœurs du Rosaire.

— Laquelle ? demanda-t-elle.

— Tu sais bien ! Celle qu'on en parle dans le journal. La fille de Dupin le riche !

— Ah ! fit Clorinde.

— Eh ben ! s'exclama la Tricanote. La mort de son père à celle-là surtout dans ces circonstances tragiques — ça l'empêche pas de rôtir le balai ! Ma belle ! Y paraît qu'elle s'en paye une tranche avec le Séraphin !

Clorinde leva les yeux au plafond.

— Celui-là !

C'était à ce moment-là que la boule d'épingles s'était

fichée dans le gosier de Marie. Depuis, elle rongeait son frein, bien décidée. A neuf heures, c'était réglé : son père se calait le bloc de levain sous le bras, décrochait le fusil et il partait pour le fournil. Depuis que la mort de Gaspard Dupin l'avait tant bouleversé, il ne rentrait plus jusqu'au matin. Il s'était fait un lit de sacs au fournil et il y somnolait, dans les intervalles du travail, le fusil entre les cuisses.

Quant à Clorinde, c'était simple : à neuf heures, elle faisait la caisse en bâillant. Elle faisait tomber l'argent dans un vieux chapeau de berger et elle montait à sa chambre, en se cognant contre toutes les marches. Marie, qui était déjà dans la sienne, l'entendait fourrager deux ou trois minutes, bâiller en claquant des mâchoires, se rafraîchir les pieds et la figure avec un broc d'eau froide et adieu pays ! Au bout de trois quatre minutes, le concert commençait. Elle avait le ronflement sereinement puissant. A chaque ébranlement de l'air, le manchon de la lampe à pétrole de secours trémulait sur le marbre de la commode.

Marie n'attendit pas qu'il eût tinté plus de dix fois. Elle ouvrit sa porte, descendit l'escalier, passa dans la remise par le corridor, décrocha sa bicyclette neuve et gagna la rue. Elle ne l'enfourcha pas tout de suite. Elle la porta d'abord, par la rue noire et déserte.

Tout le monde était dans les caves, à bouteiller, ou dans les celliers à trier les fruits. Les conversations passaient à travers les soupiraux comme si elles sourdaient de la terre. C'était la belle saison d'automne, profonde, gonflée du parfum des récoltes dernièrement engrangées. Le pays de Lurs attendait les pluies que le vent marin annonçait. Et il y avait de la quiétude dans le cœur de tout le monde, sauf dans celui de Marie.

Marie fonçait vers Peyruis pour en avoir le cœur net. En avoir le cœur net est le souhait mortel de tous les jaloux ancore jeunes. Il lui fallut à peine un quart d'heure, en pédalant comme une forcenée, pour couvrir la distance qui sépare Peyruis de Lurs.

Cette placette à la fontaine, maisons pauvres, maisons riches mêlées, elle la connaissait bien. Tous les jours, elle y arrêtait le tri pour livrer le pain à l'école des sœurs. Elle était biscornue, ses recoins et ses renfoncements cachaient des amorces de rues noires et des remises sans porte où couchaient des charrettes aux bras levés. Les fenêtres inégales, éclairées ou obscures, ponctuaient les façades disparates ; persiennes vertes, volets noirs dégondés, clartés d'ampoules électriques derrière les vitres, ou de lampes à pétrole ou même encore de calens, derrière les portes d'étables qui abritaient quelques chèvres et où traînaient les pieds, des vieillards.

Trois platanes veillaient sur la fontaine. Un seul lampadaire, scellé au bout de sa potence sur la façade du notaire, s'éclipsait derrière le feuillage mouvant. Entre les flaques d'eau, les feuilles mortes des platanes jouaient sur le sol au tapis d'Orient.

Mais la jalousie expulse de toutes les quiétudes. Marie sur cette place en grelottait de solitude, de pauvreté. Elle mendiait la clarté sourde qui désignait la croisée de Séraphin. Là-haut, de lentes ombres s'interposaient entre l'abat-jour de perles et les vitres sales. Mais Marie ne voyait que le plafond de la pièce. Et tout le reste, qu'elle ne voyait pas, était largement disposé devant son imagination. Pourtant, cela ne lui suffisait pas : imaginer, ce n'est pas en avoir le cœur net. Elle cherchait autour d'elle un moyen de pouvoir plonger son regard plus directement à travers la croisée éclairée. Elle repéra une entrée de remise béante, bien dans l'axe, sur le côté, où se distinguait les pieds d'un chevalet à oliver.

Elle allait se diriger vers lui, lorsqu'une éclipse de la lumière lui fit tourner la tête. Elle n'était plus seule. Tout occupée à se trouver un meilleur poste d'observation, elle avait perdu de vue quelques secondes durant la façade de Séraphin, et c'était précisément dans ces parages que venait de se produire le furtif changement qu'aux aguets elle avait perçu.

Elle distingua un homme, de dos, qui s'esquivait sous l'agitation des ramures, entre ombre et clarté, visible et imprécis. Sans doute venait-il de surgir par la porte ouverte sur l'escalier obscur de Séraphin. Marie ne l'avait pas remarqué au moment précis où il en sortait mais, comme elle tenait toute la place sous son regard, il ne pouvait pas venir d'ailleurs.

Le grillage mobile des frondaisons agitées devant l'unique réverbère découpait en quartiers cette silhouette. C'était un arlequin clair et sombre, aux contours vagues, qui s'en allait là-bas, derrière la fontaine, où il s'enfonçait dans une pénombre soudain travaillée par le déhanchement d'un cycliste et où le bruit d'une roue voilée s'estompait au lointain.

Marie suivait cette silhouette et ce bruit avec un soulagement divin. Si cet homme-là venait réellement de quitter Séraphin, sa présence chez celui-ci expliquait le mouvement suspect de ces ombres qui s'interposaient à l'instant devant la lampe...

Seulement alors, dans le coin obscur où l'homme

venait de disparaître, derrière la fontaine, elle aperçut une automobile arrêtée. Noir et brillant, haut sur pattes, les roues à rayons filetées de rouge, ce véhicule avait l'aspect pimpant d'une voiture de femme. Marie leva les yeux vers la croisée de Séraphin. Les ombres s'y agitaient toujours. Alors, sans hésiter, elle courut vers la remise ouverte, y décrocha le chevalet qu'elle vint appuyer contre le tronc d'un platane. Jamais l'idée ne l'effleura que quelqu'un pouvait venir, traverser la place, sortir d'une maison.

La jalousie est téméraire. Rien ne la retient. D'ailleurs, Marie crut que pour en avoir le cœur net, dix secondes lui suffiraient. Or, elle y resta une heure. Elle y resta jusqu'à ce que Charmaine, littéralement projetée hors de la maison, s'élance en courant vers la voiture et démarre en trombe.

Mais auparavant, éberluée sur son chevalet, les jambes coupées, la bouche sèche, Marie put en avoir le cœur net tout son saoul. Elle put se repaître, en dépit des croisillons de la fenêtre qui écartelaient la vision, de cette image imparfaite qu'elle distinguait à travers les carreaux sales.

Le souffle court après le départ de Charmaine, elle resta plusieurs minutes, les bras tremblants cramponnés aux barreaux du chevalet, avant d'avoir la force d'en descendre, de s'adosser à l'arbre, de laisser s'apaiser cette effervescence bizarre et nouvelle qui trémulait au creux de son ventre.

Elle crut que c'était la colère qui la soulevait. Elle se préparait à grimper chez Séraphin pour lui crier ses quatre vérités, lui arracher les yeux, lui donner des coups de pied. Mais en vérité, elle espérait avoir le courage de le forcer à faire avec elle ce qu'il avait fait avec l'autre et de lui offrir tout ce qu'il voudrait pour la lui faire oublier.

Elle n'eut pas le temps d'esquisser un pas. Séraphin se tirait hors de la remise, il élançait sa bicyclette, il s'y juchait. Il prenait la même direction que Charmaine à l'instant et que l'homme inconnu depuis longtemps disparu.

Alors, Marie sans réfléchir enfourcha elle aussi son vélo et elle suivit Séraphin à distance, pour en avoir, se disait-elle, encore plus le cœur net mais, en réalité, parce qu'elle ne savait plus très bien où « pendre la lumière », comme disait sa mère.

Charmaine vibrait encore comme vibre sans fin la corde d'un arc qu'on vient de détendre : pantoise, désorientée, tous les sens bousculés.

Était-elle assez risible, à son âge, l'aventure qu'elle venait de vivre ? « Laissée en plan, songeait-elle, à cheval sur ce triangle maudit entre l'assouvissement, l'apaisement et la frustration, comme une vulgaire novice, comme une femme depuis longtemps mal mariée... » Mais elle savait bien au fond, qu'aucun de ces mots qu'on prononce à la légère et qui n'expriment que sommairement les sensations, ne convenait à ce tourbillon qui se creusait dans son être. Elle était vide comme un tambour, raide de tous ses muscles internes comme pétrifiés. Le froid sourdait de ses muscles intimes brutalement arrachés à leur proie, fleurissait au creux de son ventre pour croître en un réseau tentaculaire qui cramponnait toute sa chair.

Elle avait la sensation de s'être abîmée entre les bras d'un amant de bronze, une statue, un simulacre... « Et d'ailleurs, se disait-elle, ce visage sans rides, sans expression, qu'il m'a opposé tout le temps, d'où le tient-il ? » Elle se posa la question avec plus de précision encore : « De qui le tenait-il ? Qui l'en avait affublé ? ou plutôt : qui l'en avait masqué ? » Car c'était bien cela qu'elle éprouvait : avoir rencontré, par la chair, quelqu'un de soigneusement masqué.

— Patrice..., souffla-t-elle.

Il lui fallait attendre toute cette interminable nuit pour retrouver son frère demain — quand il serait libéré — et se jeter dans ses bras. Lui, au moins, il les refermerait sur elle. Elle lui expliquerait tout. Elle lui dirait tout. Elle lui poserait cette question qu'elle formulait en roulant à fond de train vers Pontradieu : « Pourquoi Séraphin n'est-il un homme que par son sexe ? Pourquoi — pourquoi diable ! — refuse-t-il de m'aimer ? »

Un être ne comprend jamais tout seul pourquoi on ne l'aime pas. Patrice, l'ami d'enfance, le complice, l'en consolerait.

Elle freina brutalement devant la porte du garage et descendit pour aller ouvrir. Le moteur cala. Charmaine trouvait Pontradieu enfermé dans un étrange silence. Elle leva les yeux machinalement. Les persiennes, chez sa mère, n'étaient pas fermées. Il y avait de la lumière. Il y en avait aussi là-haut, à l'œil-de-bœuf qui éclairait la chambre de la grenadière. Toutes deux devaient pleurer leur mort, chacune à leur façon.

Charmaine hésita. Se retrouver dans sa chambre ne lui disait rien qui vaille. Elle savait que pour calmer son bouleversement, la tête ensoleillée encore par le visage élargi de Séraphin, elle finirait par se caresser jusqu'à épuisement, devant son miroir sombre et profond, si bien fait pour refléter Narcisse. Car, n'ayant jamais trouvé de partenaire assez intuitif pour lui permettre de résoudre elle-même l'énigme de son plaisir, c'était toujours dans la morne solitude que s'étaient achevées pour elle les fêtes de la chair.

Pourtant, ce soir, tout serait impuissant à l'arracher à l'angoissante réalité. Il ne lui restait, comme d'habitude, que la consolation glaciale du grand large de la vallée au fond du parc, le bruissement des arbres, le frôlement des bêtes et des oiseaux nocturnes ; l'innocence apparente de cette nuit.

La lune était à son dernier quartier, mais elle éclairait encore assez pour qu'on puisse se promener à sa lueur. Charmaine s'engagea dans la contre-allée. Elle se coula avec délices contre les buis. C'était le parfum de la consolation. Ça ramenait à la mémoire des bouquets de bons souvenirs. Elle en froissa malaisément quelques brins pour les porter à ses narines.

L'allée tournait. On distinguait là-bas les eaux dormantes du grand bassin. Charmaine s'y dirigeait, quand elle perçut dans son dos comme le bruit d'une cavalcade à pas feutrés. Elle allait se retourner pour voir qui venait à cette heure, à sa rencontre et si vite. Elle n'eut pas le temps d'achever son geste. Une masse énorme lui écrasa les épaules. Quelque chose comme une tenaille lui brisa les vertèbres.

Penché sur le guidon, le masque tragique, Séraphin appuyait sur les pédales comme un forcené. Maintenant, quelles qu'en soient les conséquences, il voulait, de toute son âme, serrer Charmaine dans ses bras. Cette impatience le tirait en avant. Il voulait lui caresser les cheveux d'un seul geste pour toute sa tête, avec sa grande main. Voir ses yeux se lever vers lui pour le remercier de cette tendresse lui paraissait essentiel. Il était prêt à affronter le secret de sa mère pour cet instant de ce qu'il avait entendu, çà et là, appeler le bonheur. Tant pis. Il souffrirait mais du moins, une fois dans sa vie, il aurait servi à quelque chose.

Il mit pied à terre comme d'habitude près du portail sans grille, devant le grand peuplier. Il planqua sa bécane dans le caniveau. Il s'engagea dans l'avenue des sycomores. Il régnait un silence irréel. C'était la fin de la lune. Elle éclairait le dessous des arbres. Une légère brise qui se levait apportait aux narines de Séraphin l'odeur du buis qu'il aimait tant. Il vit Pontradieu à travers les feuillages clairs. Deux fenêtres y brillaient. Était-ce chez Charmaine ? La trouverait-il jouant du piano ? Il s'imaginait, arrivant derrière elle à pas de loup. Il lui saisirait les épaules entre ses mains, il lui chuchoterait à l'oreille la vérité et pourquoi, en réalité, il ne pouvait pas faire l'amour...

Occupé par ses pensées, il se trouva au quinconce, à la croix des deux allées bordées de buis. Là-bas, sous le clair-obscur ocellé par la lune, une ondulation bizarre grouillait au ras du sol. Cela faisait une sorte de monticule agité de soubresauts et de frissons et qui se moirait parfois, passant de l'ombre à la clarté. Cela était percé par quatre éclats glauques couleur d'opale. Séraphin entendit une sorte de grognement satisfait et le bruit de mandibules puissantes ayant raison d'un os.

Ce bruit fit dans l'âme de Séraphin les ravages d'un cyclone. Mais il n'eut pas le temps de s'y arrêter. Un grand pan de cette masse à la nature incompréhensible venait de se détacher de l'ensemble et bondissait à sa rencontre avec des foulées de trois mètres. C'était un chien énorme.

Sans réfléchir, Séraphin fonça à sa rencontre à la vitesse d'un coureur de cent mètres. Il vit devant lui la gueule qui s'ouvrait. La bête se ramassait pour bondir mais Séraphin ne l'attendit pas. Il lui fonçait dessus. Il la percuta au milieu de sa course, de tout son poids, de tout son élan, de toute sa fureur. Les cinquante kilos de la bête et les quatre-vingt-quinze kilos de l'homme se heurtèrent de plein fouet avec un bruit mat. Le chien visait le larynx, mais Séraphin avait sauté si haut que les dents refermées ne purent que lui labourer le torse. Étourdi par le choc le chien tourna sur lui-même et retomba. Séraphin courbé en deux lui sauta dessus comme un plongeur. Il entendit craquer la cage thoracique de l'animal. Il n'eut pas le temps de souffler. Un deuxième molosse lui arrivait dessus et celui-là bondissait au bon endroit, la gueule large ouverte dardée vers la gorge de l'homme. Séraphin mit son bras gauche devant son cou et tendit le poing fermé devant lui vers la gueule du chien qui l'engloutit. Séraphine sentit qu'une lutte sans merci était engagée entre les dents du chien et son poing fermé qui les empêchait de se bloquer sur son poignet et qui gênait la respiration de l'animal. De sa main libre, il lui saisit le mufle par le dessus, engagea ses doigts dans l'interstice de la mâchoire, sous les dents. La bête essayait par ses soubresauts de le déséquilibrer, mais Séraphin était solidement arqué sur ses jambes. La bête lui griffait les cuisses avec ses pattes antérieures. Un espace de seconde pour reprendre élan pour mordre, elle desserra son étau sur le poing de Séraphin. C'est à cet instant que celui-ci sentit le souffle du chien sur son visage courbé en avant. Au fond d'un relent de chairs broyées flottait une trace de parfum de bergamote qui lui chavira l'âme. Sa main gauche écrasa les yeux du chien. Son poing droit se referma sur la mâchoire inférieure. Le chien maintenant serrait comme dans un étau les deux mains à la fois de Séraphin qui s'arc-bouta sur le sol. Son corps était un nœud de muscles et d'os qui n'avait plus d'angles. Les canines de l'animal lui pénétraient les chairs, le crochaient comme des clous. C'était ce qu'il voulait. Ses deux mains bien assurées, l'une sur la mâchoire supérieure, l'autre sur la mâchoire inférieure, il commença de les écarter lentement, de toute sa force, de toute sa haine, les maxillaires crispés, les yeux tournés vers le ciel. Il avait réussi à coincer le corps de la bête entre ses cuisses et il tirait, il tirait... D'un seul coup, au fond de la gueule rouge, quelque chose craqua, se déchira. Le chien poussa un ronflement désolé et cessa de lutter. Il restait suspendu aux mains de Séraphin par les crocs qui déchiraient les chairs. Séraphin dut les détacher comme des hameçons. La bête délivrée se mit à tourner en rond, la gueule béante qu'elle ne pouvait plus refermer. Séraphin s'emplit la poitrine de tout l'air qu'il put rassembler. Il se jeta sur l'animal, le saisit par les pattes arrière. Il fit tournoyer cette masse de cinquante kilos une fois, deux fois, trois fois au-dessus de sa tête. A chaque fois il l'écrasait sur le sol. La fureur de la guerre, l'attaque, le cerveau bourré de gnôle, toute la bestialité de l'homme refluait en lui, mais ici, c'était à cause d'une trace de bergamote dans le relent d'une haleine fétide. Cinq fois, six fois, il écrasa par terre cette pauvre dépouille. Il était couvert de sang, aveuglé par le sang, le sien et celui de l'animal. Il ne s'arrêta que lorsqu'il ne put plus refermer la gueule lui non plus, à force de manquer d'air.

Il tomba à genoux. C'est à genoux, presque à quatre pattes qu'il se traîna sur les cent cinquante mètres que les deux chiens avaient parcourus à sa rencontre.

— Charmaine..., souffla-t-il.

C'était la première fois de sa vie qu'il prononçait sur ce ton un prénom de femme. Il réussit à ôter sa chemise en lambeaux. Il la déploya sur les restes de la veuve de guerre. A travers la puanteur des entrailles déchirées, l'odeur du corps superbe qu'elle avait été se frayait encore un chemin, comme un souvenir jusqu'au cœur de Séraphin.

Il joignit ses mains percées par les dents des bêtes et où le sang coulait à flots.

— *Notre père qui êtes au cieux...*

Jamais durant toute la guerre, cette prière n'avait affleuré à ses lèvres, depuis le temps si lointain où les sœurs de la Charité chaque soir la lui faisait seriner. Il en rendit gorge, accompagnée d'une fontaine de larmes. Il comprit mot à mot, tout ce qu'elle signifiait.

Il entendit un bruit familier. C'était celui d'un fusil qu'on armait. A travers le brouillard de ses pleurs, il distingua dans un rayon de lune la grenadière qui le couchait en joue. Il se dit qu'il allait se reposer. Mais alors, il vit jaillir à travers les buis une masse irrésistible qui précipitait la vieille femme à terre, qui lui arrachait le fusil des mains, qui tirait les deux cartouches en l'air et qui se mettait furieusement à briser l'arme contre la bordure de l'allée et qui en jetait les restes au loin, à travers les buis. C'était Marie. Elle fit face à Séraphin. Elle s'avança jusque de l'autre côté du corps de Charmaine. Elle tomba à genoux, elle aussi.

— Mon Dieu ! s'exclama-t-elle. Tes mains !

Elle s'arracha du cou l'écharpe qu'elle portait. Elle la tendit devant elle.

— Non, dit Séraphin.

« Si vous l'aviez vu ! dira Marie soixante ans plus tard. Il aurait fait reculer d'horreur le diable en personne ! Il était sous une fontaine de sang. Même les larmes qui lui coulaient des yeux étaient rouges. Jamais, vous entendez bien ? Jamais ! Si je n'avais pas adoré son âme, je n'aurais pu l'approcher sans m'évanouir. Et savez-vous ce que je lui ai demandé ? Ah ! il fallait être fille, il fallait être jeune pour oublier cet effroyable éclatement de chair qui était sous cette chemise, où les chiens avaient fait leur repas. Il fallait avoir une force de caractère terrible pour ne pas se dire que *ça*, il n'y avait pas deux heures, c'était une vraie fleur de peau qui m'avait fait sécher de jalousie ! Et alors, savez-vous, savez-vous ce que je lui ai demandé ? Ah ? il fallait être femme, allez ! Et surtout, ajoutera-t-elle le doigt levé, croire en Dieu ! »

— Tu l'aimais ? demanda Marie.

— Non, répondit Séraphin.

— Mon Dieu ne dis pas ça ! Qu'au moins elle ait eu quelque chose ! Si ! Tu l'aimais !

Séraphin secoua la tête de droite à gauche, sans cesser de pleurer.

— Mais alors ! Pourquoi es-tu là ? Pourquoi pleures-tu ? Pourquoi es-tu à genoux ? Pourquoi as-tu les mains jointes ?

— J'ai compassion, murmura Séraphin.

« Et pour entendre ce mot, dira Marie, il a fallu que

je me penche. Et moi aussi alors, je pleurais comme une bête et moi aussi j'étais à genoux et on se voyait plus. La lune avait disparu et on avait sous les narines l'odeur de ce corps qui avait servi de repas aux chiens...

« Et alors, écoutez bien ça : Il est arrivé du monde. Les fermiers d'abord, attirés par mes coups de fusil. La vieille que j'avais désarmée, que j'y avais fait une entorse, en la jetant par terre, qu'elle clopinait quand même en se traînant, que si ses regards avaient été des balles, je serais morte dix fois. " Mon fusil ! Mon fusil ! Elle glapissait. Tu m'as cassé mon fusil ! " Elle s'en foutait pas mal elle, de cette pauvre femme écartelée par les chiens. Et alors, écoutez bien ça, du monde après, il en est arrivé en pagaille, toute la nuit ! Et tous, ils détournaient la tête du corps de Charmaine et de Séraphin. Et alors que je vous dise, jamais, vous entendez bien, jamais ! il a été possible de le faire lever et, à plus forte raison, de lui disjoindre les mains pour le soigner. Ni les gendarmes, ils n'étaient que deux, ni le fermier et son fils et sa fille, ni, à plus forte raison, le médecin qui lui répétait : " Vous allez attraper la rage ! Il va vous venir le tétanos ! Vous allez mourir de la gangrène ! " A tout il répondait : " Je m'en fous ! " Et il gardait les mains jointes et il fallait voir à quoi elles ressemblaient ses mains ! Trois flacons ! Trois flacons d'arnica qu'il avait dans sa trousse, il a réussi, tant bien que mal à lui verser dessus, le médecin. Et je voyais qu'il avait des trous de dents comme des clous de charpentier, des déchirures comme des boutonnières de veste. L'arnica coulait là-dedans comme l'eau dans un trou de taupes, quand on arrose ! Et l'arnica vous savez ce que c'est ? Moi quand on m'en mettait une goutte parce que je m'étais esquiché le doigt, on m'entendait hurler depuis Peyruis ! Et lui, trois flacons ! Sans un soupir... Et je regardais sa figure. Rien. Il pleurait. En silence. Et son visage — ah ! son beau visage ! — il était toujours pareil, couvert de sang, pleurant, mais rien ! Pas un cri. Pas une crispation. Rien ! Il sentait rien...

« Et alors, écoutez bien ça : dix fois le médecin lui a commandé d'ouvrir les mains. Dix fois il a dit non et non ! Même les gendarmes, je vous dis, ont pas pu le forcer à se lever. Il était là, devant ce corps, ce qu'il en restait. On aurait dit qu'il l'accompagnait. On aurait dit... Mais je déparle ! Et même quand on l'a eu enlevé, ce corps, il est resté à genoux. Les mains jointes devant le vide où elle était tombée. Sans rien dire ! Pleurant ! Et moi, comme un imbécile, de l'autre côté de ce vide, pleurant aussi : sur lui ! »

... dira Marie soixante ans plus tard.

Le cadenas qui retenait le loquet à la porte du paddock avait été cisaillé à l'aide d'une tenaille. Le battant avait été repoussé et même bloqué avec le crochet qui permettait de le maintenir grand ouvert, comme pour inviter les chiens à sortir et à se jeter sur la première proie rencontrée.

Le juge qui, avec réticence, avait accordé à Patrice la liberté provisoire ; ce juge, excédé par ce mystère, était redescendu dare-dare de Digne dans la matinée. Il avait pris connaissance des interrogatoires menés par les gendarmes. Il avait lu le rapport du médecin. Il était allé à la buanderie où l'on avait rassemblé sur une claie les restes de Charmaine. Il avait de lui-même soulevé le drap qui les dissimulait. Alors, il s'était signé, spontanément, machinalement.

Quand il pénétra dans le salon de Pontradieu, il vit d'abord Séraphin Monge sous le sang séché, la poitrine à peine couverte par la chemise, sanglante aussi, qu'on lui avait rendue. Ses énormes mains étaient noires de sang, cloutées de trous et de déchirures au fond desquelles le sérum suintait encore.

En sa présence, le juge éprouva un sourd malaise.

Les gendarmes lui avaient raconté l'histoire de ce colosse, rescapé, à trois semaines, du massacre de sa famille : qui avait démoli pierre à pierre sa maison natale pour échapper au cauchemar qu'elle lui rappelait et qui se trouvait, de nouveau, au centre de ces deux crimes.

Le juge avait vu dans l'allée le lieu du drame. Il avait vu les dépouilles des deux chiens, lesquelles l'avaient laissé pensif. L'un était aplati comme par un rouleau compresseur. L'autre était littéralement déchiqueté. Chacune de ces bêtes devait peser cinquante kilos. Comment un seul homme avait-il pu, sans armes, avoir raison d'elles ? Il est vrai qu'il était lui-même dans un triste état... Mais debout, la respiration calme, l'air farouche, le regard faux... Héros ou suspect criminel ? C'était tentant d'accuser cette force de la nature. Était-il capable d'avoir organisé cette mise en scène où, prétendûment, il avait risqué sa vie ? Voyons : que déclarait cette fille blonde aux nattes défaites qui couvait des yeux ce Séraphin Monge éminemment suspect ? Qu'avait-elle déclaré aux gendarmes qui l'avaient consigné dans leur rapport ?

« J'ai attendu que ma mère dorme. Je suis descendue à Peyruis. — Pourquoi ? — Pour surveiller Séraphin. — Pourquoi ? — Parce qu'on m'avait dit qu'il avait affaire avec la veuve joyeuse. — Et l'avez-vous vue avec la victime ? — Oui je l'ai vu. — La victime était-elle vivante à ce moment-là ? — Oh ! oui, alors. Bien vivante ! — Il était quelle heure ? — Ma mère s'endort à neuf heures. Le temps de venir à Peyruis. — Et pourquoi, ensuite, avez-vous suivi Séraphin jusqu'à Pontradieu ? — Parce que je l'aime. »

Donc, Séraphin avait été sous le regard de Marie

depuis neuf heures du soir, heure à laquelle il était avec la victime, ô combien vivante ! Et celle-ci ne l'avait quitté que pour rentrer chez elle. « Pourquoi vous a-t-elle quitté ? » Voilà la question à laquelle il ne voulait pas répondre. D'ailleurs, il ne répondait à aucune, c'était la fille blonde qui le faisait pour lui. Il s'était lui aussi acheminé vers Pontradieu, mais avec Marie sur ses talons. Il n'avait pas pu arriver à Pontradieu avant la victime pour aller ouvrir aux chiens, pas plus que la jalouse Marie.

Les fermiers, la servante en robe de toile à sac, avaient entendu arriver la voiture de Charmaine.

« Mais si vous avez entendu sa voiture arriver, vous avez bien dû aussi l'entendre crier ? Enfin ! Elle a dû crier, quand elle a été attaquée ? — Non, s'était interposé le médecin. Elle devait tourner le dos aux bêtes. La première qui lui a sauté dessus lui a brisé les vertèbres cervicales. Dans ce cas, il n'y a pas de cri... — Mais vous avez bien dû entendre aboyer les chiens ? » Le fils du fermier : « Non. Ces chiens-là n'aboyaient pas. Ils hurlaient à la mort, c'est tout. Mais en temps normal jamais ils n'aboyaient. — Qui avait les clés du cadenas ? — Moi, dit le fils du fermier. Mais je risquais pas de m'en servir ! Je leur donnais à manger aussi. Mais je leur passais la nourriture par la trappe des assaliers, et en me méfiant, encore ! Non, moi j'aime les chiens, j'en ai trois, mais ces bêtes-là, par le fait, c'étaient des hommes... De vrais hommes. Elles avaient des réflexes de tueur. On les avait dressées pour tuer. Elles connaissaient personne. M. Patrice avait parlé de les abattre, malheureusement... »

Le rapport des gendarmes avait pudiquement — bien que ce ne soit pas réglementaire — utilisé le point de suspension. « Malheureusement vous l'avez arrêté », compléta le juge en son for intérieur.

Il commença à se demander : « Pourquoi pas le fils du fermier ? » Garçon costaud, sanguin, taciturne, pourquoi pas ? Une veuve de guerre plutôt accueillante. Crise de jalousie. Elle a accordé ses faveurs au cantonnier. Il la fait dévorer par les chiens. C'est ça. Et ces chiens féroces le laissent tranquillement aller lui, après qu'il leur a ouvert. Et puis : et Gaspard ? Deux crimes dans la même maison par deux auteurs différents ? Car, si le fils du fermier était costaud, il ne paraissait pas avoir inventé la poudre. Or, pour avoir eu l'idée de savonner, simplement, le bord du bassin, il fallait avoir eu l'imagination fertile.

D'ailleurs, le fermier, son fils et sa fille, jusqu'au moment où ils entendent les coups de feu tirés par la blonde à la natte défaite, ils ne sont pas seuls. Ils chargent la rafle du raisin, depuis le crépuscule, sur le camion du bouilleur de cru, et c'est avec lui qu'ils viennent constater les dégâts.

« La mère ? » se dit le juge. Elle était là-bas, écroulée sur le divan, la tête entre les mains. La fermière, qui faisait dans les cent kilos, la tenait sous sa protection. La mère ? Sourde et, probablement à cause de sa surdité, les facultés considérablement diminuées. Il haussa les épaules. Pour quelle raison, la mère ?

« Nous l'avons interrogée avec ménagements, disait le rapport des gendarmes. Nous avons dû l'empêcher d'aller se jeter sur le corps de sa fille. »

Restait la servante en robe de toile à sac qui fixait ses yeux noirs sur la fille blonde comme si elle voulait la tuer. « Et vous alors, comment se fait-il que vous vous soyez trouvée à point nommé devant le cadavre de votre jeune maîtresse, le fusil à la main ? — Je venais d'entendre arriver sa voiture. Je veillais. Je pleurais mon pauvre maître. Je suis passée devant l'œil-de-bœuf. J'ai vu la voiture arrêtée devant le garage. Charmaine avait oublié d'amousser ses lanternes. Je suis descendue pour la prévenir. — Avec le fusil ? — Je le prends toujours avec moi, surtout depuis. — Et avec ce fusil, vous avez mis en joue Séraphin Monge ? — Oui. — Vous auriez tiré ? — Oui. Si cette imbécile de fille m'avait pas bousculée, sûr que je le tuais ! A propos : je porte plainte. Cette fille m'a cassé mon fusil. — Est-ce parce que vous imaginiez que Séraphin venait de tuer votre maîtresse que vous l'auriez abattu ? — Non. Quand j'ai débouché dans l'allée, Charmaine était déjà morte et lui, là-bas, il s'expliquait avec les chiens. — Il ne vous est pas venu à l'idée, puisque vous étiez armée, de lui porter secours ? — Lui porter secours à lui ? Je me disais : " Ça va pas faire un pli, elles vont l'*accaber.* " — Le quoi ? — Le dévorer si vous aimez mieux ! Pensez-vous ! C'est lui qui les a eues ! Ça prouve bien ce que je dis : ces bêtes-là pour les assassiner, il fallait avoir partie liée avec le diable ! Voilà ce que je dis ! — C'est pour cette raison que vous avez voulu tirer sur Séraphin ? — C'est l'enfant du malheur. Si Charmaine l'avait pas attiré ici, rien serait arrivé. Qu'est-ce que vous voulez faire vous, contre l'enfant du malheur ? Le tuer, pas plus ! Quelqu'un qui est né dans le sang d'un crime ça le lâche plus ! Il est plus innocent, c'est pas vrai ! Le crime, c'est comme un champignon venimeux, ça empoisonne tout : assassins et victimes. C'est contagieux pire que la peste, un crime. Et celui-là, vous le voyez pas ? Regardez-le ! Chaque fois que le destin peut l'attraper pour le couvrir de sang, il le fait. Ah ! quel malheur que je sois seule à bien voir. Mais vous savez pas que si vous le voyiez comme je le vois, c'est *vous* qui lui tireriez dessus ? — Il a tué les chiens. Il s'est agenouillé près de votre maîtresse. — Ah ! celle-là ! Ils faisaient une belle paire, tiens, tous les deux ! Elle avait caché le portrait de son défunt héros sous la pile de ses falbalas comme si ça pouvait l'empêcher de voir ! — Vous persistez dans vos déclarations ? — Sûr que je persiste ! Ma mère m'a bien appris : " Eudoxie, elle me disait, dis toujours bien la vérité comme tu la sens. Avec la vérité comme catéchisme, tu seras toujours à la droite de Dieu ! " »

Les gendarmes avaient transcrit tout ça mot à mot, consciencieusement, mouillant de temps à autre le crayon fuchsine, écrivant lisiblement sur ces liasses en quatre exemplaires.

Le juge dut se rendre à l'évidence. Il n'y avait qu'une seule piste à suivre : la même personne avait supprimé Gaspard et Charmaine ensuite, soit parce qu'elle gênait, soit parce qu'elle connaissait le secret de la mort de son père et qu'on ait voulu l'empêcher de parler. C'était à la fois lumineux et totalement obscur parce que le principal bénéficiaire des deux crimes — quel dommage ! — était en prison. Du moins, y était-il encore cette nuit car, actuellement, il devait être en train de revenir vers Pontradieu dans sa voiture rouge. — Ah ! parbleu. Il allait trouver un joli spectacle ! — Quant à ceux qui étaient là, autour de lui, attendant ses décisions ; si tous avaient pu savonner la margelle du bassin, en revanche, aucun n'avait pu libérer les chiens sans subir le sort de Charmaine. Mais alors qui avait pu le faire impunément ? (Jusqu'à se juger assez tranquille pour fixer au crochet la porte du paddock ?) C'était vraiment un grand mystère qui s'épaississait autour du juge. Il songea à passer une commission rogatoire à Marseille pour vérifier l'emploi du temps du père de la diva, le vendeur des chiens, le seul, apparemment, susceptible de les connaître assez pour pouvoir les délivrer sans danger. Mais le mobile dans ce cas ? Car on avait pensé à lui aussi, ayant un petit casier judiciaire, pour le meurtre de Gaspard, mais son alibi s'était révélé inattaquable. Pourquoi serait-il venu tuer Charmaine ?

« Trouver le mobile, se dit le juge, sans ça... »

Il se faisait tard et il avait trop de suspects. Les gendarmes avaient déjà reçu un coup de téléphone de la brigade. Les parents de la fille blonde avaient alerté le monde entier. Tous les habitants de Lurs fouillaient les fourrés car la boulangère éplorée n'était pas en état de servir le pain. Il fallait lui retrouver sa fille. On en était à sonder les bassins. On avait coupé l'eau du canal pour pouvoir le draguer.

Il fallait trancher, se dit le juge. Il fit une coupe mal taillée. Puisque cette servante persistait et signait... Comment s'appelait-elle déjà ? Ah ! oui, c'est ça : Eudoxie Chamechaude. Eh bien, puisque la femme Chamechaude s'accusait elle-même d'avoir voulu supprimer ledit Séraphin Monge, ce qu'elle aurait fait sans l'intervention de la fille Marie Dormeur, tout ceci était bel et bon : il n'y avait qu'à garder la femme Chamechaude à la disposition de la justice.

Ce fut la seule fois où l'on entendit la voix douce de Séraphin.

— Je porte pas plainte, dit-il.

— Comment ! Elle a voulu vous tuer. Elle l'avoue. Et vous ne portez pas plainte ?

— Non, je porte pas plainte. J'ai pas le droit.

— Comment ? Qu'est-ce que c'est que ce charabia ? Qui vous donne ou vous enlève ce droit ? Du moment que la justice vous y autorise je ne vois pas pourquoi vous hésitez !

Vers Séraphin qui ne desserra plus les dents et qui maintenant était tout noir sous le sang séché et les ecchymoses, le juge jeta un regard en dessous. Ce colosse lui disait de moins en moins qui vaille. Déjà rescapé d'un massacre à sa naissance, il avait encore fallu qu'il le fût de l'hécatombe de la guerre. Le juge savait qu'il l'avait pourtant faite aux endroits les plus exposés ce pourquoi, d'ailleurs, il l'enviait, comme on envie un homme qui a eu quantité de maîtresses. Et voilà que maintenant, grâce à l'amour d'une fille et à sa force suspecte, il venait encore d'échapper à la mort. Ça faisait beaucoup. N'importe... Pour l'instant c'était encore lui la victime. Et la prévenue, c'était cette pauvre femme en robe de toile à sac qui s'était enferrée dans ses déclarations par amour de la vérité et qui pourtant lui était si sympathique. Il aimait les serviteurs dévoués.

Il fit un signe aux gendarmes.

« Et c'est à ce moment-là, mon pauvre homme, que Patrice est arrivé ! Ah ! moi. Rien que de le voir, j'en avais le sang qui refluait au cœur. Vous pouvez pas vous faire une idée. Y en a plus maintenant, de ces gueules cassées de 14. Enfin, presque plus. Ils ont tous fini par mourir. C'était son menton surtout, c'était son front... Et ses oreilles... Enfin, ce qu'il en restait. Et alors, l'autre, la Rose Sépulcre, elle était avec lui. Celle-là, elle avait vite compris la terre de pipe. Notez bien : je lui rends hommage. Il fallait pouvoir ! Moi, j'aurais pas pu. Enfin, ils étaient là tous les deux. On les avait avertis. Il sortait de prison pour trouver sa sœur mangée par les chiens et si vous saviez comme il l'aimait ! On l'a compris parce qu'il a dit : " Où est-elle ? " et que tout de suite, à grands pas, il a marché vers la buanderie. Il est entré. Il a fait un geste. Rose a crié. Elle s'est suspendue à lui. Il a marché comme un automate, elle suspendue à lui. Elle a encore crié. Il l'a écartée avec impatience. Et si je vous disais la vérité, je dirais : brutalement. Et il est tombé à genoux. Et il a pris le drap qui recouvrait le corps de sa sœur et il l'a rejeté. Et alors... ce qu'elle avait encore d'intact, c'était son visage. Et Patrice, il s'est mis à le lui caresser délicatement. Et puis il s'est penché et à tout petits baisers, comme on console un petit d'un gros chagrin, il lui a embrassé les cils, le front, les cheveux, tout ça mouillé de ses larmes... Ah ! voir pleurer cette gueule cassée, ça vous mettait le cœur en morceaux ! " Couvre-la ! criait Rose. Je t'en supplie, couvre-la ! " Car ce qui était insoutenable à regarder, c'était son ventre, c'était ses seins. Et alors, je voyais Rose qui pouvait pas. Qui allait tourner de l'œil. Qui allait plus servir à rien. Par parenthèse, elle supportait bien pourtant, et vaillamment, la tête de Patrice. Et moi qui, au contraire, détournais les yeux devant lui, ça, le ventre déchiqueté de Charmaine, je le contemplais sans faiblir. Va chercher pourquoi ! Regardez un peu ce que c'est, la nature. Et alors... Qu'est-ce que vous auriez fait à ma place ? J'ai cueilli Rose au moment où elle allait tomber et je l'ai serrée contre moi. Ça m'a fait un drôle d'effet, de tenir mon ennemie intime dans mes bras... Mais qu'est-ce que vous voulez... La charité...

« Et alors, j'ai vu Séraphin tomber à genoux à côté de Patrice et c'est lui qui a ramené le drap sur les restes de Charmaine. Et puis il a pris Patrice contre lui comme j'avais pris Rose. Mais lui alors, comment vous dire ? Il l'a serré contre lui, pas comme un frère, pas comme un ami. Ah ! j'allais dire comme une mère ! Non, même pas comme une mère. Il ne le serrait pas d'ailleurs, il l'enveloppait. Et il pleurait avec lui. C'était un berceau ce Séraphin. C'était... Ah ! comment vouliez-vous que je ne l'aime pas ? Et je voyais ses pauvres moignons de mains tout noirs, avec toujours les trous des dents de chien. Je me disais : " Il va falloir qu'on les lui coupe ! " Et je pleurais. Et je me disais : " Mais comment y fait ? Comment il fait pour pas montrer qu'il souffre ? " Et je me demandais ça en claquant des dents, parce que... Ce doit être là-bas, dans cette buanderie aux quatre courants d'air, avec ce cadavre qui suintait sa sanie, avec ce grand lavoir où j'entendais couler l'eau d'un robinet mal fermé... Ce doit être là, mon pauvre homme, que j'ai attrapé la mort.

« Et ça a duré jusqu'au moment où la porte s'est brutalement ouverte. Et alors mes parents sont entrés. Et eux alors, ils voyaient rien. Ils respectaient rien. Ma mère criait : " Marie ! " et ils écartaient Rose sans ménagements, qui tenait à peine droite. Et ils me couvraient de larmes et de baisers et de " ma pauvre petite ! ". Et ils m'entraînaient et ils m'emportaient. Mon père avait le fusil en bandoulière. Il criait : " Partons ! Partons vite ! " Ils avaient loué l'automobile du garagiste de Peyruis. Ils me serraient comme dans un étau. Jamais ma mère ne m'avait serrée comme ça. " La prunelle de leurs yeux. " Jamais plus, mon pauvre homme, je n'ai été la prunelle des yeux de personne... Et alors moi, je résistais, je criais aussi. Je voulais rester avec Séraphin. Et vous savez, à cette époque, je pesais soixante-deux kilos et autant de volonté ! Pour me faire bouger de place... Je criais que j'avais quelque chose à dire. C'était vrai. Que j'avais oublié de dire. C'était vrai. Sur la route, derrière Séraphin, j'avais croisé, dans la nuit, une bicyclette, sans phare et qui avait une roue voilée... Tout le temps après je suis restée sur ce délire : roue voilée, quelque chose à dire... quelque chose que tu es seule à avoir remarqué... Mais voilà. Ils m'ont pas laissé le temps. Ils sentaient que j'avais la fièvre, que je claquais des dents. Leur amour avait une force bien plus brutale que ma volonté. Ils m'ont emportée. Et c'est ce soir-là... Enfin — ou le soir suivant — ou trois jours après ? Je ne sais plus... J'ai dû traîner un peu. Ah ! c'est si loin tout ça. Enfin, voilà : c'est à peu près dans ces jours-là que je me suis couchée pour ne plus me relever. Vingt-cinq jours, mon pauvre homme, vingt-çinq jours ! Tout le reste s'est fait sans moi. »

... dira Marie soixante ans plus tard.

Dès le surlendemain, Séraphin se retrouva au bord des routes, les mains tuméfiées serrées à le briser sur le manche de sa masse et rompant les cailloux au même rythme, dans l'espoir d'oublier.

Sous la panique populaire, les chiens qu'il avait tués étaient rapidement devenus enragés. Les enfants et les cyclistes passaient au large. Chacun guettait chez le cantonnier l'apparition des premiers symptômes. A Peyruis même, six costauds s'entraînaient en cachette pour pouvoir l'étouffer promptement, le cas échéant, entre deux matelas.

Séraphin ne devint pas enragé, mais faible comme un enfant devant la terreur qui l'envahissait. Quelqu'un se chargeait à sa place de réaliser ses desseins. Quelqu'un l'épiait, le suivait, prévenait ses gestes, tuait à sa place. « Mais non ! Jamais ! se disait-il. Jamais je n'aurais tué Charmaine. Même si elle m'avait dénoncé ! Je n'aurais pas pu... »

Il restait de longues heures les yeux fixes, atterré, sur le banc, devant la table toujours de travers depuis que Charmaine l'avait repoussée pour venir s'encastrer sur lui. Il ne pouvait pas détacher son regard de cette chaise vide où il n'oserait jamais plus se poser. Charmaine était encore présente dans cette pièce. Même son parfum y flottait encore.

Un soir, Séraphin ouvrit la boîte de fer. Il en tira les papiers, souleva le couvercle du poêle — car le froid lentement était venu — et les tint au-dessus des flammes. Mais il n'osa pas. Les brûler lui parut un sacrilège. Il les remit où il les avait pris.

— Jamais plus ! dit-il à voix basse.

Il croyait qu'il n'aurait pas le courage de vouloir encore la mort de quelqu'un.

Cette décision, un instant, parut lui rendre la paix. Il ne vécut plus ramassé sur lui-même. Il dormit. Il dormit deux nuits. Il ne se tenait plus sur ses gardes. Ses poings énormes où la chair neuve comblait les plaies en un élan irrésistible, il les détendait dans son sommeil. Il les laissait reposer sans défense sur la courtepointe.

Il reçut le rêve de plein fouet, en pleine quiétude, comme un coup de fourche dans les fesses. Et cette fois, ce fut sans le préalable de ce sifflement de feuilles mortes qui l'avertissait, qui lui permettait, d'ordinaire, de s'esquiver hors du sommeil. Cette fois non. Il se trouva serti par de la chair lascive qui n'avait plus l'odeur de la suie, mais celle de la bergamote. Il se trouva investi, sans pouvoir s'y reconnaître, par un corps plein de force et qui était déjà sur lui, quand il prit conscience du rêve. Il reçut les mots dans l'oreille et cette fois parfaitement audibles. Et l'étreinte cette fois le tint comme dans un étau jusqu'à ce qu'il rende les armes. Elle lui tira un grand jaillissement de semence qu'il ne put refréner. Il jouit dans la terreur. Il se trouva assis sur son séant avec des démangeaisons à la racine des cheveux. Qu'avait-elle dit ? Qu'avait-elle voulu lui dire ? Avec quelle voix — qu'il n'avait jamais entendue de sa vie — lui avait-elle enjoint ses commandements ? Elle avait parlé longtemps. Et pourtant, il ne se rappelait que les dernières paroles, les seules dont il avait besoin de se souvenir : « Je ne t'ai pas envoyé pour que tu aies compassion. »

Alors, dès cet instant, il se passa une chose étrange dans le cœur de Séraphin : de même que ses blessures se cicatrisaient sans laisser de traces, de même son esprit s'allégeait de Charmaine, oubliait Gaspard, oubliait Patrice et se retrouvait braqué, attentif, vers les victimes que sa mère attendait qu'il lui offrît.

Dès le soir qui suivit le rêve, il alla rôder sur les collines autour du moulin du Saint-Sépulcre, où se terrait le deuxième assassin de sa famille.

Le moulin du Saint-Sépulcre est incrusté sous la roche oblongue d'un saut du Lauzon, dans le pertuis d'une brève clue qui s'ouvre en calice sur les rondeurs des monts de Lure, pour la première fois apparus, juste à portée de la main de qui voudrait les caresser.

Il n'y a pas de roue à aubes comme dans les moulins romantiques. Jamais le courant du Lauzon n'aurait eu la force de l'actionner ; c'est un système d'écluses, de réservoirs superposés, de trappes, de clapets, de battoirs à foulon, d'engrenages de bois à tenons et mortaises, de potences, de crémaillères, de contrepoids. Quand ça fonctionne, tout ça cliquette comme un orchestre de squelettes. Si l'on pouvait embrasser du regard l'ensemble du mécanisme, on se trouverait devant une horloge de village qui moudrait des olives au lieu de moudre du temps.

Au moulin du Saint-Sépulcre, tous les Sépulcres qui s'y sont succédé ont trouvé chacun un petit bout de solution ingénieuse pour compenser la rareté de l'eau, parfois. Et au débouché de toutes ces générations, on trouve maintenant un système d'une telle complexité que, chaque année, il faut entièrement le revoir et le régler, avant de l'utiliser. En commençant par les biefs.

Ce jour-là, de bonne heure, la pelle sur l'épaule, le seau à miel plein de graisse rose pour enduire les rainures de la martelière, Didon Sépulcre sortit de la maison par un brouillard à ne pas voir fumer sa cigarette. Le Lauzon commençait à s'entendre. Exsangue tout l'été, disparaissant même de place en place sous les graves de son lit, à la fin vert de mousse, on avait perdu l'habitude de sa présence.

Didon huma l'atmosphère avant de se risquer sur l'escalier de terre qui menait droit au bief. C'était juste le jour qu'il ne fallait pas. La semaine précédente, par un jour pareil, il avait bien cru, dans les déchirures de la brume, voir un homme debout, méditatif, penché sur le pont, au-dessus de la cascade. Comme si l'on pouvait méditer avec du brouillard plein les narines ; comme si l'on pouvait admirer le paysage quand on aperçoit à peine le bout de ses mains.

Sous toutes ces choses qui permettent à tous les malfaisants de s'embusquer partout, rien n'était catholique par ces temps. La sournoiserie du monde s'en donnait à cœur joie. Du moins, c'est ce que pensait Didon Sépulcre en se risquant hors de la maison. Car si Célestat Dormeur prenait le fusil pour aller pétrir, Didon le prenait pour aller curer les rigoles. Protection illusoire : que faire d'un fusil sous le brouillard ? Et penché en avant dans un caniveau qui vous engloutit jusqu'aux épaules, comment l'utiliser ? L'on se baisse et l'on se relève, la tête juste dépassant. Et celui qui arriverait derrière vous en silence, dans la brume, qui marcherait sur cette vase souple qu'on a extraite toute sa vie du fossé ; celui-là serait dans la meilleure position pour vous estourbir. Le fusil ? Si on le posait trop près on risquait d'un mouvement de la pelle de le déséquilibrer et que le coup parte tout seul et qu'il vous pète dans le ventre. Mais n'importe, il valait quand même mieux l'emporter. Ça rassurait...

Ainsi, la pelle sur l'épaule, le seau à miel à la main, le fusil en bandoulière, Didon Sépulcre avait bien de quoi faire rire le monde, s'il y en avait un. Mais dans ce brouillard... Seule, la Térésa riait de tout son cœur. C'est qu'elle ne savait pas. Si elle avait su, elle lui aurait chargé elle-même le fusil, elle serait venue elle-même jusqu'à la martelière, veiller sur lui, le doigt sur la détente. Mais comment lui dire ? Comment lui dire : « Séraphin Monge a démoli sa maison... Gaspard Dupin est mort... Moi, depuis, qu'est-ce que tu veux, j'ai peur... » Comment lui dire tout ça, sans qu'elle lui demande pourquoi il avait peur ?

Didon soupira et gravit l'escalier qui menait au bief. On était à quinze jours de la Sainte-Catherine. Il y avait eu les moissons, il y avait eu les labours, il y avait eu les vendanges. Toutes les années, c'était pareil. On se disait : « Cette année, on se laissera pas prendre. Le moulin on le nettoiera et on le mettra en état dès que... » mais le « dès que » on n'en trouvait aucun dans l'année. Un moulin ça ne suffit pas à faire vivre. Il y avait chaque année tout le reste. Le moulin, c'était la dernière roue de la charrette... Et voilà : on était encore à la Sainte-Catherine, dans deux semaines...

« Pour la Sainte-Catherine, l'huile est à l'olive. » Les frileux, ceux qui se croient prévoyants parce qu'ils cueillent les fruits à peine mûrs ; ceux qui appréhendent les olivades sous la pluie, le mistral ou la neige — cet ordinaire des ramasseurs d'olives — ceux-là — et c'étaient tous — sautaient sur la Sainte-Catherine comme sur un lièvre au gîte. Après, le 1er décembre au plus tard, ils étaient déjà là avec leurs sacs. Ils attendaient l'huile avec des yeux soupçonneux d'inventeurs de trésor. Ils l'auraient pompée à la sortie des scourtins si on les avait laissés faire. Ils la happaient dans les mesures pour la glisser dans les bonbonnes. Et sitôt qu'elles étaient pleines, à deux, vite vite, ils les emportaient vers les charrettes ou les jardinières, l'enfant en arrière-garde protégeant la retraite, le grand-père restant à côté des récipients encore à remplir, surveillant, l'œil perçant ; comme si le moulinier eût été un voleur, comme si tous les voisins et amis qui attendaient leur tour eussent pu s'emparer en douce d'une bonbonne ou deux.

Après bateau ! On se remisait dans les maisons, portes claquées ; à regarder sadiquement les autres courbés en deux sur les chevalets, qui souffraient dans les olivaies. Ça n'empêchait pas, d'ailleurs, de se coucher sur des pieds gelés, des genoux bloqués, des engelures aux oreilles à ne plus savoir comment se tenir sur l'oreiller. Ça n'empêchait pas, quelquefois, la sciatique ou la grippe de vous enchaîner au lit. Car, Sainte-Catherine ou pas, le temps faisait comme il voulait et il arrivait que le 25 novembre et les jours suivants soient des jours funèbres où les intempéries mordaient férocement dans les chairs.

Car l'olivier est l'arbre de la douleur. Il n'apporte la paix qu'à ceux qui le contemplent à travers Dieu. Rien qu'à le voir, d'ailleurs, on devrait s'en douter. Tordu, noueux, arqué de toute sa stature voûtée de vieillard rompu à toutes les roueries du temps ; on devrait se douter à le voir stoïque sous les frimas, encore chargé de ses fruits — et quelquefois il n'y en a que quelques-uns par rameau et quelquefois il y en a à rompre les branches, et, dans les deux cas, la souffrance est la même — on devrait bien penser que pour aller les ramasser, il faudra se mettre au diapason et être stoïque comme lui. Mais chaque année, quand même, on ne se lasse pas d'essayer de jouer au plus fin avec le temps. On essaye de le deviner, on essaye de souffrir le moins possible. C'est à ça que sert le dicton de Sainte-Catherine.

« Eh oui ! soupirait Didon Sépulcre. Et après, si ça se trouve, on connaît alors un mois de janvier doux, clément, où ce serait un pain bénit d'oliver, sans pluie, sans mistral et qui n'en finit pas d'être radieux, et qui fait pousser les violettes et qui couillonne — une fois de plus — ces naïfs d'amandiers qui en profitent pour fleurir comme des andouilles ! »

Didon poussa un gros soupir.

« Eh oui ! se dit-il, seulement la Sainte-Catherine, c'est sacré. Si le moulin était pas prêt à recevoir les olives le 1er décembre au plus tard, ils viendraient te sortir du lit par la peau des fesses, tous ces carêmes-entrants ! »

Ainsi songeait Didon Sépulcre, la pelle sur l'épaule, le fusil en bandoulière, la boîte à graisse pendante au bout des doigts. Il avançait vers le talus du bief dans le bruit du Lauzon qu'on commençait à entendre. Il avançait dans cette brume qui alourdissait les feuilles des trembles et les faisait chuter comme de la pluie. Le temps était bien malade. La saison pourrissait. Les chênes avaient trois semaines d'avance. Ils étaient déjà d'or, avant de ternir sous leur pelage d'hiver.

Didon errait dans ce blanc d'œuf battu en neige dont

il n'avait pas l'habitude. Sa terre lui jouait le tour de ne pas ressembler à ce qu'elle était d'ordinaire. Il faillit se jeter contre la potence de la martelière, alors qu'il la croyait à trois mètres de distance au moins.

Il descendit dans le bief gluant. Il accrocha le fusil à la potence (pas pratique de le décrocher en cas d'urgence, mais que faire ?). Il se cracha dans les mains. Il se mit au travail de bon cœur. Ça se faisait bien. La gadoue compacte sur la pelle, il la rabattait avec un claquement sec, au bord du fossé, sur celle des années précédentes. Il dégageait la base de l'écluse. Cette écluse à guillotine, elle datait peut-être des premiers des Sépulcre. Elle était aussi vénérable, aussi bien conservée, quoique depuis longtemps sans couleur, que des meubles de famille, à l'abri d'une chambre.

Derrière cette porte de chêne, le Lauzon courait sur les graves avec déjà quelques chevaux d'écume. Ce Lauzon, c'était un capricieux. Souvent, au moulin il fallait atteler le cheval en renfort au timon des meules, tant le courant était anémique et les eaux basses. Il fallait parfois attendre quarante-huit heures pour remplir les biefs. En revanche, il arrivait certaines années qu'il faille le retenir à pleins bras comme un étalon ; où il ramassait assez d'eau dans le creux de Montlaux, les fonds nord de Ganagobie et les dalles de Maltortel, pour mugir comme un fauve lui aussi et tenir fermement sa partie dans la malignité des choses.

Ses mains pleines de graisse, Didon les passait amoureusement dans les glissières, pour faciliter le jeu du panneau. En même temps, il écoutait le Lauzon qui semblait charrier des bouteilles. Ce serait une année de forte eau. Là-dessus, il se trompait rarement, le Didon. Quand, nettoyant l'écluse, il collait son oreille contre, comme pour écouter aux portes, le bruit qu'il entendait alors le renseignait sur ce qui se passerait dans ce torrent fantasque, d'ici à la Sainte-Catherine.

Les olivades se feraient avec des boulets aux pieds, des tartes de safre de cinq kilos chacune, agrippées aux semelles, chaque fois qu'on déplacerait le chevalet. On verrait arriver au moulin des gens qui auraient des genoux soudés. Ils n'avaient pas fini d'en dire... Didon souriait à cette évocation. Il aimait autour des meules chaudes entendre les complaintes des cueilleurs d'olives.

Soudain, un frisson d'avertissement lui parcourut l'échine. Un regard était-il attaché sur lui ? Il se saisit du fusil, fit volte-face, scruta avec inquiétude le cocon de brume qui le cernait. Il était seul. Mais qu'est-ce que ça voulait dire : seul ? Si quelqu'un tournait en même temps que lui, à la limite du brouillard, juste comme derrière un rideau où se cacher, Sépulcre ne pouvait pas le voir. Tirer au jugé, sans crier gare, pour faire peur ? Et alors, si au lieu d'être ce qu'il attendait — ce qu'il attendait depuis vingt-cinq ans et qui maintenant, il en était sûr depuis la mort de Gaspard Dupin, planait au-dessus de sa tête — si au lieu d'être ça, c'était quelque braconnier de la pêche ? Si c'était quelque voisin cherchant des pleurotes sous les peupliers ? Non. Tirer n'était pas une solution.

Mais Didon travailla mal à l'aise tout le reste du jour, sur le qui-vive, l'œil au coin des paupières, s'arrêtant brusquement pour surprendre qui sait quoi ?

A plusieurs reprises ainsi, à mesure qu'il reculait de bief en bief et de puisard en puisard, il sentit peser sur son dos le regard de quelqu'un (et le pire, c'est qu'il savait à qui il appartenait ce regard). Une fois même, il crut entendre une toux vite réprimée et qu'il reconnut aussi. Le fusil bien en main, il cria :

— *Qué siès ?* (Qui est là ?)

Comme s'il pouvait l'ignorer. Mais seule lui répondit la pluie des feuilles dans les bouleaux et ce tintement de bouteilles entrechoquées qui provenait du courant du Lauzon. Il rentra chez lui mal à l'aise. La présence qui l'avait flairé tout le jour ne s'évanouit pas dans sa conscience. Et qu'elle se soit pétrifiée dans un coin de sa mémoire, immobile comme une statue de place publique, ne la rendait pas plus rassurante.

Maintenant, à force de raisonnement, il avait colmaté toutes les issues de sa panique, il était presque tranquille. Le nettoyage des biefs et des écluses s'était achevé sans encombres. Tout était propre : les joncs faucardés, la digue renforcée, les goulottes curées, la martelière gaissée. Il ne restait plus que de menus travaux, minutieux toutefois, à fignoler sur les engrenages, à l'intérieur. Tout le jour, il avait taillé les biseaux des tenons, des goupilles et des cales qu'il comptait ajuster sur les pièces du mécanisme qui avaient du jeu.

Ce qui lui restait à faire maintenant, c'était du domaine de l'horlogerie. Il lui fallait supprimer entièrement le ballant dans l'enchaînement des toupies. De manière qu'il n'y ait aucun à-coup sur les cent cinquante mètres de distance qui séparaient la martelière, sur le courant du Lauzon, du palonnier des meules ; de manière que la potence mobile du régulateur s'enclenche très exactement dans la dent qui suivait, à chaque soulèvement, sinon le jeu s'accentuerait à tel point qu'au bout de quelques jours d'usage, la poulie mère saquerait dans le régulateur jusqu'à le rendre inopérant et alors, adieu la saison !

Ce travail-là, Didon l'exécutait toujours de nuit, dans l'isolement ; loin des ricanements pleins de rancœur de la Térésa qu'il n'avait pas touchée depuis des années ; loin des revendications geignardes de Marcelle la laide et des jugements sans appel que portait Rose sur tous les gestes de son père.

Ce soir-là, précisément, il ne sortit de la maison qu'après le retour de Rose. Rose au pas pressé sur ses hauts talons, Rose que Patrice à la gueule cassée raccompagnait chaque soir, maintenant. Et il avait fallu que Térésa usât de tout son crédit (de tout le poids de ses trente ans de fidélité conjugale à un amour toujours sans joie) pour que, dès la première incartade, Didon n'enchaînât pas « la prunelle de ses yeux » aux barreaux du lit. « Laisse les chaînes tranquilles ! avait dit Térésa. Patrice l'épousera. Elle sera la femme d'un Dupin. Et maintenant que son père est mort, il est le maître. Et maintenant que sa sœur est morte, il aura tout. Tout ! Tu entends ? Pontradieu qui fait cinq cents hectares, l'usine, le commerce, tout ! Tu auras des petits-fils millionnaires ! Alors, tiens-toi tranquille et va curer les rigoles ! »

Il n'en croyait pas ses yeux ! Lui qui pouvait à peine supporter le spectacle de Patrice arborant sa face d'Arlequin mal rapiécée, il contemplait, incrédule, sa fille courant vers son amoureux du plus loin qu'elle entendait sa voiture. Pétrifié d'étonnement, il observait la beauté sans défaut de son visage, se hausser, empreinte de tout l'amour du monde et les yeux grands ouverts, vers cette effroyable gueule sarcastique dont le regard lui-même ne pouvait même plus exprimer la caresse ou l'admiration.

Encore ne savait-il pas tout, Didon Sépulcre. Il ignorait que sa fille avait arraché son futur mari à une morte. Il ignorait que, par trois fois, la nuit et les deux journées où ils avaient veillé les restes de Charmaine, Rose avait dû empêcher Patrice de se coucher dans le cercueil de sa sœur, le revolver à la main. Il ignorait que pour le retenir de ce côté-ci du monde, elle avait dû jeter toutes les balles extraites du barillet et que, finalement, elle s'était offerte à Patrice, à deux pas du catafalque, sur le canapé du salon engainé dans sa housse et que, pendant ce temps, il lui mouillait les seins de ses pleurs. Il ignorait tout cela, Didon Sépulcre, sinon, peut-être aurait-il partagé en deux la tête de la « prunelle de ses yeux ».

Enfin... Elle avait fini par rentrer... Didon l'entendait là-haut, qui balançait ses escarpins contre la cloison. Il entendait la voix aigre de Marcelle qui lui demandait si, *au moins*, elle s'était bien amusée.

Alors, il sortit de la maison, pour traverser la cour noire. Une pluie omniprésente s'était installée qui tombait avec une force régulière sur les labours dissous, qui purgeait tout le bassin du Lauzon de huit mois de sécheresse. A deux pas, comme si on était dessous, la cascade, si maigre d'ordinaire, s'offrait le mugissement d'une cataracte. A travers la pluie sombre et compacte, on sentait refluer hors du lit du torrent toute la vapeur que la chute d'eau soulevait en tombant.

Didon piaffant parmi les flaques traversa la cour en accusant le Bon Dieu en patois. Il portait le sac de jute plein de cales et d'outils et le fusil en bandoulière. Il se hâtait, il se précipitait. Sa course était un grand désordre. Il ramait des bras et des jambes dans la nuit épaisse car la cour ténébreuse pouvait cacher n'importe quoi. Il se jeta contre la porte du moulin, trouva malaisément sous sa main la clenche que pourtant il manœuvrait depuis l'enfance. Mais la peur détruit jusqu'à l'habitude. Il ouvrit, repoussa le battant, s'appuya contre lui, exhala un soupir de soulagement. Ici, plus que dans la maison, il était chez lui.

Pour faire de la lumière, il tourna l'interrupteur grinçant et humide qui donnait des secousses électriques. De la lumière, c'était beaucoup dire. Les quelques ampoules de quarante bougies disposées çà et là se noyaient dans la pellicule huileuse qui imprégnait tout.

Ici, l'air, les murs, le plafond et les dalles étaient saturés d'huile jusqu'à suinter à travers la façade et foncer, couleur d'olive, le bâtiment tout entier. Sur tout cela régnait en maîtresse l'odeur des *infers*.

Ces infers sont des fosses profondes qui reçoivent le reliquat de la pulpe épuisée. Les avares emportent cette lie dans des seaux jusqu'à la maison et en quinze jours d'un travail épuisant à la cuillère à café, ils réussissent encore à en tirer un demi-litre d'huile. Les prodigues l'abandonnent au moulinier. Alors, on précipite ces restes dans les infers. Ce reliquat grossit et se reforme d'année en année en fermentant. Il est fait de masses spongieuses, épaisses comme des foies de bœuf et grasses comme des mères de vinaigre. Quand on appuie dessus, il en exsude une matière grasse, méphitique, chargée d'une mystérieuse odeur (mi-parfum de truffe, mi-miasmes de décomposition mais qui n'offusque pas l'odorat). Quelques-uns de ces gâteaux dorment au fond des puisards depuis que les premiers Sépulcre ont fait de l'huile. Par tradition on ne les nettoie jamais. Autrefois les pauvres — et les prêtres pour leurs reposoirs — venaient y recueillir le peu de gras où trempait la mèche des calens qui éclairaient les écuries.

La Térésa disait que ces infers étaient indignes d'un moulin propre comme le leur et que si Didon avait un peu vergogne, il les aurait fait combler depuis longtemps.

Elle le lui avait répété aujourd'hui encore comme à chaque ouverture. Didon haussa les épaules en souriant à ce souvenir. Même la permanente fâcherie de Térésa lui faisait du bien dans son angoisse. Comme l'odeur des infers, elle le rassurait.

Il déposa le fusil avec soin sur une pile de scourtins. Il accrocha sa casquette et sa veste mouillée aux patères où les ouvriers se changeaient. Il déversa ses outils sur le sol et se mit au travail.

Il travailla longtemps, dans le calme, toute appréhension dissipée. Pourtant, à plusieurs reprises, il lui sembla bien que, sous la lucarne obscure où il jetait machinalement un coup d'œil de temps à autre, la pluie diluvienne qui se déversait par les chéneaux changeait de bruit comme si elle était soudain interceptée par une toile de tente, ou par un parapluie... Mais s'il fallait s'arrêter à tout...

Maintenant tout était en place, calé, graissé, recentré, mais Didon devait encore vérifier s'il n'avait rien oublié. Pour cela, il devait faire tourner à l'envers l'ensemble du dispositif.

En grommelant, il chercha en vain durant quelques

secondes le grand espar à sabot de fer qui ne servait qu'en cette occasion. Il le trouva — pas à sa place — derrière le gros poêle, parallèle au tuyau, bien caché dans un angle à l'ombre — probablement par un journalier l'an passé — de manière que lui, Didon, mette beaucoup de temps à le découvrir...

Muni de cet outil, il enjamba le bord du bassin et engagea le sabot de l'espar sous l'une des meules. Arc-bouté de tout son poids sur le levier, il réussit à ébranler, centimètre par centimètre, les deux pierres circulaires qui pesaient une tonne chacune. En même temps, il prêtait une oreille attentive au mouvement des engrenages qu'il entraînait lentement, jusqu'aux plus petits qui tournaient à toute vitesse. Ils ne faisaient plus entendre un seul grincement, un seul soupir, la saison pouvait commencer. Didon sauta légèrement sur le sol et alla reposer le levier à l'endroit consacré, où il lui serait facile l'année suivante de le retrouver.

Il ne lui restait plus qu'à verser un litre d'huile d'olive dans le coussinet de pierre où travaillait l'axe d'acier du pivot des meules. Ce pivot inférieur supportait toute la force du travail. Il était au bout de la chaîne. Il absorbait tous les à-coups au centuple. Si on le graissait à l'huile d'olive, c'est parce qu'il n'acceptait rien d'autre. Avec n'importe quel autre lubrifiant il braillait comme un nourrisson à chaque tour de meule, jusqu'à couvrir les conversations des clients.

Didon revint avec sa bouteille pleine vers la cuve de broyage. Avant de l'enjamber à nouveau, il eut l'ombre d'une hésitation. Il jeta un coup d'œil vers le levier à moitié enfoncé dans le sol qui commandait les deux toupies d'accouplement des engrenages. « Tu devrais quand même, se dit-il, débrayer la mécanique maintenant que tout est recta... Si jamais la martelière cédait... » Il haussa les épaules. Il faisait exactement la même chose depuis trente ans. Pourquoi changer précisément cette année ? La martelière tenait depuis si longtemps. Entre ses rainures profondes, ses planches de chêne mortaisées, elle n'avait jamais cessé et sans faiblir d'opposer au courant toute cette sécheresse vieille et robuste de meuble de famille. Il est vrai que le Lauzon ronflait rarement aussi fort que cette nuit. Mais s'il fallait s'arrêter à tout...

Il sauta agilement dans le vaisseau des meules. Il s'accroupit devant l'axe. Il tira de sa poche une cannelure de roseau qu'il appliqua dans la rainure de la pierre. Il inclina la bouteille et lentement lentement, il fit glisser l'huile au long de la cannelure. C'était un travail long et pénible, dans l'ombre immédiate des meules surplombantes qui obligeaient Didon à se tortiller, à se tenir accroupi sur la pointe des pieds, en un équilibre instable à cause de l'inclinaison du bassin. Didon en tirait la langue, à force d'attention et il ne pensait plus à rien.

Alors se détacha du mur celui qui le guettait derrière la lucarne, sous les torrents d'eau que déversaient les chéneaux. Il remonta l'escalier creusé dans la terre. Il marcha le long du bief dans l'obscurité totale à la même allure qu'il l'eût fait en plein jour. Le Lauzon grommelait devant lui, venait à sa rencontre. Il sonnait contre le ventre de la martelière avec un bruit de tambour. L'homme assura ses pieds d'un bord à l'autre du bief. Il empoigna des deux mains — d'un mouvement rapide, sans l'ombre d'une hésitation — les deux manchons de la martelière qu'il souleva d'un seul élan.

Il la maintint en l'air d'une main et de l'autre, à tâtons, il trouva le pointeau qu'il enfonça dans le pertuis. Quand il eut achevé ces trois gestes, l'eau grasse du torrent se détendit comme un bras d'acier dans les goulottes bien propres. Elle fusait sans bruit comme un serpent.

C'est à ce moment-là que Didon entendit le bruit. Ce bruit, à travers tous les autres : celui de la cataracte, celui de la pluie battante, celui du troupeau de feuilles descendant des arbres sous la houle du vent marin, il s'insinuait entre eux comme une petite musique jouée par tous les instruments de bois qui formaient la tablature du moulin. C'était l'eau sinueuse, souple, bien maintenue de tous côtés qui se muait en énergie solide par les goulottes de noyer, qui submergeait les puisards, qui frappait les palettes des crémaillères, qui faisait cliqueter les castagnettes des contrepoids, qui poussait en vibrations infimes la grande roue dentée qui avançait lentement — aurait-on dit — rayon après rayon — mais qui transmettait la force brute du Lauzon, finalement, à l'axe en mélèze, carré et large comme le torse d'un homme, auquel étaient scellées les meules d'une tonne chacune. Entre ces meules, Didon était en train de faire deux gestes de trop : celui d'essuyer la cannelure de roseau qui resservirait l'an prochain, celui de reboucher la bouteille d'huile. Mais ces deux gestes, il les faisait exactement au même endroit et dans les mêmes conditions depuis plus de vingt-cinq ans, chaque année. Pourquoi aurait-il changé ? Pourquoi serait-il d'abord descendu de la cuve pour les faire ?

L'étonnement le rendit stupide une seconde de trop. Il vit bien là-bas, de l'autre côté de la cuve, tressauter le levier d'embrayage dans sa rainure mais déjà, à ce moment-là, l'une des meules lui coupait la retraite, l'autre, décentrée, le poussa dans le dos. Il perdit l'équilibre sous le choc. Son corps gicla de toute part sous la masse de la meule, avec un bruit d'insecte écrasé.

La pluie sombre et compacte, la chétive cascade transformée en cataracte, le Lauzon qui s'entendait à un kilomètre de distance et là-dessous, en fond profond, le broiement des meules.

Les deux bâtiments, le moulin et la ferme tenaient ensemble par les fondations et par les remises, les écuries et les hangars. En dépit du vacarme des eaux, le ronron des meules se répercutait d'un corps de logis à l'autre.

Douillettement reposante sous le sourire de l'amour, Rose Sépulcre ouvrit les yeux dans ce bruit familier. Il avait accompagné toutes les nuits d'automne de son enfance, ce bruit qui les nourrissait. Elle ne pouvait rien en attendre de mauvais. C'était comme un cheval en train de paître à l'écurie.

Elle se tourna de l'autre côté pour se rendormir et donner un coup de poing à l'oreiller.

Marcelle grogna dans son sommeil, à l'autre bord du grand lit. Rose s'éveilla tout à fait.

— Mais... Qu'est-ce qui me prend ? C'est pas encore la Sainte-Catherine.

— Que t'as ? dit Marcelle.

Rose lui agrippa le bras, toutes griffes dehors.

— Écoute !

— Quoi que j'écoute ?

— Les meules...
— Et alors ?
— Lequel on est ?
— J'en sais rien ! Fous-moi la paix !
Rose la secoua d'importance.
— Tu entends ?
— C'est les meules, balbutia Marcelle. Le papa doit les essayer.
— Tu déparles ! dit Rose. Jamais on les fait tourner sur le vide, ça esquinte tout !
— Eh ben, alors ça sera... ça sera...
Marcelle battit l'air d'un bras mou et retomba le nez sur l'oreiller.
Rose jeta l'édredon par terre et rabattit la literie. Elle sauta sur la descente de lit, elle tira Marcelle par les pieds.
— Réveille-toi, pouffiasse ! Il se passe quelque chose !
Elle enfilait ses pantoufles, se serrait dans sa robe de chambre, tendait le peignoir à Marcelle.
— Oïe ! Qu'est-ce que tu veux qui se passe ? Tu es folle ?
Mais Rose l'avait agrippée de force et la poussait dans le corridor et la poussait dans l'escalier. La pluie serrée les tint une seconde sur le seuil de la maison. Là-bas, en face, à travers les interstices de la porte et les vitres sales de l'imposte, la lumière rare des ampoules filtrait à travers la vapeur huileuse qui montait des infers. Les deux sœurs traversèrent en courant et se jetèrent ensemble sur la porte qu'elles ouvrirent en grand. Marcelle sous la douche s'était complètement réveillée.
Elles ne comprirent pas à la seconde ce que c'était que cette lourde draperie rouge qui chatoyait autour

des meules en mouvement et leur faisait, sous la chiche lumière, une chape de rubis.

Un bruit les tira de leur stupeur. Le bras droit de Didon s'était détendu hors de portée des meules. Il était brisé à la hauteur du coude sur le bord de la cuve. A force de broyer les chairs et les os, les meules avaient fini par le détacher complètement et il venait de tomber de son propre poids sur les dalles, avec ce bruit sourd. Ce bruit tira vers cette vision le regard exorbité des deux filles. Ensemble, elles poussèrent un hurlement qui domina tous les vacarmes, qui perça la cataracte, qui fusa à travers la pluie, qui vint secouer le sommeil lourd de la Térésa pour la jeter brutalement dans le corridor, ayant juste happé un peignoir au passage. Le hurlement avec la même intensité se ruait de nouveau sur elle et provenait du moulin. La Térésa vit la porte ouverte, ses filles devant, Marcelle qui se jetait en avant qui s'arc-boutait sur le levier d'accouplement et le tirait à elle de toute sa force.

— Man ! N'entre pas ! Man il faut pas que tu entres !

Elles étaient là à la repousser et la pluie la pénétrait et les cheveux des trois femmes leur faisaient déjà des têtes de noyées. Et Térésa distribuait à ses filles des coups au hasard et elle les tirait, suspendues à ses trousses, et elle arrivait à la porte du moulin.

Elle vit. Les meules étaient immobiles. Le bras aux doigts ouverts du Didon semblait appeler sur les dalles comme celui d'un homme qui se noie. Alors, la Térésa poussa un long cri désolé qu'elle ne cessa plus de hurler. Elle s'enfuit en courant. Elle partit sous la pluie, monta en glissant, en se salissant, l'escalier de terre qui rejoignait le pont, traversa le pont, hurla au secours. Hagarde, elle hésita sur le chemin à suivre, cria au secours à tous les échos, avec une force prodigieuse, les ongles lui entrant dans la paume des mains. Et les filles reprenaient son hurlement et elles couraient, tenant la jupe de leur mère, comme si elles avaient encore quatre ans, sur le chemin qui luisait à peine sous la pluie. Il n'y avait pas un espoir, pas une lueur sur tout l'horizon, sauf cette clarté huileuse, en bas au moulin, vers laquelle, surtout, il ne fallait pas retourner.

Il y avait trois femmes abandonnées de Dieu cette nuit-là, dans la plaine de Lurs, entre Sigonce et les fonds de Planier. Trois femmes seules dans la terreur et qui hurlaient à la mort comme des bêtes. Et le vent leur jetait au visage de grandes balayures de feuilles mortes et le Lauzon meuglait au fond de son sablier, creusant le tomple de sa cascade et la pluie tombait.

Les trois femmes guidées par l'instinct gravirent la côte de Lurs vers le village. Elles poussèrent leurs hurlements devant le séminaire, allèrent en ébranler la porte à la briser, à force de la heurter avec le gros marteau de bronze. Mais tout le monde, derrière les murs épais d'un mètre, continua à dormir du sommeil de Dieu.

Alors, toujours hurlantes et marchant de front, et trébuchant sur les pavés dans leurs pantoufles d'intérieur, elles enfilèrent la rue montueuse du village. Une lumière, une seule à deux cents mètres là-bas devant, faisait une barre d'or qui luisait sur les pavés.

Célestat Dormeur façonnait les pains à la pattemouille pour les dorer quand le bruit lui parvint du fin fond de la pluie. Il entendit ce balbutiement, ce cri, ce hurlement, cette prière perçante, ce grondement de douleur épuisée qui déferlait comme un aigre tonnerre.

Et ce concert roulait vers lui à la vitesse d'une avalanche. Célestat instantanément crut à toutes les légendes. Il composa autour de ce brame une bête sans contours que la rue de Lurs ne suffirait pas à contenir. Il bondit sur le fusil, se rencogna entre le four et les sacs de farine, face au rideau de pluie que déversaient les chéneaux devant la porte ouverte.

Mais ce fut plus affreux qu'une bête innommable ce qui surgit de la nuit alors.

Était-ce trois femmes ? Ce n'étaient plus que trois figures bouffies avec des bouches qui ne se refermaient plus, qui gargouillaient de pluie et d'horreur, qui n'avaient que des pupilles démesurées dans leurs yeux rouges. Leurs corps comme délayés semblaient fondus ensemble par le malheur.

Pendant plus de trois minutes, les trois minutes qu'il mit à les reconnaître, elles restèrent la bouche ouverte sur un dernier cri qui ne sortait pas. Tout ce qu'elles savaient faire, pour lui faire comprendre, c'était de dessiner avec leurs bras exténués de fatigue le mouvement d'une roue en train de tourner.

Séraphin suivait le cercueil de Didon Sépulcre. Enfin... de ce qu'on avait pu récupérer de lui, avec une serpillière, une pelle et un seau.

Séraphin doutait de sa raison. Pour la troisième fois, quelqu'un avait fait le travail à sa place, et d'une manière si horrible, qu'il se demandait s'il en aurait eu lui-même le courage. Qui ? Il avait bien senti tous ces soirs, où il rôdait autour du moulin, cherchant le moyen d'arriver à ses fins, qu'une présence inconnue, dans la brume ou la nuit, se glissait partout, insaisissable, furtive et rapide, comme à peine la course d'un écureuil sur la feuillée.

Pourquoi ? Qui à part lui, Séraphin Monge, pouvait en vouloir assez à cet homme pour l'écraser sous une meule ? Et d'ailleurs, qui pouvait avoir eu intérêt à faire disparaître également Gaspard et Charmaine ?

Séraphin regardait avancer lentement le corbillard qui surplombait la foule, car le chemin est raide qui conduit du moulin à l'église et au cimetière de Lurs. On avait dû atteler un cheval de renfort aux limonières.

Séraphin observait Patrice qui serrait contre lui

Rose Sépulcre en grand deuil et qui l'abritait sous son parapluie. Car il pleuvait sur l'enterrement. Lurs, là-haut, fumait sous les brumes déchiquetées. Un novembre triste s'était enfin alenti sur le pays.

Séraphin avait froid dans le dos. Gaspard était mort, Charmaine était morte — l'innocente, l'injustice criante qui lui traversait la conscience —, Didon Sépulcre était mort. Et maintenant, le bruit frissonnait tout au long du cortège que Marie Dormeur allait bientôt mourir.

Des gendarmes en serre-file, leur vélo à la main, encadraient cette foule tremblante où l'assassin était peut-être tapi, peut-être entouré d'amis, peut-être parlant de ses affaires, là-bas, aux derniers rangs du cortège. Comment savoir ? On avait trouvé la martelière soulevée, la cheville dans le pertuis. Mais la pluie avait dissous toutes les traces. N'importe qui par ces nuits noires, par ces nuits de brume avait pu quitter sa maison, se lancer à travers l'obscurité bien connue de lui, pour venir soulever cette écluse pendant que Didon vérifiait les engrenages. N'importe qui avait pu savonner pour Gaspard le rebord du bassin. Mais : n'importe qui ne pouvait pas avoir ouvert la porte en grand aux chiens féroces au risque de se faire mettre en pièces.

Séraphin naviguait sans parapluie parmi la foule couverte. Autour de lui se creusait toujours un vide respectueux. Il marchait toujours seul. On s'écartait de lui. On ne voulait pas être dans son ombre.

Il résista plusieurs fois au désir de fendre la foule, d'aller offrir ses poignets aux gendarmes, de leur dire : « Arrêtez-moi... Je n'ai tué personne, mais ceux qui sont morts, j'avais projeté de les tuer. Arrêtez-moi, menez-moi devant votre juge. Il est plus intelligent que vous et que moi. Lui, peut-être, il comprendra. »

Mais peut-être est-ce précisément pour être certain que personne ne comprendrait, que Séraphin resta enfermé dans le cortège, jusqu'à l'église, jusqu'au cimetière, où il aida les bénévoles à faire glisser le léger cercueil au fond du caveau.

La pluie lente et têtue fondait sur Lurs et sur la vallée. La Durance mugissait tristement sur la misère du monde.

Marie ne se levait plus. Marie jetait ses bras de part et d'autre du lit en de grands mouvements convulsifs. Marie répétait toujours la même chose :

— Je dois leur dire... Il faut que je leur dise...

— Le médecin est venu. Il dit qu'il faut attendre que ça se déclare. Il dit qu'il sait pas ce que c'est.

— Elle mange ?

— Trois fois rien. Et des fois, elle déparle.

— Qu'est-ce qu'elle dit ?

— Oh ! des bêtises. Qu'est-ce que tu veux qu'elle dise ?

— Quelles bêtises ?

— Qu'elle a oublié quelque chose. Qu'elle a vu quelque chose. Qu'il faut qu'elle se lève pour aller expliquer à quelqu'un...

La Clorinde s'effondrait sur le comptoir, les cheveux défaits. Elle pleurait : la prunelle de ses yeux...

— Tu devrais lui faire boire du millepertuis dans du lait de chèvre, ça lève le mal.

— J'y ai fait tout boire ! gémissait Clorinde. L'hysope et la jusquiame — un seul grain — la consude et la salsepareille et le pied-de-poule et la reine-des-mères et le rampochou, tout je te dis !

Elle pleurait de plus belle.

— Elle veut rien prendre ! Il faut le lui passer entre les dents avec une cuillère à café ! Ma mère m'aide et ma sœur vient, mais moi j'en peux plus ! Qu'est-ce que tu veux que j'aie la tête à rendre la monnaie ?

Le cortège du Sépulcre mort passa sous les fenêtres de Marie, dans l'étroite rue pour gagner l'église. Avec ces cahots du corbillard, chacune des quatre roues grinçant sur un ton différent ; avec ce hennissement contenu des chevaux discrets ; avec ce silence de pas traînants, ces chuchotis de l'un à l'autre, ces têtes inclinées sur les dernières méditations. On avait pourtant fait taire dans leurs répons le curé et l'enfant de chœur, d'un bout à l'autre de la rue. Mais le halètement d'un cortège d'obsèques, nul ne peut l'ignorer.

Marie cessa de geindre, elle parut aux aguets. Ses yeux fiévreux naviguaient d'un bord à l'autre de ses orbites. Elle se dressa sur son séant.

— Qui on enterre ?

— Personne. Un vieux. Tiens-toi tranquille que tu vas faire monter la fièvre.

— Il faut que j'aille leur dire...

Elle repoussa la literie, posa un pied sur les tommettes rouges, vacilla.

— Tu vois bien, ma pauvre petite ! Tu tiens pas droite ! Quand tu seras guérie tu iras leur dire...

— Il sera trop tard, dit Marie.

Elle se rejeta sur son oreiller, secoua la tête de droite à gauche comme quelqu'un que personne ne comprend.

La Clorinde ou sa sœur redescendaient vannées de

cette chambre si pimpante avec ses porcelaines de Saxe, son joli secrétaire en marqueterie, sa cousette de tables gigogne.

— Et elle tâte la place vide de sa bague... Et elle réclame son aigue-marine. Pauvres de nôtres ! Il faudrait descendre à Aix pour en acheter une autre... Et comment veux-tu ? Avec le commerce ! Et Marie malade ! Comment veux-tu ?

La Tricanote vint aux nouvelles, fit trois fois le tour de la chambre. Son pas de gardeuse de chèvres sonnait clair sur les tommettes. Elle renifla. Était-ce dédain ? Était-ce suspicion ? En tout cas, au-dessus de la tête de Marie, elle changea le buis bénit rouillé qui traînait, fléchant le crucifix, dans un godet de saxe rose, adorné d'un angelot peu catholique, qui ressemblait plutôt à un amour ailé qu'à un soldat exterminateur du Père éternel.

Et elle dit, la Tricanote, mais pas tout de suite :

— Ah vaï ! Fièvres typhoïdes ! Moi, je le sais ce qu'elle a... Mais Dieu garde !

Elle amincissait encore davantage ses lèvres naturellement peu épaisses.

Le malheur était sur Lurs encore une fois. La vieille marquise de Pescaïré, laquelle soignait ses douleurs au vent de Lure, dans la plus hautaine maison du pays, consacrait à le conjurer toute la force de sa foi. Elle traînait sa canne, d'oratoire en oratoire, sur cette promenade des Évêques que ses infirmités et les stations de pierre et les chapelles qui la sertissaient, transformaient en calvaire.

— Seigneur, au bout de ces neuvaines, répétait-elle, vous ne permettrez pas cela.

Car elle aimait passionnément Marie qui était sa

filleule. Tous les jours, elle allait la voir et si les prières y faisaient...

Un soir, très tard afin que nul n'en eût vent, elle se risqua dans la rue pavée, faite de trous et de bosses, jusqu'à la maison étroite, maigre comme sa propriétaire, où gîtait la gardeuse de chèvres. Une odeur d'herbe fraîche paisiblement ruminée en exsudait comme un parfum. La marquise frappa deux coups discrets du pommeau de sa canne à la porte disjointe. La Tricanote dévala les marches et de saisissement plaqua sa main sur sa poitrine creuse.

— Oui, dit la marquise, c'est moi. Quoi d'étonnant ?

Elle ne lui laissa pas le temps de répondre. Elle empoigna la corde à puits qui servait de rampe pour escalader les marches abruptes. Devant le poêle en trèfle qui ronflait, elle s'affala sur la chaise de planches.

— Le fait est, dit-elle, qu'il faut vous gagner.

La Tricanote, estomaquée, n'avait pas encore refermé la bouche. La marquise ôta ses mitaines et déroula ses fanchons.

— Eh bien, Tricanote, dit-elle, qu'est-ce que vous en pensez, *vous,* de la maladie de ma filleule ?

— Le plus grand mal, dit la Tricanote.

Cette façon directe de parler l'avait tout de suite remise en selle.

— Ah !... proféra la marquise en branlant du chef. Ah !...

Le silence régna dix secondes entre les deux vieilles femmes. Elles se dévisagèrent avec calme et gravité. Cent questions et cent réponses fusaient d'un regard à l'autre de leurs yeux.

— Bien sûr, dit la marquise, j'ai une foi robuste et par conséquent... Néanmoins... Si vous croyez...

— Oh ! mais, dit la Tricanote, je ne crois pas, j'en suis sûre.

— Alors, si vous êtes sûre...

La marquise tira de son nécessaire une bourse d'argent et voulut l'ouvrir. La Tricanote étendit devant elle ses mains noires comme son fichu.

— Pardieu pas ! Pas pour tout l'or du monde ! Je m'y casserais les bras et le cœur. Et, dit-elle, le doigt levé, je ne ferais qu'augmenter de ma force la force des choses.

— Mais alors que faire ? gémit la marquise. Je ne veux pas qu'elle meure ! Elle est si belle ! Si fière ! Elle aime tant la vie !

— Dieu..., dit la Tricanote.

Et elle n'ajouta pas un mot.

Alors, pendant toutes ces nuits où la bise siffla, on vit la vieille marquise offrir ses infirmités en rédemption. Elle s'agenouillait pour des neuvaines au pied de chaque oratoire du chemin de croix, sur la promenade des Évêques. Et parfois, le tintement triste de la cloche de Ganagobie appelant à ténèbres les deux moines restants, lui faisait répons. Chaque fois qu'elle se relevait, ses genoux craquaient comme s'ils venaient de se rompre.

Le vent de Lure, qu'elle aimait tant, ne lui faisait pas quartier. Un ciel funèbre roulait bas au-dessus de sa charité solitaire, sans consolation et sans merci. Mais la marquise de Pescaïré savait, de science certaine, que ce monde n'est qu'apparence. Ni la nuit terrible ni la bise aigre ni les douleurs de ses os n'entamaient sa foi robuste et pleine de bon sens.

Pendant ce temps, l'homme qui détenait la clé du mystère s'acheminait vers ce pays qu'une sorte d'impulsion, peut-être morbide, le forçait à revoir.

Cet homme était triste. Cet homme était en deuil. Un large crêpe noir ceinturait la coiffe de son chapeau. Sa femme, qu'il avait aimée, venait de mourir. Il était enfoncé, le regard lavé de pleurs récents, sur les coussins d'une limousine. Il venait de Saint-Chély-d'Apcher, en Auvergne, où, pendant quatre ans de guerre, il avait achevé de s'enrichir, en fournissant des armes blanches à l'armée.

Ses trois enfants, pressés de voler un peu de leurs propres ailes, l'avaient vivement persuadé de profiter de ces tristes circonstances pour prendre quelque repos.

Il allait à Marseille, s'embarquer pour les Antilles où il avait des affaires à traiter.

Il aurait pu descendre directement la vallée du Rhône par la bonne route, mais à Lyon il avait dit au chauffeur : « Continuez sur Grenoble, nous passerons par les Alpes. »

Ce détour, il le devait au souvenir de sa femme, seule confidente de son passé et qui le lui avait fait promettre, pendant sa maladie.

Et c'est pourquoi cet homme riche, cet homme triste, se trouvait gravir dans sa voiture de luxe, ce mauvais chemin, entre Le Monestier-de-Clermont et le col de la Croix-Haute, dans les derniers feux d'une allée de trente kilomètres d'érables flamboyants.

Novembre était clément sur le Trièves. Et le regard triste de cet homme suivait pensivement les côteaux, les forêts, les montagnes lointaines, les villages à clochers gris qui attendaient Noël pour fumer sous la neige de tous leurs feux accueillants. Il contemplait ce pays qui murmurait son bonheur tranquille, à tous les détours de la route ; ce pays pauvre qui n'avait pas besoin d'être riche ; ce pays qu'il n'avait jamais vu.

Il ne l'avait jamais vu et pourtant... vingt-cinq ans auparavant, il l'avait parcouru à pied, dans l'autre sens, la peur aux fesses.

Il ne se souvenait que de la pluie que de la nuit que de la rébarbative pourriture des granges ruinées à la lisière des grands bois où il avait tapi son angoisse, sa faim... Sa faim surtout. Trois jours et quatre nuits, pratiquement sans rien manger... Jusqu'à ce qu'il eût gagné les confins de la Savoie où, enfin, il avait pu reparaître au grand jour, à plus de deux cent cinquante kilomètres de ce lieu maudit où surtout il ne fallait pas s'être trouvé, certaine nuit de septembre. Ah ! il l'avait bien traînée dans la peur, cette coquette tenue de dévoirant maintenant sous vitrine, dans son château de Saint-Chély. Cette redingote noire feutrée par les averses... Ce chapeau tromblon si seyant sur le côté, il l'avait trimbalé durant ces nuits terribles, ayant perdu son apprêt, transformé par l'eau inlassable du ciel en un accordéon délabré. Sa grande canne d'apparat aux rubans collés par l'averse, autour du serpent sculpté qui s'y enroulait maléfique, elle ne lui avait servi qu'à écarter les ronces ruisselantes des taillis où il se glissait tout tremblant. Mon Dieu ! Avait-il jamais plu autant depuis vingt-cinq ans ? Il se souvenait de cette interminable pluie, de ces interminables nuits.

Le 29 septembre 1896... Il y avait vingt-cinq ans, il fuyait sur ces routes. Quand sonnaillait une voiture de poste aux fanals glauques, il se jetait au fossé. Il entendait au passage, sous le trot robuste des chevaux, les rires des femmes sous les capotes abaissées, les plaisanteries des hommes et dans le sillage de cette vie, il respirait parfums, odeurs de cuir et fumet de cigares. Tandis qu'il fuyait lui, poursuivi par le bruit sidérant du couperet de la guillotine, lequel ne manquerait pas de s'abattre sur ses frêles épaules de vingt ans s'il se laissait prendre.

Car : qui l'aurait cru ? Qui aurait ajouté foi à ses déclarations ? C'est ce qu'il se disait encore, tassé sur les coussins de sa voiture et regardant défiler la pourpre des érables et regardant fumer les fermes tranquilles et regardant s'avancer sous la pelisse des fûts de sapin ce col de la Croix-Haute où il avait senti pour la première fois, en mettant son premier pas sur ce versant — et pourtant sous le déluge —, que peut-être il allait s'en tirer. Mais il fallait en avoir la farouche volonté, ne pas succomber à l'invite des fenêtres éclairées, des places de villages où buvaient les vaches autour des fontaines. Il fallait vivre tapi le jour, marchant la nuit. Ne pas donner prise. Ne pas s'arrêter, fût-ce pour acheter un morceau de pain, dans aucune boutique. Il ne fallait pas qu'on puisse dire : « Oui, nous avons vu passer un vagabond. Nous avons hébergé un dévoirant. Il venait des Basses-Alpes. Il avait l'air d'avoir peur. » Heureusement, cette peur elle-même l'avait armé d'une ténacité à toute épreuve. Il avait marché, marché, marché. Chaque pas douloureux en était un vers le salut.

Il se souvenait encore de ces pommiers providentiels que signalait la nuit leur parfum de cellier et qui le nourrissaient si généreusement.

Cet homme passa la porte du Dauphiné à Sisteron

sur le coup de midi. Il fit arrêter le chauffeur dans la rue Saunerie pour acheter un journal au bureau de tabac. Sur trois colonnes noires s'étalait ce titre : « Nouveau crime dans les Basses-Alpes. Un moulinier écrasé sous ses meules. Le meurtre ne fait aucun doute. » Il y avait une photo très sombre, où l'on reconnaissait néanmoins les meules d'un moulin. L'homme resta pétrifié sur son siège. Il lui sembla que vingt-cinq ans ne s'étaient pas écoulés et qu'il était encore tout tremblant en train de fuir sous le déluge.

Il se ressaisit pourtant. Il se dit qu'à notre époque, le crime était chose courante. Mais qu'il revînt deux fois dans ce pays pour le trouver chaque fois sous le signe du sang versé lui parut d'un funeste présage. La peur végéta en lui aussi forte qu'autrefois. Il faillit intimer au chauffeur l'ordre de rebrousser chemin, mais la promesse faite à sa femme mourante autant qu'une angoisse curieuse le poussaient en avant. Il lui semblait qu'il était entré dans l'orbite d'un malheur qui le happait vers lui pour se faire connaître de force.

Il s'arrêta à Sisteron pour faire déjeuner le chauffeur. Lui-même toucha à peine à son repas et il alla se promener dans les rues. La ville avait à peine vieilli. Il se souvenait de toute la peine qu'il avait eue la nuit où il l'avait traversée, pour éviter les réverbères. Il se souvint qu'il s'était déchaussé pour éteindre le martèlement de ses pas. Son désarroi d'alors le reprenait tout neuf. Il le dépouillait de vingt ans de vie tranquille.

A partir de Sisteron, il se tint tapi au fond de la limousine comme s'il craignait d'être reconnu. Les Bons-Enfants, Peipin, Château-Arnoux, Peyruis... A Peyruis, l'homme intima au chauffeur l'ordre de ralentir. Il craignait de ne pas se reconnaître. A Pont-Bernard, cette grosse ferme à pigeonnier qui veille au bord de la route, il fit garer la voiture et descendit.

— Vous m'attendrez ici, dit-il au chauffeur.

Son angoisse s'était dissipée. Il avançait sur cette route en bon dévoirant ivre de jeunesse et libre comme l'air. Même, il retrouvait dans sa moustache ce sifflotis d'insouciance qu'il avait promené autrefois, à travers toute la France.

Il reconnaissait chaque rocher, chaque ponceau, chaque bosquet d'osier. A cette source au ras du sol, à la pierre bizarrement usée, il s'était arrêté pour boire. La nuit tombait. L'étape qu'on lui avait indiquée n'était pas loin. La Burlière... « La Burlière, lui avait-on dit. Et le patron s'appelle Félicien Monge. Tu verras, il te recevra bien... »

Il reconnaissait tout, le dévoirant d'alors, sauf cette voie ferrée qui n'existait pas encore. Soudain — et il crut qu'il ne marchait que depuis cinq minutes — le bruit berceur du vent dans les hauts cyprès l'avertit qu'il était arrivé. Ce bruit-là aussi, il l'avait alors entendu. Un chemin s'amorçait sur la droite, qu'il n'avait jamais oublié. Il avait trébuché, à la nuit tombante, entre ces ornières profondément creusées par le roulage de plusieurs générations, dans les dalles bombées. Il retrouvait son allégresse d'alors, son allant, sa sûreté de soi. Pour être présentable, il s'était vigoureusement frotté les chaussures avec l'herbe arrachée au talus. Il avait assuré à la coquin son chapeau tromblon de fantaisie. Il avait ébouriffé les rubans de fête de sa canne. Il avait poussé cette porte en criant : « Salut la compagnie ! »

Cette porte ? Quelle porte ? Le vent balançait toujours les quatre cyprès et leur tirait une longue plainte qui serrait le cœur.

Le dévoirant regardait stupidement devant lui ce large vide blanc, semé de gravier concassé d'où dépassait parfois une touffe d'herbe nouvelle. Il s'engagea sur cet espace et aussitôt qu'il y eut posé le pied, l'impression fugitive le traversa qu'il venait de franchir une muraille. Le passé, comme s'il en était séparé par une simple enjambée, lui sautait à la gorge avec une vigueur toute neuve. L'odeur même de langes en train de sécher, de lait de femme, de soupe chaude et de suie, qui l'avait accueilli dès le pas de la porte, montait à ses narines comme si, depuis si longtemps, le vaste désert qu'il foulait aux pieds l'avait conservée pour la lui restituer aujourd'hui.

Il revoyait, il situait parfaitement : la femme assise, jeune et jolie, l'homme roux qui arpentait la pièce, mains au dos, l'aïeul devant l'âtre, les rires d'enfants sous la grande table, l'horloge, et devant l'horloge, un berceau à ras de terre où piaillait un nouveau-né.

C'était bien là. C'était bien entre ces quatre cyprès qui brassaient lointainement, au-dessus de lui, un murmure de grand voyage.

Il recula précipitamment hors de l'enceinte blanche comme si, par mégarde, il avait posé le pied sur une tombe.

Alors, il vit le puits. Il était blanc sous le soleil d'hiver comme il l'avait été sous le clair de lune et lui, il n'avait pas changé. Et lui, il datait d'hier, presque neuf. L'homme s'en approcha lentement. Il contempla dans son souvenir la vision qu'il conservait de ce puits sous le clair de lune, alors qu'il claquait des dents, tout peureux et tout jeune, dans le mugissement de la

Durance qui soufflait derrière lui l'haleine des montagnes.

Un coup de vent souleva devant lui, hors du bassin du lavoir, une colonne de feuilles mortes. Elle dansa longtemps, ondulante et svelte et comme sans matière, puis elle retomba en pluie sur elle-même. Là-haut, le bruit des cyprès racontait une histoire.

L'homme entendit le tintement de clochettes parmi les yeuses. Il se dirigea de ce côté. Une vieillarde à l'œil aigu surveillait quelques chèvres sous les glandaies, plus haut, et le regardait aller venir. Il s'approcha, ôta son chapeau.

— Peut-être, dit-il, allez-vous pouvoir me renseigner : il y avait bien ici une ferme qu'on appelait La Burlière ?

— Il y avait, dit la gardeuse de chèvres.

Elle parlait en claquant des mâchoires comme une édentée.

— Et dites-moi... Que s'est-il passé ? Il y a eu un incendie ?

— Non. Un crime. Un crime abominable. Un crime que tout le monde s'en rappelle encore aujourd'hui.

La gardeuse cala ses maigres fesses contre le talus de safre.

— Cinq personnes monsieur ! Ils en ont tué cinq !

Cinq... Le dévoirant ferma les paupières. Il n'avait pas pu — les yeux désorbités par l'horreur — compter ce qu'il y avait de morts dans la salle. Il se souvenait seulement de cette rigole qui accourait vers lui en sinuant comme un serpent, qui franchissait le bord de la trappe, qui tombait en cascade sur l'échelle de meunier, qui chutait avec un bruit mou, qui lui éclaboussait les chaussures, qui lui souillait le bas du pantalon. Qui l'aurait cru, avec tout ce sang sur lui ?

La gardeuse lui racontait la découverte du crime, l'enterrement des victimes, l'arrestation des coupables, le procès — la salle comble —, la rassurante guillotine. Le couperet qui tombait trois fois. Le souvenir : les frissons d'horreur par les soirs de tempête.

Il gardait les poings serrés devant ce flot de paroles tombant de cette bouche noire. Dix fois il voulut l'interrompre, dix fois il se l'interdit. Il avait envie de crier : « Mais non vous vous trompez ! Ça ne s'est pas passé comme ça : Mais non ! Vos trois coupables — dont vous êtes si fière qu'on les ait décapités — ils étaient innocents ! Vous entendez : innocents ! »

Il était bouleversé par l'idée de ces vieux suppliciés dont même les os en fosse commune n'existaient probablement plus ; bouleversé parce que d'un mot, il aurait pu les sauver autrefois. Mais ç'aurait été sa tête contre la leur. Car, qui l'aurait cru ?

— Vous êtes bien pâle, mon pauvre monsieur ? C'est vrai que c'est guère gai, ce que je vous raconte. Enfin, heureusement, il y a eu un survivant. Le Bon Dieu a pas voulu qu'ils meurent tous.

Du bout de sa houlette tordue, elle désignait l'espace vide entre les cyprès.

— C'est lui qui a fait ça..., dit-elle. Tout ! Y voulait pas qu'il reste pierre sur pierre pour lui rappeler.

Un survivant ! Comment quelqu'un avait-il pu survivre dans ce bain de sang ? Le dévoirant n'avait vu, titubant et les yeux vitreux, que des êtres sur le point de mourir. Il voyait encore — et avec plus d'acuité depuis qu'il était là — la main levée de la mère, aux doigts écartés et qui retombait sans force. Un survivant...

— Oui, reprit la vieille, on sait pas. Est-ce qu'ils l'ont pas vu ? Est-ce qu'ils ont reculé, croyant que la mort d'un chérubin leur porterait malheur ? Vous comprenez, il avait pas trois semaines...

Trois semaines... C'était donc le berceau devant l'horloge. Un homme qui devait avoir aujourd'hui vingt-cinq ans... Un homme peut-être, auquel il allait enfin pouvoir dire la vérité, soulager sa conscience.

— Il est... toujours en vie ? demanda-t-il.

— Bougre, s'il est en vie ! Il est grand comme la tour de Pierre le Brave ! Et beau !

Elle claqua ses mains l'une contre l'autre en regardant le ciel comme pour l'attester de cette beauté.

— On dirait que le Bon Dieu a voulu se racheter en le faisant si beau.

— Et... Il habite dans le pays ?

Le regard de la Tricanote se fit plus aigu encore que de coutume. A son insu, pendant qu'elle parlait, quelque chose l'avertissait d'avoir à se méfier. Il se passait à Lurs tant de choses étranges, tant de choses terribles. D'où venait-il encore celui-là, en grand deuil, avec son costume noir, sa cravate noire, le crêpe au chapeau et cet air inconsolable ? Souvent, se disait la Tricanote, les approches du malheur avaient pris ces allures funèbres. Il lui rappelait celui qui faisait les *assavoir* pendant la guerre, encadré de deux gendarmes. Les cris derrière les portes, des mères, des épouses... Un homme en deuil, ça ne dit jamais rien qui vaille. Ce pauvre Séraphin Monge, il en avait assez vu comme ça. C'était pas la peine de lui en envoyer un de plus.

— Madame, dit l'homme doucement, je sens que

vous savez où il est et que vous hésitez à me le dire. S'il a tout rasé, votre survivant, c'est parce que le crime où il a perdu tous les siens le hante encore. Peut-être qu'il n'est sûr de rien. Alors voilà : moi, je lui apporte un morceau de la vérité et je pense que ça lui fera du bien de le savoir.

— La vérité ? souffla la Tricanote.

Elle se mit debout d'un seul coup.

— La vérité on l'a déjà sue ! s'exclama-t-elle.

— Non, dit l'homme à voix basse.

La Tricanote pétrifiée resta sans paroles pendant peut-être une minute.

— Il habite Peyruis, dit-elle enfin, sur la place où y a une fontaine avec des saletés sculptées dessus... Une maison étroite, avec une porte étroite et trois marches pour arriver à la porte et une remise en contrebas...

Il la remercia en s'inclinant sans répondre et remit son chapeau.

Elle écouta décroître son pas. Elle écouta — elle épia — le vent dans les cyprès. Deux chèvres familières vinrent poser leurs têtes sur ses avant-bras, pour lui signifier qu'il était temps de se remiser. D'un sifflement aigu la Tricanote rassembla ses bêtes. Elle remonta au village, suante et soufflante, les cotillons relevés pour aller plus vite. Tout à l'heure, elle pousserait ses chèvres dans la rue de Lurs, elle appellerait : « Clorinde ! Parais un peu voir ! Tu sais La Burlière ? Tu sais pas... » Mais elle ralentit soudain. Non. Elle devrait garder tout ça pour elle. La pauvre Clorinde, comment voulais-tu qu'elle ait le cœur à entendre des histoires de désastre, avec sa petite bien fatiguée ?

Cet homme trouva facilement la maison de Séraphin Monge. Le chauffeur antillais se gara non sans ronchonner sur cette placette où la manœuvre était malaisée.

L'homme descendit, escalada les trois marches, heurta du poing la porte étroite à trois reprises. Il n'y eut pas de réponse. Il tira le battant à lui et le trouva ouvert. Il hésita une seconde, fit un geste fataliste et gravit l'escalier qui commandait directement la cuisine.

Il marqua un temps d'arrêt devant cette humble intimité où il n'était pas convié. Il vit le sol brillant de propreté, le poêle froid, la vaisselle rangée au bord de l'évier. Il vit la table de travers par rapport aux sièges, par rapport à l'axe de la pièce. Il alla jusqu'à l'alcôve. Le lit était fait et bien fait, les draps très propres, l'oreiller unique. Dans ce logis de pauvre régnait l'ordre méticuleux de quelqu'un qui ne veut pas donner d'ouverture à quiconque sur son caractère par le seul aspect du lieu où il vit. Aucune odeur (sauf peut-être un léger relent de bergamote) ne pouvait aider à percer l'anonymat de cette retraite : pas un journal, pas un livre, pas un traître bout de papier.

L'homme dut arracher une page de son calepin pour y écrire les mots qu'il destinait au rescapé de La Burlière.

Quand ce fut fait, il chercha un objet bien visible pour le poser sur le billet au beau milieu de la table, afin que, tout de suite, l'attention fût attirée.

Il ne trouva rien. Si ! Sur l'étagère, là-bas, à côté de la poêle à frire, cette boîte à sucre ferait parfaitement l'affaire. Il avança les deux mains pour s'en saisir et la jugea anormalement lourde, mais il ne se posa dès l'abord aucune question. Il glissa le billet sous l'arête de l'objet, bien en évidence. C'est à ce moment-là seulement que le poids de la boîte l'intrigua. Il souleva le couvercle, il souleva les papiers sans les déplier. Il considéra l'intérieur, hocha la tête en soupirant, referma le couvercle et s'en alla.

Son cœur débordait de pitié pour celui qui vivait dans cette humilité, car un être qui laissait sa porte ouverte sur quatre kilos de pièces d'or, ne pouvait être qu'un homme plein de misère.

Quand la limousine arriva sur la route qui montait vers Mallefougasse, devant le tertre de Saint-Donat, le soleil ricochait sur les grandes yeuses et en faisait des vagues d'océan. La houle immobile de ces bois compacts comme une toison sertissait cette église vieille de dix siècles qui ressemblait à un énorme tas de pierres.

Cette ruine n'en finissait pas de mourir. On l'avait dépouillée, écorchée, on lui avait arraché ses lauzes, ses cornières, les chapiteaux historiés des colonnettes jetées bas à l'entrée et qui racontaient l'arrivée du saint dans sa doline. Et pourtant elle marquait toujours la toison verte de la forêt d'une croix tronquée aux branches courtes, faites pour résister à l'érosion.

Cette citadelle avait posé sa masse à dix kilomètres de tout endroit habité, au milieu des bois, les dominant, les écartant d'elle, seule, massive, haute, empreinte de cet air d'énigme muette et vaguement menaçante qu'ont toutes les forteresses de piété.

Qui l'avait bâtie ? Où étaient les foules qui avaient fait la chaîne du pierre à pierre en chantant des antiennes à la louange du saint ? Maintenant, assiégée par les bois, les yeuses la cernaient, l'enserraient, la soulevaient au-dessus d'elles, entre les convulsions de leurs racines.

Depuis vingt-cinq ans non plus elle n'avait pas changé. Depuis cette nuit où elle était apparue au dévoirant dans les derniers rayons du clair de lune, juste avant que tout redevienne obscur et que la pluie recommence. Elle n'était pas alors plus ruinée, les mêmes pariétaires se ressemaient déjà sur la toiture informe.

L'homme donna l'ordre au chauffeur de l'attendre et il se mit à gravir le tertre du sanctuaire. Il remettait ses pas dans ceux du jeune homme svelte et agile auquel la peur donnait des ailes. Fuyant n'importe où, il avait été tenté par ce porche noir béant sur l'énormité d'une nef vide, au sol de terre battue où la pluie enfin résonnait très haut. C'était ici, retrouvant un peu de bon sens, qu'il s'était persuadé qu'il n'existe aucun refuge pour un homme qui a été le dernier témoin d'un crime et que seule la fuite...

Aujourd'hui, dans le soir qui venait de ce mois de novembre, on ne voyait déjà plus le sommet de cette nef qu'à travers un voile de brume. Là-haut, autour des fortes colonnes rondes qui fusaient jusqu'à quinze mètres de hauteur, tournoyaient déjà des familles de chauves-souris.

L'homme consulta sa montre. Viendrait-il ? N'avait-il pas eu tort de lui donner rendez-vous ici, au lieu de l'attendre tout simplement chez lui ? Succombant au désir de faire participer cette église à sa confession, il risquait de prononcer celle-ci dans le vide.

Il ne quittait pas des yeux le porche où le jour baissait. Soudain, une masse sombre lui coupa ce jour.

Quelqu'un escaladait l'entrée, car les quatre marches qui la commandaient autrefois avaient été volées aussi et il fallait se hisser à la force des poignets comme il l'avait fait lui-même.

Le nouvel arrivant accroupi se détendit lentement et s'avança. Le dévoirant subjugué le regardait marcher, le regardait le dévisager avec des yeux sans expression qui semblaient le traverser. Il contemplait cette masse imposante quoique légère qui ne faisait aucun bruit en marchant, qui se confondait avec la colonne trapue devant laquelle elle se dressait et qui la prolongeait comme si l'homme la portait sur ses épaules.

Il tendait au dévoirant le papier que celui-ci avait déposé sur la table.

— C'est vous qui m'avez écrit ça ?

— Oui, dit l'homme.

— Je m'appelle Séraphin Monge, dit Séraphin.

— Je sais. La première fois où je vous ai vu — où je vous ai aperçu — vous teniez à l'aise dans un berceau et vous hurliez parce que vous aviez faim... J'étais là, dit-il, à voix plus basse, le soir du massacre...

— Vous étiez là ?

— Oui. Et je vais vous dire. Écoutez-moi sans m'interrompre. Vous me jugerez après.

— Je ne suis pas un tribunal.

— Si vous l'êtes, vous devez l'être. Vous êtes le descendant. Oui. J'étais là. Je venais d'arriver. J'avais ouvert la porte — même, je me souviens, sans frapper, tant je croyais qu'on m'attendait comme le messie, sous prétexte que j'étais un dévoirant. Oh ! J'avais bien vu que je tombais comme un cheveu sur la soupe. Votre père avait froncé le sourcil comme un qui pense : « Il manquait plus que celui-là ! » Il avait l'air traqué. Il marchait de long en large. Votre mère avait remisé précipitamment son sein. Je suppose qu'elle allait vous allaiter. Enfin... J'ai bien vu que je n'étais pas désiré. Seulement, moi, que voulez-vous, je venais d'essuyer cent kilomètres de pluie, depuis Marseille d'où je venais. Et puis j'avais vingt ans. J'étais ivre de liberté et de dévorer l'avenir. Le roi n'était pas mon cousin ! Les autres, je les voyais comme des personnages de tapisserie, entre lesquels j'aurais été seul à me mouvoir.

L'homme soupira.

— Vous devez vous demander pourquoi je vous ai fait venir ici ?

— Non, dit Séraphin. Parlez. Vous étiez dans la cuisine. Ma mère allait me donner le sein. Mon père marchait de long en large...

— Oui. Il m'a saisi par le bras. Il a soulevé la trappe. — Comment est-ce que je peux prononcer ce mot-là sans trembler ? — Il m'a fait descendre par l'échelle de meunier aux écuries. Il m'a apporté un pain de ménage, un saucisson, du fromage. Sans prononcer une parole, sans rien me demander. Il avait une barre au milieu du front qui ne s'effaçait pas.

Séraphin lui buvait les paroles sur les lèvres. Le vieux Burle était arrivé pour trouver des morts. Celui-ci parlait de vivants. C'était son père *vivant* qu'il lui restituait, descendant l'échelle de meunier, portant un pain ; c'était sa mère *vivante,* interdite devant l'intrusion de cet étranger et qui couvrait pudiquement sa poitrine.

— Il m'a installé, poursuivit l'homme, sur des sacs des Postes. Je me souviens. Ça sentait la cire. Il y avait de gros cachets rouges sur les oreillettes de jute. C'était rêche mais chaud et surtout c'était sec. Je me suis étendu. J'ai mangé. J'ai dû m'assoupir — de grande fatigue — avec encore une bouchée mal mâchée entre les dents — vous voyez si je me rappelle... Oh ! pas longtemps ! Il y a eu, je crois, un grand choc sourd qui a ébranlé les poutres. Je me suis mis debout. J'avais soif. Il avait oublié de me donner à boire. Il y avait un mauvais fanal sur une tablette. J'ai regardé les seaux des chevaux. Souvent je m'en étais contenté. Mais ils étaient vides. Alors je me suis dit : « Tant pis, tu vas déranger, mais il faut bien que tu boives... »

Il marqua un silence. Il répéta :

— Il faut bien que tu boives... J'ai marché, poursuivit-il, vers l'échelle de meunier qui était dans l'ombre. Oh ! j'entendais bien que les chevaux piaffaient un peu, qu'ils n'étaient pas tranquilles, qu'ils allongeaient le col vers leurs sabots et qu'ils soufflaient dessus bruyamment. Mais... Quand on a vingt ans, on ne s'arrête pas à ces signes...

Il soupira encore avant de reprendre.

— L'échelle comptait vingt-deux marches. Oh ! J'ai eu le temps de les retrouver toutes dans le souvenir... Je sais encore que je n'ai pas achevé mon geste, que mon bras, pendant peut-être deux minutes est resté tendu, soulevant le battant. Oh... Je n'ai pas compris tout de suite... Et voyez j'ai tout vu en même temps, en pas deux secondes et je mets cinq minutes à vous le raconter...

Il se laissa aller sur la marche de l'autel jonchée de décombres, comme s'il avait les jambes coupées d'avance par ce qu'il allait dire.

— Tout en même temps, répéta-t-il. Une espèce de bourrelet rouge qui roulait en droite ligne vers moi, lentement, sans ramasser de poussière, avançant comme emporté par son propre poids. Comment vous dire ? Roulant sur lui-même dans les rainures des dalles et cette chose est arrivée au bord de la trappe et a éclaté et s'est déversée et tout de suite, j'ai eu le pantalon éclaboussé... Dieu me pardonne... Quelques gouttes sont tombées au-dessus de mes chaussures. J'ai senti... C'était chaud... Mais je n'avais pas le temps de m'arrêter à ça... Je voyais... Oh ! pas à un mètre ! une masse de jupe et de corsage, une masse de cheveux, tout ça qui rampait et ça faisait un bruit terrible, comme un soufflet troué, et au bout de tout ça, il y avait un bras qui se tendait, les doigts écartés, se tendait vers ce berceau — où vous étiez — et qui a failli l'atteindre, mais qui est retombé juste avant d'y arriver.

— Ma mère, dit Séraphin à voix basse.

— Mais en même temps je voyais aussi, mais alors là, en plein brouillard rouge... Vous comprenez, la lampe avait été renversée. Il n'y avait que les flammes de l'âtre pour éclairer. Et alors, j'ai vu deux hommes qui se battaient. Et l'un, c'était votre père. Il tenait à la main quelque chose... Quelque chose de rouge aussi. Et l'autre aussi avait une arme, qui brillait et ils essayaient de s'égorger, en silence, sans un seul mot. Et puis votre père a eu le dessus. Il a repoussé l'homme vers l'âtre d'un coup de genou. L'autre a perdu l'équilibre. Il est tombé en arrière, mais il s'est retenu au passage à la lardoire de la broche qui s'est décrochée. Il l'a eue en main au moment où votre père se jetait sur lui. Il s'est embroché sur la lardoire... Et alors... Avec une broche en travers du corps, votre père, il a fait encore un pas, deux pas. Il s'est appuyé des deux mains contre le mur de l'âtre. Et alors, l'autre homme...

— Un homme ? haleta Séraphin. Vous êtes sûr qu'il n'y avait qu'un seul homme ?

— Oui. Un seul. Un seul avec maintenant quelque chose qui brillait dans sa main et il s'est approché de votre père et il lui a renversé la tête et il lui a tranché la gorge...

— Un seul homme..., répéta Séraphin.

— Oui. Il y en avait un autre dans la pièce, mais c'était un vieillard. Il était dans le fauteuil, devant l'âtre, les mains bien à plat sur les accoudoirs, les yeux au ciel, avec une grande barbe rouge.

— Et ce seul homme, dit Séraphin, alors ? Vous l'avez bien vu ?

— Non. J'ai vu du noir. J'ai vu l'éclat d'un œil. J'ai vu deux jambes, solides, j'ai vu des mains, un peu comme les vôtres... J'ai vu des épaules, un peu comme les vôtres... qui roulaient... La lampe était tombée, je vous dis. Et puis j'ai tout de suite eu peur. Je vous raconte tout ça, ça s'est passé l'espace d'un éclair. Tout de suite j'ai refermé la trappe. Elle a crissé en prenant contact avec la rigole de sang qui coagulait. Je n'ai jamais oublié ce bruit infime. Je me disais que si l'homme l'entendait aussi j'étais fichu. J'avais peur, vous comprenez, peur ! J'étais tendre comme de l'aubier de sureau. Vous n'avez jamais eu peur ?

Séraphin leva les yeux vers le sommet des colonnes maintenant invisibles sous la nef.

— Oh ! si..., dit-il doucement.

— Alors vous devez me comprendre. La peur me coupait l'entendement. Elle m'a duré des mois, peut-être des années. J'ai redescendu l'échelle meunière.

J'ai regagné mon coin. Et c'est là, dans un éclair, que j'ai compris que, quand l'homme là-haut serait reparti, j'allais me retrouver seul avec ces cadavres, avec le sang qui avait giclé par la trappe sur mes chaussures, preuve qu'on l'avait soulevée. Mon histoire d'homme, mal vu, inconnu, qu'on ne retrouverait peut-être jamais, qui allait la croire ? Dévoirant, c'est vite dit. Les papiers ça s'invente. Il y avait ainsi des dévoirants, à l'époque, qui sillonnaient la France sans rendre aucun devoir à quiconque. Joviaux, encombrants, trousse-filles, qui mettaient quinze ans à apprendre nonchalamment un métier et à qui le monde devait tout. Ils vous tombaient dessus sans crier gare, affamés et fourbus. Un dévoirant — quoi qu'on en ait dit — les gendarmes et la justice le regardaient souvent de travers. Et si demain j'avais été regardé de travers par les gendarmes...

Séraphin sentit qu'à cette évocation, un frémissement de terreur le parcourait encore aujourd'hui.

— La peur que j'ai sentie alors, n'avait plus rien de commun avec le saisissement que j'avais éprouvé en soulevant la trappe. Maintenant, ce qui m'agitait, c'était la peur de la société. C'était la peur de l'échafaud. Qui m'aurait cru ?

L'homme marqua un temps d'arrêt.

— Alors, poursuivit-il, j'ai pris ma canne et mon chapeau et mon havresac. J'ai ramassé mon reste de pain (il m'a bien servi par la suite), j'ai ramassé jusqu'à la dernière miette. J'ai bien fait regonfler les sacs postaux où je m'étais couché. Je suis sorti par la porte cochère de l'écurie. Par la poterne qui était découpée dedans. Je suis sorti comme un fou. Comme un fou que j'étais. Et alors, je me suis trouvé dans le clair de lune, j'ai vu le puits, là-bas à peut-être cinquante mètres et devant le puits, il y avait l'homme ! Il me tournait le dos. Mais j'ai eu l'impression qu'il m'avait entendu, qu'il allait me voir. Je me suis jeté derrière une charrette. Je l'ai vu se baisser, ramasser quelque chose... Je le voyais occupé de ses mains. Il faisait un paquet, il m'a semblé. Et puis je l'ai vu faire un geste. Il a jeté quelque chose dans le puits. Quelque chose de lourd... Non, je n'étais pas à cinquante mètres... Peut-être trente... J'ai entendu le plouf...

— Un seul homme..., répéta Séraphin.

— Oui. Tout seul. Et je ne l'ai pas vu. Le clair de lune jouait avec l'ombre, sous son chapeau. Je savais qu'il n'avait pas de barbe. Son menton était blême. Il marchait courbé, un peu pesamment. Je ne voudrais pas en jurer, mais... Il m'a semblé qu'il gémissait, il m'a semblé qu'il pleurait.

— C'était le même que vous aviez vu embrocher mon père ?

— Oui. Le même, ça c'est sûr.

— Et il n'y avait personne d'autre ?

— Non. Personne.

— Et il a jeté quelque chose dans le puits ?

— Oui, et puis il est parti, les épaules basses, du côté du chantier du chemin de fer. Alors je me suis mis à courir. A travers bois, à travers collines. J'allais droit au nord. J'avais l'odeur des montagnes pour me guider. J'ai marché... J'ai buté contre cette église... Je n'ai jamais su son nom.

— Saint-Donat, dit Séraphin machinalement.

— En priant, dit l'homme, j'ai pris conseil. J'ai reçu une seule réponse : « fuis ! ». C'est ce que j'ai fait.

— Un seul homme..., murmura Séraphin. Et vous ne savez pas à quoi il ressemblait...

— Vingt-cinq ans, dit le dévoirant. J'ai fait ma vie. Ma femme vient de mourir. Non, je ne sais pas. Mais si je pouvais vous le décrire, qu'en feriez-vous ? Comment est-il, vingt-cinq ans après, cet homme ? Du dehors ! Et du dedans ? Et la guerre ? Est-ce qu'il est seulement toujours en vie ?

— S'il était mort, dit Séraphin, je le sentirais ici.

Il se posa la main bien à plat sur le sternum. Il se tut. L'homme le regardait dans la pénombre, qui n'avait pas bougé, qui était toujours debout, adossé et comme sculpté dans la colonne.

— Un quart de siècle..., dit l'homme avec lassitude. Vous êtes trop jeune pour savoir ce que c'est qu'un quart de siècle... Et...

Il s'arrêta interdit. Il lui semblait que, dans la pénombre, Séraphin Monge riait à belles dents. Et d'ailleurs, il se dressait. Il tournait le dos à l'ancien dévoirant. Il marchait en silence, vers le restant de jour qui végétait là-bas devant le porche.

L'homme le suivit.

— N'y a-t-il rien, dit-il en hésitant, que je puisse faire pour vous ? Vous savez... Comment dire... Je suis riche...

Il se serait mordu la langue d'avoir prononcé ces mots. Il venait de se souvenir de la boîte à sucre pleine de louis d'or.

— Et moi, dit Séraphin, je suis plus pauvre que vous ne croyez. J'ai été sevré de ma mère quand j'avais trois semaines. J'en ai été privé pendant vingt-cinq ans. Tout ce que j'ai d'elle, c'est un mauvais rêve... qui me commande... Vous dites vingt-cinq ans et que c'est long ? Et elle, même morte depuis vingt-cinq ans, elle n'a pas vieilli. Elle a toujours la gorge tranchée et...

Il allait dire : « Et les deux dernières gouttes de lait qu'elle me destinait... » Il s'arrêta à temps.

— Elle n'a pas pardonné, reprit-il. Et moi, je ne pardonne pas. Et vous, avec votre seul homme, vous arrivez peut-être trop tard. Peut-être, répéta-t-il, peut-être...

Il s'en alla, sans un salut, sans un regard, sans un merci, pour cet homme faible qui était riche.

Les feuilles mortes s'égouttaient avec un bruit triste autour de l'église. La nuit était complètement tombée.

« J'aurais dû m'en douter, dira plus tard M. Anglès, c'est la première et la dernière fois où il m'a demandé un jour de campos. Et je me rappelle encore : c'était un lundi. »

Séraphin dormait sur le qui-vive, aux aguets, traversé de pensées incohérentes. « Un seul homme. Le puits. Il avait jeté quelque chose dans le puits. Et il avait été tout seul pour faire ce carnage. Alors et les deux autres ? Il s'était donc trompé d'un bout à l'autre. Il avait voulu tuer deux innocents... Ou bien un innocent et un coupable... Un seul, désormais, savait la vérité : celui qui restait vivant. Le boulanger de Lurs : Célestat Dormeur. Et alors, ce serait lui qui aurait tué les deux autres ? Et alors pourquoi ? Le puits... L'homme aperçu par le dévoirant avait fait un paquet. Il l'avait jeté dans le puits. C'était donc une chose qui pouvait le faire reconnaître... Quelque chose de personnel... Dans ce puits dont lui, Séraphin, ne pouvait approcher sans être assailli par le spectre de sa mère. Et d'ailleurs, ce puits, il y avait de l'eau dedans. Combien ? Un mètre deux mètres ? Il n'avait jamais pu se pencher dessus. Comment aller chercher quelque chose au fond d'un puits ? Et après vingt-cinq ans... Qu'en resterait-il ? »

Il était là, les mains sous la tête, dans la nuit de Peyruis, dans le bruit clair de la fontaine. Il pensait à Marie Dormeur. Marie malade. Ce n'était pas juste. Elle avait tant d'élan. Il se dit que — tant pis — il irait la voir. Ça lui ferait peut-être du bien de savoir qu'il s'inquiétait d'elle. Ça ne l'engageait à rien. Elle savait bien maintenant qu'il ne pouvait aimer personne.

Soudain, il se dressa sur son séant. L'image de Marie assise au bord du puits et qu'il avait failli précipiter dedans venait de lui rappeler quelque chose d'essentiel. M. Anglès parlait un jour devant lui avec un collègue qui s'occupait de géodésie. Séraphin n'oubliait jamais rien de ce que disait M. Anglès et, ce jour-là, il avait dit : « Les puits de par ici sont presque tous à sec. Quand la compagnie qui exploite les mines de Sigonce a élargi son programme, en 1910, les nouvelles galeries qu'on a creusées ont crevé pas mal de nappes d'eau et surtout de siphons. De sorte que les puits ont presque tous tari. »

Le matin même, Séraphin demanda campos à M. Anglès et prit à bicyclette la route de Forcalquier. Il acheta sur le marché vingt-cinq mètres de corde à grenier, quinze mètres de filin et, chez le quincaillier, une lampe à acétylène.

Ceux qui allaient prendre le car et le virent ce matin-là, le rouleau de corde barrant son torse et ses épaules, ne purent s'empêcher de lui crier :

— Oh ! Séraphin ! Tu vas te pendre ?

— Peut-être..., leur répondit Séraphin.

A midi, il était à La Burlière. La Tricanote qui gardait ses chèvres sous les glandaies dit plus tard que, justement, elle s'était demandé s'il n'allait pas se pendre. Elle dit qu'il était resté près d'un quart d'heure, sans bouger, sous le cyprès, à regarder le puits, de loin. Et à partir de cet instant elle ne l'avait plus quitté des yeux. Elle s'était mussée derrière un gros buisson de romarin et, de là, elle l'avait regardé faire.

« Il s'est assis, dit-elle, sur le banc, sous le cyprès et il a déroulé sa corde et il s'est mis à faire des nœuds, régulièrement. Il en faisait un à peu près tous les cinquante centimètres et il le serrait d'un coup sec. Oh ! je le voyais bien faire... Ça lui a pris du temps, hé ! Et quand il a eu fini ça, il est parti. Oui, il est parti vers la route. Oh ! bien dix minutes, il est resté parti. Je voyais la bicyclette, je voyais les cordes et je voyais, maintenant qu'il n'y était plus, la lampe à carbure sur le banc. Et quand il est revenu, il s'était chargé l'épaule d'une traverse de chemin de fer qu'il avait dû trouver abandonnée le long de la voie. Et alors, mes pauvres amis, comment vous dire ? Je le voyais s'avancer sous cette traverse. Rappelez-vous : costaud comme il était, une traverse de chemin de fer, ça pouvait pas beaucoup le fatiguer. Moi, je serais morte écrasée dessous, mais lui... Et pourtant... combien peut-il y avoir de distance du cyprès au puits ? peut-être cinquante mètres ? Eh bien, écoutez-moi bien : il a mis cinq bonnes minutes pour les parcourir. Il s'arrêtait tous les trois mètres. Je le voyais bien en face, derrière mon romarin. Il guettait comme un chasseur à l'affût. Il s'arrêtait un pied en l'air. Il repartait. Quand j'ai pu le voir d'assez près, j'ai remarqué son regard oblique. C'était pas le puits qu'il regardait, c'était le lavoir. Vous savez ce lavoir que, maintenant, il est plein de feuilles mortes ? Ma belle ! Il regardait ce lavoir comme s'il allait en sortir l'Antéchrist ! Il avait l'air d'avoir peur... Puis enfin, il est arrivé au bord. Il a posé sa traverse sur la margelle. Il a encore attendu, aux aguets, prêt à bondir en arrière — parfaitement ! Et puis il a soulevé son madrier, oh ! sans effort... presque comme s'il déplaçait une branche morte et il l'a placé en travers du puits. Et je le regardais. Et lui, il regardait le lavoir fixement. Il avait l'air... étonné. Et alors... Vous voulez que je vous dise ? Il s'est approché de ce lavoir et il a enfoncé ses bras dans les feuilles et il s'est mis à les brasser... Pourquoi ? Comment voulez-vous que je vous dise pourquoi ? Peut-être qu'il cherchait quelque chose... En tout cas, il s'est acharné à ça pendant peut-être trois minutes... »

Non, cette fois, quelque crainte qu'il en eût, la Girarde ne surgit plus hors de ce cercueil de feuilles pour venir rappeler à son fils ce qu'elle attendait de lui. L'atmosphère resta vide, comme si enfin cet endroit maléfique était exorcisé, comme si la route à suivre était maintenant déblayée et qu'il n'y eût plus qu'à avancer tout droit.

Séraphin assura la traverse des deux côtés de la margelle. Il noua solidement autour la corde à grenier qu'il balança dans le puits. Il alluma la lampe à acétylène qu'il fixa au bout du filin. Il la régla. Alors il se pencha au-dessus de la margelle et mètre après mètre, il y fit glisser la lampe. La flamme blanche éclairait le cercle de safre jaune, accrochait parfois l'asperge maléfique d'une orobanche ou la verdeur blême d'une fougère de grotte. Séraphin filait la corde de plus en plus lentement entre ses doigts, scrutant l'obscurité au-dessous de la flamme. Tout le conduit du puits était maintenant illuminé par cette clarté. Soudain elle dévoila le fond juste au-dessous d'elle. Séraphin continua à donner du filin entre ses doigts, centimètre après centimètre, jusqu'à le sentir mollir. La lampe avait touché le sol. Elle ne s'éteignait pas. Sa flamme était haute et claire.

Séraphin attacha le filin à une branche du berceau de fer. Il enjamba la margelle, s'accrocha à la traverse et empoigna la corde. Lentement, sans se presser, nœud après nœud, il descendit dans le puits. Il calcula qu'il devait faire à peu près dix mètres de profondeur. A partir d'un certain niveau, il découvrit des cercles concentriques que l'eau autrefois y avait laissés. C'étaient des cercles plus ou moins marqués, plus haut ou plus bas. Ces cercles indiquaient les bonnes et les mauvaises saisons. Les années où l'eau avait été abondante, celles où elle avait été rare.

Quand il posa le pied sur le roc blanc et dur, la première chose que Séraphin vit devant lui, violemment illuminée par la flamme blanche de l'acétylène, ce fut la tête d'un mort qui le regardait de ses orbites creuses et qui riait de toutes ses dents intactes. Il était accroupi dans l'attitude de la méditation. Il était coincé sous une voûte qui se continuait comme une grotte sur deux ou trois mètres du rognon de rocher étincelant qui constituait l'assise du puits, avant de s'étrécir en entonnoir. L'eau d'un ruisselet passait sous les jambes en équerre du squelette et se perdait en grommelant par le goulot de cet entonnoir de grotte.

Ce squelette était absolument intact parce qu'il avait été pétrifié par les concrétions calcaires qui lui avaient soudé les os. Ce devait être les restes d'un homme jeune puisque la dentition était intacte. Sur ses côtes et ses clavicules se croisaient les lanières d'un baudrier lui aussi pétrifié. Un large ceinturon à boucles lui pendait sur les iles et sur cette ceinture une sorte de giberne était accrochée.

Séraphin le considéra avec la placidité sérieuse de ceux qui ont eu le temps de frayer avec la mort d'une manière si permanente qu'ils ont pris l'habitude de la regarder en face. Mais quelque chose l'intriguait. Il se demandait ce que pouvait être ce ruban rugueux enfermé dans des concrétions de calcaire qui serpentait sur le sol jusqu'à un énorme galet rond autour de quoi il s'entortillait. Il se baissa pour briser la carapace de calcaire. Dessous, il découvrit une longe de fouet intacte. Il la suivit jusqu'à ce magma pétrifié que formaient les pieds du mort. Alors, il comprit que ce cadavre avait été précipité dans le puits, les pieds devant, lesté de cette pierre, les mains liées derrière le dos. Était-il mort seulement, à ce moment-là ?

Il regarda là-haut l'orifice du puits et au-dessus de lui le trou noir d'un ciel où brillaient quatre ou cinq étoiles. Autour, c'était La Burlière. La Burlière berceau de sa famille. La Burlière où il y avait toujours eu des Monge... Un Monge, certain jour, avait précipité cet homme les pieds devant, ou, en tout cas, s'il ne l'avait pas fait, il n'avait pas pu ignorer qu'on était en train de le faire... L'épée de justice qui tenait Séraphin tendu depuis qu'il avait découvert les reconnaissances de dette, se fêla soudain en lui. Il était descendant de meurtriers ou de complices de meurtriers. De quel droit s'érigeait-il en redresseur de torts ?

Il voulut en savoir plus. Il arracha au ceinturon la giberne pétrifiée et dans le mouvement brusque qu'il lui imprima, le squelette s'écroula sur lui avec un bruit de branches brisées par le vent. Le crâne emporté par le poids du calcaire roula au loin jusqu'au goulot de l'entonnoir où disparaissait le ruisseau. Séraphin, la giberne entre les doigts, sortit un canif de sa poche et entreprit de détacher le calcaire qui bloquait l'ardillon.

L'étui avait encore l'aspect du cuir. Il était vide sauf un magma informe, encore mou, encore gluant et qui sentait la cire. Séraphin creusa dans cette masse, à la recherche d'il ne savait quoi. La lame crissa sur une surface métallique. C'était une pièce de monnaie toute noire de cire. Patiemment — ayant complètement oublié qu'il cherchait tout autre chose — Séraphin la gratta, la nettoya. Il l'approcha de la flamme, examina l'orle de la pièce et le profil du roi bourgeois. Cette pièce était identique à celles qui remplissaient la boîte à sucre découverte dans les murailles de La Burlière. Donc, ce crime, ce vol, cette affaire, étaient vieux de plus de soixante-dix ans. Deux guerres avaient passé. Ce n'était même pas son père, pas encore né sous Louis-Philippe, qui avait pu le commettre même s'il en avait profité. Et la Girarde, sa mère, ne faisait pas partie de cette famille d'assassins. Et c'était elle qu'on avait égorgée et qu'il était né pour venger.

Séraphin à genoux se tourna sur lui-même, oublia le squelette. Sous le rouleau que le surplus de la corde à nœuds formait à terre, il dénicha deux pierres plates liées elles aussi par une longe de cuir. Mais la concrétion calcaire n'avait pas encore enrobé cette lanière. Elle était noire, à peine usée, encore souple. Séraphin la coupa d'un coup de canif. Les deux pierres glissèrent sur le sol déclive. Il s'en échappa deux objets qui cascadèrent vers le ruisselet. Séraphin les rattrapa, les fit sauter dans le creux de sa main, les considéra attentivement à la lueur de la flamme. Après quoi il les roula dans son mouchoir et les enfonça dans sa poche.

Il se dressa et posément, nœud après nœud, il entreprit de remonter à la surface.

« Je l'ai vu sortir, dira la Tricanote. Et ni plus ni moins *sans plan* qu'avant de descendre. Et il a laissé au bord du puits, sa corde, le filin et la lampe allumée, qu'avec le soleil qu'il faisait encore, ça faisait une drôle de lumière. Tu aurais dit un cierge... Et alors, il est allé vers sa bicyclette et il est parti, planin planant... Mais, maintenant que j'y pense, je crois qu'il savait où il allait... »

Il savait où il allait. La piste charretière sinuait parmi les oliviers et ne révélait pas la maison tout de suite. Elle n'était pas fréquentée. L'herbe-à-pauvre-homme, la consude et la bourse-à-pasteur s'étaient ressemées dans les ornières, cachées sous les panicauts et le chiendent natif. On marchait sur un chemin moelleux qui vous faisait buter le nez sur la maison, dans un dernier tournant.

C'était une grande maison, carrée, avec un toit à quatre pentes, deux étages de volets hermétiquement clos et l'on sentait qu'ils devaient l'être depuis très longtemps. A gauche du bâtiment, jaillissant hors d'une grosse touffe de yuccas, un cyprès aussi ancien que ceux de La Burlière fusait plus haut que la toiture. Sa pointe, à petits coups précis, peignait le ciel bleu dans le vent.

Il n'y avait de vivant dans cette maison que le rez-de-chaussée où les volets s'ouvraient sur trois grandes fenêtres entrebâillées. Une feuille d'acanthe en pierre de taille ornait le fronton de la porte ouverte de plain-pied. Une vieille bicyclette à porte-bagages était posée contre le mur, presque couchée, comme si quelqu'un venait d'en descendre précipitamment.

Séraphin assura son vélo contre le tronc du cyprès. Il demeura immobile, considérant la façade. La porte était masquée par un rideau de jute qu'un courant d'air agitait. A l'abri derrière lui, on pouvait voir venir tout ce qui se présentait sur le chemin. En revanche, pour l'arrivant, ce voile était aussi opaque que la bouche d'un oracle.

Séraphin s'en approcha et le souleva. Derrière, le battant était ouvert et l'on sentait qu'on ne devait jamais le fermer car un pied de pissenlit s'était ressemé dans l'encoignure du chambranle. Un escalier sombre et d'où suintait une odeur de moisi, s'amorçait face à l'entrée. Une porte fermée, à gauche du vestibule, était percée dans un mur maître. Séraphin en souleva la cadole et poussa cette porte qui s'ouvrit en rechignant, frottant contre les carreaux et gémissant de tous ses gonds.

Séraphin se trouva dans une salle immense, froide, où toute une pagaille, faite pour rassembler à portée de la main tous les objets usuels de la vie, avait été organisée constamment. Elle était éclairée par les trois fenêtres aux volets ouverts sur la façade. Devant la troisième, une lourde tenture était tirée, de sorte qu'on distinguait mal le fond. La pièce maîtresse de ce capharnaüm était une cheminée à blason sur la hotte de laquelle (et c'était l'une des premières choses que l'on remarquait) se dressait solitairement un cadre masqué par un voile noir.

Séraphin fit lentement du regard le tour des êtres. Il

vit un fond de cuisine froide d'où la vie s'était retirée. Il vit une grande table bureau, autour de quoi s'entassait tout ce qui avait dû en tomber au cours des années, tout ce qu'on y avait balayé pour faire place à de nouvelles récoltes. Il vit que, dans l'âtre, un monceau de cendres attestait d'un grand brasier qu'on y avait dressé et qui achevait d'expirer. Il vit un lit dans la pénombre, tout là-bas, à l'abri d'une portière verte en lambeaux.

Cette immensité funèbre respirait le malheur de longue date établi. Le feu, quelle que soit sa force, ne devait jamais en chasser le froid. Les rayons du soleil, voilés par les mystères des croisées, s'étalaient sur les tommettes rouges, en reflets sans gaieté. Il y avait sur les murailles des tableaux d'église haut suspendus, sur lesquels on ne distinguait plus que la robe rouge du Christ.

Séraphin passa devant la cheminée, s'avança vers le fond enténébré, vers le lit sous sa portière. Il se plaça au pied, dans la lumière, afin d'être bien reconnu.

Il vit un homme allongé dans ce lit, les couvertures tirées jusqu'au menton, le chapeau sur la tête et qui le regardait fixement sans prononcer un mot. Au peu de visage qu'il distinguait sous le chapeau, Séraphin comprit que celui-ci aussi était promis à une mort prochaine. Une sourde révolte le souleva à l'idée qu'il ne pouvait traîner devant le tribunal de sa mère que des morts et des mourants. Les deux seuls vivants qui s'étaient dressés devant sa colère, c'étaient deux chiens. Il arrivait trop tard. Ce crime dont il était imprégné était fané depuis trop longtemps. Il n'était plus qu'une histoire qu'on se raconte le soir en sortant de veiller, avant de se quitter les uns les autres devant les portes, frissonnants de peur à bon compte.

Séraphin ressentait devant ce mourant une amertume affreuse. C'était de la cendre d'assassin qu'il traquait depuis des mois. Mais il lui fallait savoir.

De la vieille bouche comme serrée par le cordon d'une bourse, quelques paroles fusaient, parfaitement audibles :

— Encore un peu tu me trouvais plus. J'ai la mort. J'ai dû l'attraper la nuit où je suis allé soulever la trappe chez le Didon. J'étais trempé jusqu'aux os...

Séraphin sortit de sa poche les deux objets remontés du fond du puits. Il les lança sur le lit, à portée du malade.

— A. Z., dit-il, c'est bien vous ?

— C'est moi oui : Alexandre Zorme. Ça fait rire ce nom, dans l'état où je suis. A l'époque, il faisait rire personne.

Un soupir qu'il poussa fit dans sa poitrine un bruit de cornemuse. Sa main en tâtonnant chercha sur la courtepointe les objets que Séraphin avait jetés. Il en saisit un et serra les doigts dessus.

— C'est le mien, dit-il, j'ai pas besoin de le regarder. Je le reconnais rien qu'au toucher. Oh ! je sens bien que la lame existe plus. L'eau et la rouille ont tout bouffé... Mon tranchet... J'en ai jamais plus acheté un autre de ma vie. C'est curieux, cette manie qu'on avait de graver nos initiales au fer rouge partout. La peur qu'on nous vole ! dit-il avec un rire grimaçant.

Il secoua la tête.

— Sans ça, dit-il, je serais mort... Tu serais mort... Personne aurait jamais su.

Sa respiration faisait un curieux bruit de clapet. Il

bavait un grand hoquet repu de temps à autre comme un homme qui a trop mangé. Il tenait Séraphin sous l'intensité de ses yeux noirs. Il caressait machinalement le manche d'os de ce tranchet jeté au fond du puits voici vingt-cinq ans.

— J'aurais jamais cru de le revoir, dit-il. J'aurais jamais cru que quelqu'un me le rapporterait. Surtout pas toi.

— Il fallait que je sache, dit Séraphin.

— C'est ça... Oh ! j'ai bien vu, quand je t'ai vu avec le vieux Burle qu'il fallait que tu saches. Celui-là, ricana-t-il, il l'a pas emporté en Paradis...

— Ce n'est pas lui par qui j'ai su.

— Parce que maintenant, tu crois savoir ?

— Oui, dit Séraphin.

— Eh bien, non tu ne sais pas ! Pourquoi crois-tu que j'ai balancé deux tranchets dans le puits. Tu as regardé les initiales de l'autre ?

— F. M., dit Séraphin.

— C'est ça... F. M., répéta Zorme. Félicien Monge. Quand je suis entré, il venait juste d'égorger ta mère. Elle... Elle bougeait encore... Elle rampait avec son cou ouvert et le sang que j'entendais gicler comme s'il sortait du goulot d'une bouteille. Elle rampait vers toi, elle levait la main vers le Monge qui te tenait déjà qui te soulevait la tête pour pas te rater... Avec ça !

Il tâtonna devant lui, il saisit l'autre manche de corne où la lame avait disparu comme dans le sien et il le brandit devant lui et Séraphin voyait trembler cet objet entre les doigts du mourant.

— Je l'ai reviré vers moi. Je lui ai porté un coup de tranchet. Je l'ai à moitié raté. On s'est battu. Il m'a repoussé contre le mur. Je suis tombé. Si j'avais pas rencontré la lardoire sous ma main, jamais j'aurais eu le Monge. Jamais. Le Monge, ce soir-là, c'était un morceau de fer rouge. Et même quand je lui ai enfourné la lardoire à travers le corps, il m'insultait encore. On aurait dit que la vie voulait pas le quitter. Je m'attendais à ce qu'elle sorte de lui, qu'elle laisse son corps mourir et qu'elle se dresse encore à côté de lui pour me cracher à la figure... Pour me frapper avec des bras d'air... Pour m'étouffer sous des fumées de bave et tout ça pour...

— Pourquoi ? dit Séraphin.

— Pourquoi pourquoi ! Vous êtes toujours tous à demander pourquoi ! Est-ce que je sais, moi, pourquoi ? La peur. On se fait peur les uns aux autres. Moi, après ce coup-là, tiens, j'ai eu peur pendant vingt-cinq ans.

— Pourquoi ?

Les yeux de Zorme fuyaient le regard attentif de Séraphin comme la bulle d'un niveau d'eau qu'on essaye de mettre d'aplomb.

— Il pouvait pas me voir, grogna-t-il. Il trouvait que je portais tort.

— Mais pourquoi ma mère ? Pourquoi mes frères ? Et pourquoi moi, puisque vous dites...

Zorme branla du chef affirmativement plusieurs fois.

— Oui toi ! Je t'y ai arraché. Il avait la lame à trois centimètres de ton petit cou. Il t'aurait tranché la tête.

— Mais pourquoi ?

Zorme ne répondit pas tout de suite. Il était aux aguets. Son regard s'était porté à l'extrême bord des paupières et il écoutait du côté où il regardait. Il sembla à Séraphin qu'on entendait au-dehors un bruit de mécanique.

— Ne compte pas sur moi, reprit Zorme, pour te l'apprendre. Moi, j'avais déjà bien assez à faire à me tirer des pattes. Qui m'aurait cru ? Tout seul, avec cinq morts autour de moi et ma mauvaise réputation et la lardoire et le tranchet avec mes initiales. Il aurait fallu être fou pour me croire ! On m'aurait conduit à l'échafaud en grande pompe. J'aurais pu entendre jubiler tout le pays...

Le sifflet de cornemuse qui jouait dans sa poitrine se fit entendre plus aigre et lui coupa la parole. Il la reprit au bout d'une longue minute.

— Et alors je suis sorti, je suis allé au puits et j'ai balancé les deux tranchets au fond. J'aurais pu laisser celui de Monge. Je sais pas pourquoi je l'ai jeté aussi.

— On m'a dit que vous pleuriez..., murmura Séraphin.

— Qui t'a dit ça ?

Zorme d'un seul coup s'était détendu comme un ressort.

Il se retrouva assis contre son oreiller.

— Qui t'a dit ça ? répéta-t-il avec force presque d'une voix menaçante.

— Qu'est-ce que ça peut faire ? dit Séraphin. Je suis descendu au fond du puits, j'ai trouvé les deux manches de couteau... Quelle importance qui que ce soit ?

Zorme cette fois n'essaya pas de lui arracher son regard, au contraire, il le soutint, il le rechercha même, mais Séraphin vit bien qu'il avait les poings serrés.

— Tu as raison, dit Zorme. Mais question de pleurer, on s'est trompé. Je pleurais pas, de ma vie j'ai jamais pleuré... J'avais peur, c'est pas pareil.

— De qui pouviez-vous avoir peur ?

Zorme mastiqua péniblement sa salive épaisse comme du mortier. Son regard avait recommencé à fuir celui de Séraphin.

— Je vais tout te dire, annonça-t-il. Et tu raconteras tout aux gendarmes. Maintenant, ni plus ni moins... Alors que je te dise : quand je me suis entourné du puits, cette nuit-là, j'ai vu trois hommes derrière les roues ruinées d'un triqueballe ! Oh ! ils se croyaient bien à l'abri ! Et pourtant ils luisaient sous le clair de lune comme une peau de serpent dans l'herbe. Seulement, je pouvais pas voir leur visage. Ils avaient enfilé des mourails de récolteurs de miel. Mais moi, au contraire, ils ont dû me voir la figure comme en plein jour. C'est pas possible qu'ils m'aient pas reconnu. Je me suis enfui comme un capon, la peur aux trousses. Je suis resté ici, tapi, coi... Attendant les gendarmes. Heureusement... Heureusement...

Il ne parvenait pas à exprimer ce qui s'était produit d'heureux pour le sauver.

— Heureusement, on a guillotiné trois innocents, dit Séraphin.

— Des imbéciles ! Ils ont dû arriver au point du jour... Déjà saouls peut-être... Ils venaient chaparder... des œufs, un jambon, qui sait ? Ils ont dû voir la porte ouverte. Juste dans l'évier, y avait une bonbonne d'eau-de-vie. Y en avait toujours une pour en mesurer aux rouliers... Oh ! ils ont dû voir les cadavres aussi ! Mais l'eau-de-vie... La bonbonne ça devait leur faire l'effet d'un appât. Des sauvages... Ils ont dû marcher au milieu des corps... Marcher vers la bonbonne... Toi y t'ont peut-être même pas vu. L'eau-de-vie... Qu'est-ce que tu voulais qu'ils expliquent ?

Il grommela en gesticulant quelque chose qui envoyait au diable les trois Herzégoviens suppliciés. Séraphin observait son teint de crapaud, ses vieux tendons qui faisaient mouvoir les tics de son visage. La vérité qui sortait de cette bouche amère lui paraissait sans aucun rapport avec l'horreur du tableau qu'il portait partout avec lui.

— J'ai dit heureusement, reprit Zorme, mais qui sait ? Qui sait si ça aurait pas mieux valu qu'on me prenne, que tant d'années de peur ? Ces trois, je savais pas qui c'était. Y avait tant de risques : la femme sur l'oreiller, les soirs de ribote,.quand on pisse joyeusement, après, contre les orties : « Ah ! vaï ! La Burlière, moi, je sais ce qui s'est passé. Et c'est pas ce que tout le monde croit... » C'était si facile de dire... Je me sentais transparent comme un papier de riz. Heureusement, ici, les gens font un détour, quand ils me rencontrent. Heureusement, ils évitent de me regarder. Jamais, dit-il, jamais personne m'a tant traqué le regard comme toi...

Il se tut. De nouveau il dressa l'oreille. On entendait dans le silence mugir doucement le cyprès sous le vent. Zorme se laissa aller, tête ballante contre l'oreiller.

— Il se fait tard, dit Séraphin.

— Ah ! oui, dit Zorme, toi tu es droit, solide, tu veux savoir. Tu penses que j'aurai pas le temps de tout te dire ? Quand je t'ai vu cogner du poing contre les pierres j'ai pensé que tu lâcherais pas. Que tu soulèverais toutes les dalles pour savoir ce qu'y avait dessous. Alors, je t'ai plus quitté. J'étais dans le rond des lauriers le jour où tu as parlé à... Où tu as parlé à... la fille du Célestat Dormeur. J'étais là le soir où frère Calixte est venu te chercher. Et c'est ce soir-là que j'ai compris que tout allait s'emboîter pour te conduire vers une fausse vérité.

— C'est vous qui m'avez appelé depuis en bas dessous ?

— Oui c'était moi. Et je t'ai suivi jusqu'à la source Sioubert. Et je t'ai vu passer la main là où on aiguisait les faux. J'ai compris que tu avais appris quelque chose... J'en ai passé des nuits de transes et des jours, à te voir démolir La Burlière... Je suis allé me promener dans les décombres, la nuit où tu as cassé la cheminée. J'ai vu la cache que tu venais de mettre au jour. Il fallait que je sache ce que tu avais trouvé.

— C'était vous cette présence noire ? C'était vous que je flairais dans ma cuisine ?

— Je me suis dit : « Quand il va prendre les autres par le cou pour les étrangler, ils vont crier mon nom comme des gorets sous le couteau du boucher. Et ils le crieront autant de fois qu'il faudra pour qu'il l'entende. Et il arrivera. Et alors... »

— Je suis arrivé, dit Séraphin.

— Trop tard. Je vais mourir et maintenant tu sais la vérité. Mais moi, je pouvais pas risquer de pas avoir le temps de te la dire... Et puis tu pouvais ne pas me croire.

— Je le peux encore, dit Séraphin.

— Attends, si tu veux que je finisse. Je pouvais pas courir le risque. Je savais pas quand, je savais pas comment tu allais t'attaquer à eux. Quand je t'ai vu aller à Pontradieu, j'y suis allé aussi. J'ai commencé par Gaspard. De toute façon, il l'avait pas volé. S'ils l'avaient pas tué cette nuit-là, le Monge, c'est parce que je m'en étais chargé avant eux... Je leur avais rendu un brave service.

Il s'interrompit net. Son regard au bord des paupières alla vers l'une des fenêtres entrebâillées dont le mystère se soulevait au courant d'air.

— Qui m'espinche ? gronda-t-il. J'attendais personne d'autre que toi ?

— C'est le vent dans le cyprès, dit Séraphin.

— C'est toi... qui m'as donné l'idée. Je t'ai vu caresser le bord du bassin comme si tu le trouvais pas assez lisse... Et je t'ai vu t'arrêter aussi, méditatif, un matin de grand brouillard, devant la martelière du bief chez le Sépulcre et retourner vers le moulin et regarder par la lucarne.

— J'ai fait tout ça..., souffla Séraphin.

— Oui, dit Zorme, mais le reste, c'est moi qui l'ai fait.

— Vous avez oublié Charmaine. Parce que c'est vous naturellement, qui êtes allé ouvrir aux chiens ?

— Ah ! soupira Zorme, les chiens, la nature, les hommes, j'ai connu tout ça sur le bout des doigts... Je pouvais parler aux chouettes, aux blaireaux... Les blaireaux, tiens ! Des heures, assis sur leurs pattes de derrière, ils m'écoutaient... A plus forte raison, je pouvais parler aux chiens...

— Charmaine ne vous avait rien fait.

— Elle m'avait vu. Oh ! l'espace d'un éclair. Elle m'a pris pour toi, dans la nuit du parc. Elle a crié : « Séraphin ! »

Séraphin sentit couler son âme dans ses pieds car le Zorme pour crier son nom avait pris la voix de Charmaine.

— Seulement, dit Zorme, ça lui serait revenu. Elle aurait pu me décrire... Me rencontrer, me reconnaître. Qui sait ? Je pouvais pas courir le risque.

Il ricana.

— Dire qu'on se donne tant de mal pour éviter la mort et puis regarde...

Séraphin détourna les yeux, se détourna du lit, s'éloigna. Il errait dans l'immense pièce, désemparé. C'était donc ça cette vérité qui lui avait donné tant de mal. Un homme devenu fou qui tue sa famille. Un autre homme qui n'a que la ressource de le tuer aussi pour le sauver lui, Séraphin, dans son berceau.

Il s'était immobilisé devant la table dépotoir qui occupait un grand angle de la pièce. Il la considérait machinalement, en se disant qu'étant lui-même fils de criminel et descendant de criminel, il n'avait pas même le droit de juger. Le squelette au fond du puits lui pesait aux épaules comme si ce ne fût pas seulement sa poussière qui se fût affalée sur lui ; comme s'il l'avait remonté au grand jour, avec tout le reste.

Et il restait les yeux stupidement fixés sur le désordre de ce bureau qui ne supportait que des choses insolites. Le plateau était jonché d'objets qui devaient s'y entasser depuis des dizaines d'années, parfois poussiéreux, parfois propres ; des objets qui avaient trait au temps qui passe : sabliers, montres obèses aux boîtiers usés à force d'avoir glissé entre des doigts rugueux. Des gravures éparpillées représentaient des corps humains dont la vue mettait mal à l'aise parce que, malgré leurs yeux ouverts, on comprenait bien qu'ils étaient morts. Des photos racornies révélaient des femmes autoritaires ou des vieillards rusés. Canifs, boutons de col, alliances frustes, petits miroirs de dames, mèches de cheveux dans un médaillon, mitaines, monocles ; on eût dit que des dizaines de personnes avaient vidé ici leurs fonds de poches avant de s'en aller coucher. Ce fatras était dominé par une rose des vents gravée sur un carreau de faïence et par un sextant dévissé autrefois dans l'habitacle d'un navire.

Contrastant avec toute cette pagaille, un espace vide largement ménagé et bien propre était réservé devant un fauteuil paillé avachi où l'on voyait bien que quelqu'un en temps normal devait longuement méditer. Sur cet espace méticuleusement épousseté, se dressaient par rang de taille quelques flacons disparates irisés de couleurs troubles et, devant eux, un objet incongru ici, un objet qui n'avait pas sa place chez ce vieil homme seul. C'était un lit de poupée à barreaux de bois, méticuleusement imité d'un vrai lit, fabriqué en noyer. Un jouet de luxe et qui devait dater de plus d'un siècle. Il était haut sur pattes, avec des rouleaux brillants au chevet et au pied. Il reposait sur une plaque de métal mat qui devait être du plomb.

Dans ce lit, une poupée était allongée. Elle mesurait plus de trente centimètres de la tête aux pieds. C'était une statuette grossière, en terre glaise, au torse long, aux jambes grêles et aux bras étirés comme ceux d'un singe. Mais sur ce torse, on avait pris la peine de modeler deux petites coupelles qui figuraient des seins. Entre ces seins, fichés en étoile, se croisant en faisceau, sept épingles de cravate à cabochons de couleurs diverses s'enfonçaient dans le corps d'argile. La tête ovale un peu penchée sur le côté n'avait que sa forme pour rappeler une tête humaine. Elle n'avait ni yeux ni nez ni bouche. On savait que c'était une tête parce que, au milieu du front, une autre épingle, solitaire celle-là, était plantée. Sur la partie de cette épingle, qui dépassait de la poupée, on avait enfilé une bague qui reposait sur ce front informe comme un diadème, qui l'écrasait même un peu sous son poids, qui s'imprimait dans la glaise molle. Une aigue-marine sertie sur cette bague rassemblait les rayons épars du soleil couchant qui inondait la pièce et les renvoyait en un seul faisceau dans les yeux bleus de Séraphin.

Où avait-il déjà vu cette bague ? En quelles circonstances ? S'était-il jamais intéressé à une bague ? Et pourtant celle-ci, ce n'était pas la première fois qu'elle l'éblouissait, ce n'était pas la première fois qu'elle semblait lui faire signe. Charmaine ? Non. Charmaine ne portait jamais aucune bague. Charmaine avait toute sa vie voulu que son âme fût anonyme.

— Marie ! cria Séraphin à voix basse.

Il venait de la revoir, pimpante et printanière, les pieds ballants, assise sur la margelle de ce puits où il voulait la précipiter. Et Marie se retenait d'une main au fer du berceau. Et à cette main elle portait cette pierre, laquelle scintillait maintenant sur cette poupée de terre couleur de pourriture et transpercée d'aiguilles.

— Marie !

Séraphin saisissait confusément autour de lui les chuchotements peureux des gens qu'il avait côtoyés ces jours derniers et ce matin encore (oui, c'était seulement ce matin) sur le marché de Forcalquier ; ces paroles de mauvais augure qui se tissaient autour de Marie : « La pauvre Marie... La fille du boulanger de Lurs. — Elle a la typhoïde. — On lui a mis la glace sur la tête. — On lui a fait une ponction. — Elle n'en a pas pour longtemps. — Une beauté ! Tu crois pas que c'est malheureux ! »

— Marie ! souffla Séraphin.

Il retira l'aigue-marine qu'il enfonça dans sa poche.

Il se saisit de la poupée de terre. Il l'écrasa au creux de ses énormes mains. La glaise lui coulait entre les doigts. Les aiguilles qui la truffaient lui entraient dans les chairs sans qu'il le sente, comme y avaient pénétré les crocs des chiens sans qu'il les sentît non plus, car la même fureur dévastatrice venait de le saisir. La force d'aller achever ce moribond venait enfin de lui pousser. Il jeta par terre et la piétina rageusement la poupée dérisoire. Il se mit en marche vers le lit en renversant derrière lui le tabouret sur lequel il s'était machinalement assis.

Il entendit une course agile et légère. Quelqu'un se dressa devant lui. C'était Rose Sépulcre.

— Non ! dit-elle. Pas toi ! Tu dois pas le tuer !

— Lève-toi de devant ! gronda-t-il.

Il voulut la saisir par le poignet pour l'écarter de sa route. Elle lui échappa en courant, dansant, virevoltant. En un déplacement fulgurant elle gagna cet endroit entre le mur et le pied-droit de l'âtre où, dans toutes les maisons de par ici, on n'a qu'à envoyer la main, même à tâtons, pour trouver sous les doigts la crosse d'une arme. Elle décrocha le fusil de Zorme et, rien qu'au poids, sut qu'il était chargé. Elle le pointa sur le sternum de Séraphin, lui rentrant le canon dans les côtes. Elle reculait pas à pas devant lui qui continuait d'avancer en respirant lourdement.

— Arrête ! dit-elle. Tu ne dois pas. Tu le regretterais toute ta vie.

Il posa sa main sur le canon du fusil pour l'écarter.

— Écoute, ce que j'ai à te dire, au moins ! suppliat-elle. Après, si tu veux toujours, tu le tueras ! Je t'empêcherai plus ! Tu comprends pas que c'est un raque-mensonges. C'est tout faux ce qu'il t'a dit ! On était là, derrière la fenêtre ouverte, Patrice et moi ! On a tout entendu ! On vient de chez toi : On a trouvé les papiers. Maintenant on sait. Presque tout ! Mais toi, tu sais pas ! C'est plus terrible que ce que tu crois. Tu dois pas le tuer !

Séraphin avait cessé d'avancer. Il sentait le canon du fusil au creux de l'estomac, mais ce n'est pas cela qui l'avait immobilisé.

Il réfléchissait que c'était la fille du Didon Sépulcre, écrasé par les meules, qui lui parlait. Et puisqu'elle avait écouté, elle savait elle aussi maintenant, qui était l'assassin de son père. Si elle lui demandait d'arrêter...

Rose poussa un soupir de soulagement et abaissa l'arme.

— Tu l'aimes tant la vérité, dit-elle. Y a si longtemps que tu la cherches ! Eh bien, écoute-la !

— Ne lui dis pas ! cria Zorme d'une voix grelottante.

Il s'était assis sur son lit rejetant draps et couvertures et tel quel, dans la chemise de nuit, on voyait bien que la mort l'avait déjà commodément équarri pour être mis en caisse.

— Je vais me gêner ! gronda Rose. La vérité, il va la savoir !

Elle marcha vers la cheminée. Avec le canon du fusil elle souleva le crêpe noir qui masquait cet objet sur la hotte où il était tout seul. C'était une vieille photo dans un cadre. Le triste visage flou d'une femme de l'ancien temps — mais jeune — apparut. Elle avait les yeux clairs. Celui de gauche était un peu décentré vers le haut.

Cette vision eut le pouvoir, que n'avait pas eu le canon du fusil, de faire reculer Séraphin de trois pas. Une espèce de frisson qui n'en finissait pas de se ramifier autour de son crâne le saisit dans son étau. Tout son immense corps se mit à frémir comme un arbre qu'on abat. Il se passa à trois reprises les mains sur le visage. Mais le portrait au regard clair, à l'œil décentré, était toujours là : objet. On pouvait le saisir, le retourner, on pouvait l'embrasser à la place des lèvres. Et c'était ce visage et ces lèvres qui tant de fois s'étaient matérialisés devant lui, c'était cette bouche où l'on distinguait — à peine entrouverte — de toutes petites dents, qui voulait tant lui dire ce qu'il refusait d'entendre. C'était cette tête qui faisait bruisser les feuilles mortes à côté du puits.

— Ma mère...

Séraphin prononça à peine ces mots qui le terrifiaient. Rose le regarda avec étonnement.

— Comment le sais-tu, dit-elle, toi, tu ne l'as jamais vue ?

Séraphin secoua la tête sans répondre. Il entendait à peine. Le mystère qui lui avait permis de connaître le visage de sa mère il ne pouvait le partager avec personne. Il commençait à comprendre ce qu'elle voulait tant lui dire, ce qu'il voulait tant ne pas entendre.

— Moi, dit Rose, c'était la camarade de communion de ma mère. Quand elle me racontait le crime, ma mère, elle allait chercher une photo, où elles étaient toutes les deux, à peut-être seize ans... Elle m'en a tant parlé, de la Girarde...

Séraphin regardait le crêpe tombé à côté de l'âtre et qui faisait une grande tache noire sur les tommettes rouges.

— Ma mère..., répéta-t-il.

— Tu comprends ? dit Rose doucement.

Zorme était retombé à plat. Il faisait entendre de plus en plus fort ce grand soufflet de bourse de cornemuse trouée se vidant de son air.

— Elle m'aimait avant lui..., dit-il. Et moi aussi, je l'aimais. Et quand elle a compris que c'était une bête brute, c'était trop tard. Une seule fois, haleta-t-il, une seule fois, on s'est consolés ensemble... Une fois. Jamais... Jamais plus j'ai regardé d'autre femme.

— Tout le monde, dit Rose, le savait.

— Je voulais, dit Zorme, qu'elle reste à l'honneur du monde.

— Tout le monde ! répéta Rose avec force. Et sans honneur ! Ma mère me l'a assez dit : L'enfant de l'amour ! C'est l'accoucheuse, à son lit de mort. Elle déparlait. Elle nous a livré, a dit ma mère, la clé du mystère de quatre ou cinq ressemblances suspectes... Mais toi, personne avait eu l'idée... Toi, tu ressemblais à personne de connu... Il a fallu l'accoucheuse. Elle a dit (oh ! c'était peut-être deux heures avant de mourir) : « Le Séraphin, tenez, le pauvre petit : Même lui ! A sa naissance, la tête coupée du Zorme ! La tête coupée ! Je savais plus comment le tenir pour que l'Uillaou s'en aperçoive pas ! »

Avec le bruit d'une outre qui perd tout son air :

— Une seule fois ! siffla Zorme. Je voulais qu'elle soit à l'honneur du monde. Je voulais pas qu'on parle d'elle. Et après quand je t'ai vu, quand je t'ai vu...

— Dites-lui, Zorme, maintenant que vous avez plus rien à perdre. Dites-lui pourquoi vous avez assassiné mon père et le Gaspard Dupin. Dites-lui la vérité.

— Je voulais pas que tu deviennes un meurtrier. Quand j'ai découvert chez toi les papiers que tu avais trouvés, j'ai compris ce que tu allais faire... Alors, je l'ai fait à ta place. Si je t'avais dit la vérité, tu aurais méprisé ta mère, elle m'avait fait jurer... Je voulais que tu la gardes intacte. Et je voulais que toi, au moins, tu échappes au destin.

— Charmaine..., dit Séraphin.

— Non. Elle ne m'a pas reconnu le soir du parc. Seulement, je l'ai vue rentrer chez toi. Je l'ai vue par la fenêtre prendre la boîte à sucre. Elle te tenait. Tu étais à sa merci.

— Et Marie ? murmura Séraphin.

— Il n'y a pas de Marie.

— Et Marie ? cria Séraphin.

Il s'avança vers le lit, les mains ouvertes dégoulinantes d'argile et qui saignaient par les épingles qui s'y étaient enfoncées.

— Elle s'est mise au milieu, dit Zorme. Elle, elle m'avait vu, le jour où j'ai surpris Charmaine chez toi. Elle arrête pas de le dire dans son délire : « J'ai vu quelqu'un... Il faut que je dise... » Et puis... à défaut de son père... Qui se garde trop bien... J'ai pensé que la fille suffirait... Qu'après, quand la ruine et le deuil seraient partout sur les trois familles, tu serais enfin content...

Il se redressa sur les coudes en un dernier effort qui lui tira de la poitrine une grande plainte d'air qui s'échappe.

— Tu l'es enfin content, ange de la justice ?

Il fixait son regard encore plein de vie, étincelant, sur le visage de Séraphin.

— Il déparle, dit Rose.

— Déjà trop tard..., siffla Zorme. Pour Marie. Elle va mourir. Je peux pas revenir en arrière.

Il marmonna encore quelque chose en retombant sur

ses oreillers, avec une expression indifférente. Rose jura plus tard qu'elle l'avait entendu dire :

— J'aurais sur les doigts...

— Père ou pas..., dit Séraphin.

Il ne pensait plus qu'à Marie. Il écarta Rose d'un geste définitif qui la fit reculer de plusieurs mètres. Il se courba sur le grand lit.

Mais quelqu'un avait fait plus vite que lui. Zorme avait la bouche béante, les narines pincées en pyramide sur l'arête de son nez. Les chairs s'étaient dégonflées sous les traits de son visage et s'étaient mollement répandues sur l'ossature du crâne dont elles masquaient maintenant tant bien que mal, le triangle. Ses yeux étaient ouverts sur d'autres visions.

— Tu vois, dit Rose doucement, tu n'étais pas né pour punir.

Séraphin se détourna. Il se sentait bien plus nu et bien plus pauvre que lorsqu'il était revenu de la guerre, traînant tant de morts derrière lui. Mais le nom de Marie lui servait de boussole.

Il regarda sur la hotte de la cheminée, en passant, le portrait de sa mère. Il esquissa le geste de lui caresser le visage. Mais il l'esquissa seulement. Il commençait à moins l'aimer.

Patrice le vit sortir avec ses traits de marbre. Par décence, il ne s'était pas montré jusque-là. Il ne pouvait pas s'empêcher d'être heureux. Il commençait à voir sa gueule avec les yeux de Rose. Elle l'en guérissait lentement. Il n'aurait pas su consoler Séraphin bouleversé. Celui-ci le regarda sans le voir.

Il enfourcha sa bicyclette. Courbé en avant sur le guidon, il filait sans regarder en arrière.

Depuis huit jours, les gens de Lurs mangeaient du pain mal cuit. Le Célestat n'avait plus la tête au travail. On l'excusait. On disait : « Qu'est-ce que vous voulez, avec sa petite bien fatiguée... — Elle va plus mal ? — Oh ! pire. Elle a demandé qu'on lui apporte dans sa chambre la pendule et le berceau. — Qué berceau ? Qué pendule ? — Ah ! c'est pas la peine qu'on vous explique ! Vous comprendriez pas ! »

Quand Séraphin se dressa devant la porte du fournil, bouchant toute l'entrée, serrant sous son coude la funeste boîte à sucre, Célestat était affalé devant la table à pelles, ses bras blancs de farine étalés devant lui, immobiles, inutiles. Il n'avait même pas la force de commencer à pétrir. Il sentait battre dans ses artères la fièvre qui dévorait Marie.

Quand il eut conscience que quelqu'un occultait le restant de jour il leva un peu la tête. Il fit un geste, un pauvre geste « à quoi bon ? » vers le fusil. Sauver sa vie ne lui paraissait plus utile maintenant que Marie allait mourir.

Séraphin se courba en deux pour passer sous la porte basse. Il vit l'arme devant lui, pointée vers son ventre.

— C'est pas la peine, dit-il. Je sais qui a tué ma mère.

— Ah... tu sais ? dit Célestat machinalement.

Cette vieille histoire lui paraissait hors de sa vie, comme arrivée à un autre, comme si on la lui eût raconté et qu'il l'eût écoutée avec indifférence.

— Le Zorme est mort, annonça Séraphin.

— Ah bon..., dit Célestat.

Il remâcha un peu cette nouvelle qui arrivait trop tard. Il y a seulement huit jours, il se serait peut-être jeté dans la rue ivre de joie, réprimant avec peine le désir de crier partout : « Le Zorme est mort ! » Maintenant, elle lui parvenait à peine, tant il était malheureux.

— Alors, dit-il, si le Zorme est mort, je peux peut-être te dire la vérité ?

Séraphin haussa les épaules.

— Je suis pas venu pour ça, dit-il.

Célestat regarda droit devant lui la voûte blanche du fournil où les pierres apparentes avaient été passées à la chaux.

— Tu as pas une cigarette ? dit-il. Je suis tellement désemparé que j'ai laissé les miennes sur le comptoir.

Séraphin lui en roula une et la lui alluma. L'odeur mêlée du tabac, de la farine et des fascines de pin qui s'entassaient dans la soupente, rendit un peu d'air au pauvre boulanger.

— Quand on s'est avancé vers La Burlière, dit-il, le Zorme en sortait. Il avait une figure terrible et les doigts rouges. Et nous on était là... Avec nos tranchets qui tremblaient. Il est allé au puits. Il est revenu. Il est parti sur la draisine. Et alors on est rentré. Ça fumait le sang comme quand on a tué le cochon... On a tout vu dans un brouillard de sang... On a pas demandé notre reste. On est parti par le travers de Ganagobie. Chacun pour soi. On s'est jamais plus revus. Quand, par hasard, on se rencontrait, on enfilait les rues de traverse. Jamais... Pour ma part, j'ai jamais cessé d'avoir peur, depuis. Alors, je crois que les deux autres, jusqu'à leur mort... On avait peur du Zorme.

— A propos de morts, dit Séraphin. C'est le Zorme qui les a tués. Lui aussi, il avait peur de vous.

— Le Zorme ! C'est pas toi ?

— Non. Moi, j'ai voulu. Mais il l'a fait pour moi.

— Y avait pas que le Zorme... Y avait la justice. Moi, même quand on a eu guillotiné les trois, je sentais le couperet sur mon cou. Je me réveillais en sursaut. Je l'entendais tomber avec un bruit de faux.

Célestat se tut pendant plusieurs secondes.

— Mon pauvre père, reprit-il, sur son lit de mort, il m'a dit : « Célestat, rappelle-toi bien : si tu as besoin de *quoi que ce soit,* adresse-toi au Félicien Monge. Il pourra pas te refuser. Tu entends ? Il pourra pas... » Il m'a marmonné quelque chose, qu'il y avait eu une affaire entre les grands-pères, autrefois. Je sais pas quoi...

— Moi je sais, dit Séraphin.

— Ah ! tu sais, toi ? Alors, je peux te dire. Moi j'en ai eu des échos par un de Villeneuve, un très vieux, un qui est mort à près de cent ans et qui m'a dit... Mais, à l'époque, je l'ai pas cru.

— Descendez dans le puits de La Burlière, dit Séraphin. Vous comprendrez.

— Ah ? Tu crois ? Qu'est-ce que tu veux, dans nos familles autrefois, si on voulait avancer, il fallait toujours donner un petit coup de pouce au hasard.

— Sûr..., soupira Séraphin.

— Oh ! dit Célestat, quand j'ai eu besoin, le Monge m'a pas dit non... Ni au Gaspard ni au Didon. Seulement, toutes les années, on se retrouvait tous les trois, pour la Saint-Michel, devant la porte de La Burlière. Vingt-trois pour cent ! Un beau jour on s'est révoltés... On pouvait plus. On avait été obligés d'épouser des laides pour avoir un peu de sous ! Mais..., ajouta-t-il en hochant la tête, on s'était bien préparés mais on était pas de taille... On aurait pas pu. Quand on a vu tout ce sang on s'est tous accrochés les uns aux autres comme si on avait bu... On aurait pas pu... Surtout avec toi, qui criais dans ton berceau.

— Vous le saviez que le Monge c'était pas mon père ?

— On l'a su malheureusement.

— J'ai même pas droit au nom que je porte, dit Séraphin.

Il poussa sur la table aux pelles, à bout de bras, vers le boulanger, la boîte ornée d'un calvaire breton.

— Là-dedans, dit-il, il y a les papiers que vous aviez signés à Monge. Vous les brûlerez. Dessous, y a des pièces d'or, un tas... Elles sont pour Marie. Vous les lui donnerez quand elle sera guérie...

— Guérie..., dit Célestat. Guérie...

Il s'affala sur ses bras en sanglotant.

— Elle est perdue ! gémit-il. Perdue ! Le médecin a dit qu'elle en avait pour huit jours !

Séraphin se leva et vint lui poser la main sur l'épaule.

— Vous les lui donnerez quand elle sera guérie ! répéta-t-il avec force.

Et il ajouta tristement :

— Pour qu'elle me pardonne, si elle peut, d'avoir traversé sa vie.

Célestat redressa la tête surpris. Il sentait respirer Séraphin à côté de lui, cet être dont il avait tant eu peur, qui lui rappelait les plus mauvaises heures de sa vie. Il lui respirait dessus et il sentait sa main sur son épaule comme une protection. Machinalement, il ouvrit la boîte. Il était là, ce papier timbré qui lui avait empoisonné l'existence, qui l'avait fait vieillir avant l'âge, qui avait — de toute façon — tué les deux autres. Il souleva cette liasse qui ne signifiait plus rien. Dessous, il vit ce lit dormant de pièces chaudes qui luisaient en toute innocence, comme si de rien n'était.

— Elles sont plus sanglantes encore que les papiers, dit Séraphin.

— Mais... Et toi ? demanda Célestat.

— Moi ? Qu'est-ce que je ferais moi, d'un tas de pièces d'or ?

— Tu pourrais... Qu'est-ce que tu vas faire ?

— Voir Marie, dit Séraphin.

Il tourna le dos à Célestat, il se courba pour passer sous la porte. Il s'avança dans la rue déserte. La nuit était tout à fait venue. Il souleva le rideau de perles de la boulangerie. Il trouva Clorinde affalée sur la banque, la tête dans les bras et qui pleurait.

— Je vais voir Marie, dit-il.

Sans attendre sa réponse, il monta marche à marche lourdement l'escalier étroit qui menait aux chambres. Il vit une porte entrouverte sur la lueur d'une veilleuse. La chaleur étrange de la maladie s'en échappait avec son odeur méphitique. Séraphin poussa le battant.

« Je veillais Marie, dira la Tricanote. Je me suis retournée. Je l'ai vu. Comment vous dire ? Il était environné de colère comme d'une auréole. Je le voyais frissonner de révolte comme une branche de tremble. Il sentait la colline, les entrailles de la terre, les feuilles mortes, le courant de la Durance, tout excepté l'homme. Je me suis esquivée. Je les ai laissés seuls. C'était comme leur nuit de noces. »

Il resta seul avec Marie.

Marie, elle, gardait les poings faits contre le mal. Même dans son délire, même dans sa faiblesse, on sentait qu'au tréfonds d'elle-même une force prodigieuse se ramassait en boule, refusait de se laisser extirper, refusait de se laisser séduire par la mort, luttant à perdre le souffle, à bras-le-corps.

Marie n'avait plus de formes. La place où elle reposait bossuait à peine la courte pointe. Marie n'avait plus de cheveux. On ne voyait de son visage que le front blanc, que les oreilles un peu décollées. Ses yeux n'étaient pas fermés. Il en sortait sur le côté deux bleus de prunelles, aux aguets d'ailleurs, prêts à s'évader hors des orbites, en un dernier regard. Marie avait la bouche entrouverte sur une respiration qu'on n'entendait pas mais qui chaque fois remplissait la chambre d'une odeur insoutenable. Ses mains, maintenant crochues comme celles d'une avare vieille femme, griffaient la courtepointe avec de rapides mouvements d'araignée au travail.

Séraphin fit du regard le tour de la chambre. Il vit les porcelaines de Saxe bien rangées sur le marbre de la commode. Il vit — mais sans étonnement — son propre berceau au pied du lit et dedans, comme la tête d'un enfant anormal, le mécanisme de la pendule qu'elle lui avait arrachée, à La Burlière, pour l'emporter.

Il y avait, au chevet de la malade, l'une de ces chaises de chambre à paille jaune et verte qui est le luxe des pauvres par ici.

Séraphin, retenant son souffle, s'installa sur cette chaise qu'il tourna perpendiculaire au lit. Il avança ses mains vers ces pauvres griffes déformées qui faisaient le geste de creuser la terre. Il les emprisonna entre ses paumes. Elles étaient brûlantes sous une peau froide, squameuse. D'abord, il les sentit se défendre contre son emprise avec une sorte de méchanceté. Il eut l'impression de griffes de chat qui lui pénétraient la chair. Mais peu à peu, il sentit qu'elles cessaient d'être mauvaises pour devenir de pauvres mains. Tout ce que Marie bâillonnée par la maladie ne pouvait pas lui dire, ses mains lui en parlaient avec humilité.

Il leva les yeux vers le crucifix en porcelaine de Saxe lui aussi et vers son godet où trempait un brin de buis bénit et il les garda longtemps fixés sur ce dérisoire bibelot avec l'expression angoissée d'une intense interrogation.

Lurs s'enfonçait dans la nuit, et Séraphin seul dans cette chambre avec Marie se sentait comme un fétu de paille, à peine plus vivant que cette moribonde. Mais il ne lâchait pas ses mains. Mais il ne cessait pas de penser uniquement à elle, d'avoir compassion uniquement d'elle, de ne s'occuper que de son souffle, que de ce mouvement infiniment fragile — qu'il avait fini par percevoir — qui soulevait la courtepointe comme si celle-ci eût pesé autant qu'une plaque de marbre.

Par la croisée aux volets ouverts qui donnait au nord sur les monts de Lure, les heures qui passaient s'inscrivaient au ciel noir, dans le mouvement de la Grande Ourse qui venait à reculons se coucher docilement contre la montagne. Les collines et les villages où luisait parfois quelque lampe dormaient devant cette croisée où ils s'éveilleraient riants sous le soleil...

Il ne quittait pas des yeux non plus, sur le même plan que la croisée, la croix en pâte de porcelaine. Il avait confiance. Il ne doutait pas — qu'aurait-il été s'il avait douté ? — mais il était angoissé à l'idée que le misérable truchement de ce crucifix portait tout le poids de sa prière interne.

Il lutta contre la mort durant toutes les mauvaises heures de la nuit avec les armes dont il disposait.

Et parfois l'air cessait d'empester au-dessus de la bouche de Marie et il se disait qu'elle avait expiré. Et parfois le pouls sous la pression de ses paumes se désordonnait, tentait, semblait-il, de s'échapper, de courir vers un appel urgent. Alors, il accentuait sa pression sur ces pauvres griffes dans la chaleur de ce nid qu'il lui ménageait et il soutenait de toute sa force le combat de Marie. Toutes les mauvaises heures durant, jusqu'à ce que le chariot de la Grande Ourse commence à se soulever par la droite, au-dessus du pas de la Graille, là-bas du côté du Jabron. Alors, la tête de Séraphin s'inclina sur sa poitrine. Il ne fut plus, prostré sur sa chaise, les mains de Marie toujours posées dans les siennes qui s'étaient ouvertes comme un calice, qu'un pauvre homme terrassé par la fatigue, qui s'endormait, qui oubliait.

Il fut éveillé — et la nuit durait encore — par l'alarmante sensation d'un nouvel occupant dans cette chambre. Les mains de Marie étaient toujours entre les siennes et le nouvel occupant c'était en elles qu'il palpitait. Le pouls désordonné qui sautait comme un fou, avait été remplacé par un beau mouvement d'horloge qui cognait sourd, mais scandé par ce bel intervalle de silence immobile qui soulignait son rythme royal.

Séraphin souleva son regard jusqu'au visage de Marie. Elle avait les yeux ouverts et elle lui souriait. La vie refluait en elle à une vitesse prodigieuse. Elle regonflait, elle rosissait de minute en minute. Tout l'air de la pièce était à peine suffisant pour ses poumons soudain allégés.

Alors, pour qu'elle ne sente pas l'odeur que la mort avait laissée derrière elle, Séraphin alla entrebâiller la croisée sur l'air du matin de Lure. Marie le remercia par un très long soupir.

Il revint auprès d'elle. Il tira de sa poche l'aigue-marine et la lui passa à l'index.

Il posa un doigt en travers de ses lèvres. Il se retira à reculons, sur la pointe des pieds. Il descendit l'escalier. La Clorinde tassée sur sa chaise, ses vieux cheveux épars autour de sa tête, était toujours dans la même position. Séraphin lui toucha l'épaule.

— Montez, dit-il, elle est vivante.

Il sortit. Le matin brillait dans la rue. Il ne vit pas, bien sûr, la Tricanote contre la dernière marche de son escalier, en compagnie de la marquise de Pescaïré, toutes deux à genoux sur leurs vieilles rotules et qui le dévoraient des yeux au passage, les mains jointes, derrière la porte entrebâillée.

Il reprit sa bicyclette. Il s'engagea dans la calade de Lurs. Il regarda les quatre cyprès dolents sous la brise du matin. Il traversa pour la dernière fois l'emplacement bien propre où s'élevait la maison qu'il n'avait jamais eue. Il jeta un regard au puits, au lavoir. Jamais sa mère ne viendrait plus le visiter. L'amour était tombé de lui comme d'un arbre sa feuillaison d'automne.

Il lui restait à faire parmi les hommes le plus dur du chemin : celui de chaque jour.

Il enfourcha sa bécane. Il commença à appuyer sur les pédales. Il ne se retourna pas une seule fois.

J'ai traversé la Durance bâillonnée de barrages et qui ne chante plus. Je suis entré dans ce village qui continue à bien vieillir sous la carapace de ses toitures et dont les rues se défilent à l'abri du soleil.

Au premier vieillard rencontré, j'ai demandé Marie Dormeur. Elle avait eu un autre nom, mais ce vieux-là devait savoir l'ancien.

— Vous avez que de prendre sous les cloches, après l'église. La première rue à votre main droite. Vous verrez, c'est une maison verte, avec une tonnelle et un balcon. La Marie, à cette heure, elle doit sortir au serein...

La maison disparaissait sous les fuchsias mauves, les bégonias et les géraniums. Tout cela fraîchement arrosé parlait de tranquillité d'âme. Marie munie d'un arrosoir vert finissait d'asperger soigneusement ses fleurs en pots. Après quoi, elle prenait son pliant et son journal sous le bras et elle descendait lourdement l'escalier marche à marche visant bien où elle mettait les pieds et elle venait s'installer mi-ombre mi-soleil.

Je savais qu'elle marchait sur ses quatre-vingt-deux ans, puisque le matin clair où je l'avais laissée, après le départ de Séraphin, elle devait en avoir dix-huit ou dix-neuf.

Je savais aussi qu'elle avait épousé un être d'une dimension courante qui avait eu une belle enfance, comme la sienne. Elle en avait eu de beaux enfants qui avaient essaimé partout dans le monde, comme c'était la mode. Et maintenant elle était seule, là, devant sa porte, assise sur un pliant, les chevilles débordant des pantoufles à cause de quelques ennuis circulatoires et regardant passer le monde, à travers les grosses lunettes des opérés de la cataracte.

Le passé où elle fut vivante est enfoncé dans la vase du temps. S'en souvient-elle encore ? Comment savoir ? Des yeux dont on a retiré le cristallin ne savent plus exprimer le regret ou la mélancolie. Ils sont perpétuellement rieurs.

Elle tricotait allégrement quelque liseuse. Elle me regardait venir. Je voyais briller l'aigue-marine que Séraphin lui avait passée au doigt. La chair autour de cette bague avait essuyé plus de soixante ans d'existence, mais la pierre et l'anneau eux, étaient tels que Célestat et Clorinde les avaient choisis en cachette pour les dix-huit ans de *la petite*.

— Ah ! c'est ça, m'a-t-elle dit, que vous voulez voir !

Elle a quitté son tricot et son journal sur le pliant. Elle m'a précédé dans l'escalier du balcon, en boitillant, mais toujours agilement. Elle a poussé la porte en treillis contre les mouches. Elle a encore monté un étage sur un bel escalier de bois ciré. La maison était sonore sur un ordre parfait. Elle sentait le vin de noix et l'encaustique.

Marie m'a poussé devant elle, dans une salle à manger aux meubles massifs. Et tout de suite, j'ai vu l'horloge. On avait enchâssé le mécanisme dans une belle caisse blonde à grande gerbe de fleurs peintes. Les lettres du fabricant s'élançaient toujours en anglaises élégantes sur le cadran : *Combassive, Abriès-en-Queyras.*

— Elle varie jamais d'une minute, dit Marie fièrement. Ni elle avance ni elle retarde ! Et voilà ! dit-elle.

Ses bras courts me désignaient au pied de l'horloge, entre ce meuble et la lourde table Henri II, un berceau à balancier, briqué à mort. Il reposait sur un tapis rouge à sa dimension. Il contenait deux pots d'aspidistras superbes. A son chevet brillait toujours l'étoile des Hautes-Alpes, cette rosace protectrice qui règne sur les austères vallées.

— Je suis sûr, Marie, que votre cœur non plus n'avance ni ne retarde d'une seule minute. Je suis sûr que, comme cette aigue-marine qui vous va si bien, il n'a pas pris une rayure. Alors, dites-moi : vous le savez, vous, qui était réellement Séraphin ?

— Ah ! s'exclama-t-elle.

Et elle laissa un long intervalle entre ce « Ah » et le reste de sa réponse.

— C'est ça que vous vouliez me demander ? Et pour ça, il fallait que nous soyons seuls ?

Je hochais la tête affirmativement.

— Est-ce qu'il le savait seulement lui-même ce qu'il était ? Des fois... Des fois... J'avais idée qu'il s'était égaré sur la terre et qu'il criait tout le temps. Un regard... Comme une bête attachée qui crie : « Délivrez-moi ! » de tous ses yeux. Séraphin, c'était ça. Comment, pauvre de nôtres, vouliez-vous que je le retienne ! Il est parti il est parti... Moi, on m'a mariée à vingt ans avec un homme que plus brave vous pouviez pas trouver... Bon comme le bon pain... A trente ans j'avais mes quatre enfants. Qu'est-ce qu'y faut faire ? Oh ! j'ai su à la fin. Séraphin, à force de jouer au toréador avec des sapins hauts de trente mètres, il a fini par gagner ce qu'il cherchait. Colosse contre colosse, c'est l'arbre qui a eu le dessus. Il s'est écrasé sur lui. Du moins, c'est un de par-là-haut-dedans, qui vend des poires, qui me l'a dit, un jour où je lui en achetais pour l'hiver. Et il m'a dit, celui-là : " Il est enterré à Enchastrayes, sous les ronces de l'ancien cimetière. Du moins je crois qu'il y est. Du moins, je crois que c'est lui... "

Et alors, quand mon pauvre mari a été mort, j'ai voulu y aller, moi, à Enchastrayes. Je voulais au moins lui faire mettre une pierre à ce pauvre mesquin, qu'au moins, on sache que quelqu'un se souvenait de lui. Après, tous les ans, je serais allé au 1er novembre lui porter des fleurs. Ça m'aurait fait une promenade. Vous connaissez pas Enchastrayes ? C'est superbe, surtout à l'automne.

Et alors, j'ai cherché, le vieux cimetière... Les ronces... Ma foi... Enfin j'en ai rencontré deux, autour, qui cherchaient des champignons, deux d'âge à se tenir les reins, et ils se les tenaient, qui étaient de là-bas, de père en fils, depuis toujours. Je leur ai mesuré avec mes bras, avec mes paroles, la taille de Séraphin et je leur ai dessiné sa tête avec mes mains et avec mes yeux (je les avais encore bons à l'époque). Ils ont cherché dans leur mémoire. Ils se sont consultés. Ils se sont passé en revue tous les costauds qu'ils avaient vus mourir. Mais non. Je me trompais. Si c'était celui qu'ils pensaient, alors là non, il était pas enterré dans l'ancien cimetière. Ce serait plutôt, alors, votre Séraphin, celui qui était seul en forêt pour l'éboulement de 28. On pense qu'il était là-dessous. On pense ! Parce que, par le fait, vous imaginez ! Des centaines de mille de mètres cubes ! Qu'est-ce qu'on serait allé chercher là-dessous ? Depuis, y a des sapins de vingt mètres qui ont repoussé sur cet éboulement. Y en a même plus trace. Sauf une grande balafre en forme de croix, sur la montagne. S'il est quelque part, votre colosse, il est là-dessous. Et il a pas besoin de pierre ! Il en a assez comme ça dessus !

— Mais, Marie, vous parlez d'un temps où vous ne le connaissiez plus. Mais auparavant ? Quand il respirait à votre portée ?

Elle m'a regardé comme si j'étais un oracle impénétrable, comme si je contenais tous les mystères du monde. Elle m'a regardé pour se persuader qu'elle pouvait parler comme si elle était seule et elle m'a dit :

— La nuit où il m'a sauvée. Et rappelez-vous, vous qui savez, que le même jour, il était allé à Forcalquier ; il avait descendu dans le puits ; il avait assisté à la mort de Zorme, le même jour ! Et toute la nuit, alors, assis sur une chaise, à écraser le mal qui était en moi. Et alors, tout d'un coup je me suis réveillée. Guérie. C'est le vent de sa respiration sur ma figure qui m'a réveillée. Il ne ronflait pas. Il respirait comme un soufflet de forge. L'air qui me descendait dessus de son nez et de sa bouche, on aurait dit que j'aspirais le vent de la montagne... Et il était là, la tête penchée, le dos courbé et... J'avais toujours mes mains sur les siennes, mais lui, il les avait ouvertes, sans défense ! Ouvertes comme les deux moitiés d'une grenade ! Rappelez-vous, comme toujours — même quand les chiens les lui avaient transpercées — comme toujours il les gardait obstinément fermées ! Et alors, cette nuit-là, j'ai retiré doucement les miennes et j'ai regardé ses paumes. Et alors, la vérité... La vérité, c'est que ses mains étaient vierges : *elles n'avaient pas de lignes !* Et c'est pour ça, mon pauvre homme, qu'il n'a pas eu de vie !

Marie haletait encore, soixante ans plus tard, en me racontant ce mystère.

— Oh ! mais, il ne faut pas croire... Après ma maladie, dit-elle, j'ai clamé son nom à tous les échos. On croyait que je devenais folle. Où aller me le chercher ? Quand il m'a passé la bague et qu'il est parti, un doigt sur les lèvres, j'ai pensé qu'il allait revenir... Qu'est-ce que vous auriez pensé, à ma place ? La Tricanote me courait après, me secouait comme un prunier : « Oublie-le, grande Chabraque ! elle me criait. Il a un corps de cendres ! » Et un jour, je lui ai répondu : « Je le sais mieux que vous ! Et alors ? Vous croyez que ça m'empêche de pleurer ? »

... m'a dit Marie, entre bien d'autres choses...

Alors, afin que nul autre que moi n'ait vent de la vérité, il ne me restait plus qu'à la tuer, ce que je fis. Elle mourut paisiblement la même nuit, dans son beau lit douillet, entourée de personne.

Ses enfants pressés de retourner à leurs Amériques bradèrent le beau mobilier sur la place des Mées. Un antiquaire qui tient boutique à Forcalquier, place Saint-Michel, s'adjugea l'horloge et le berceau de Séraphin. La boutique existe toujours. La vitrine est toujours aussi évocatrice. Quant à l'horloge et au berceau, je crois bien qu'ils y sont encore.

DU MÊME AUTEUR

Aux Éditions Denoël

Romans policiers

LES COURRIERS DE LA MORT, Folio Policier nº 79.

LES SECRETS DE LAVIOLETTE, Folio Policier nº 133.

LE PARME CONVIENT À LAVIOLETTE, Folio Policier nº 231.

L'ARBRE, nouvelle extraite des SECRETS DE LAVIOLETTE, Folio à 2 € nº 3697.

LA MAISON ASSASSINÉE, Folio Policier nº 87.

LE MYSTÈRE DE SÉRAPHIN MONGE, Folio Policier nº 88.

LA FOLIE FORCALQUIER, Folio Policier nº 108.

Romans, récits

CHRONIQUE D'UN CHÂTEAU HANTÉ, Folio nº 4987.

LAURE DU BOUT DU MONDE, Folio nº 4587.

MA PROVENCE D'HEUREUSE RENCONTRE : GUIDE SECRET, Folio nº 4474.

UN MONSTRE SACRÉ, Folio nº 4411.

L'AMANT DU POIVRE D'ÂNE, Folio nº 2317.

POUR SALUER GIONO, Folio nº 2448.

LA NAINE, Folio nº 2585.

PÉRIPLE D'UN CACHALOT, Folio nº 2722.

L'AUBE INSOLITE, Folio nº 3328.

UN GRISON D'ARCADIE, Folio nº 3407.

L'OCCITANE, UNE HISTOIRE VRAIE.

Album

LES ROMANS DE MA PROVENCE.

Aux Éditions Fayard

LE SANG DES ATRIDES, Folio Policier nº 109.

LE SECRET DES ANDRONES, Folio Policier nº 107.

LE COMMISSAIRE DANS LA TRUFFIÈRE, Folio Policier nº 22.

LES CHARBONNIERS DE LA MORT, Folio Policier nº 74.

LE TOMBEAU D'HÉLIOS, Folio Policier nº 198.

LES ENQUÊTES DU COMMISSAIRE LAVIOLETTE

Aux Éditions Robert Laffont

ÉLÉGIE POUR LAVIOLETTE, Folio Policier nº 663.

Aux Éditions Hachette

L'ENFANT QUI TUAIT LE TEMPS, Folio nº 4030.

Aux Éditions Corps 16

APPRENTI, Folio nº 4215.

Aux Éditions Fayard

LE SANG DES ATRIDES.

LE TOMBEAU D'HÉLIOS.

Aux Éditions du Chêne

LES PROMENADES DE JEAN GIONO (album).

Aux Éditions Alpes de lumière

LA BIASSE DE MON PÈRE.

Aux Éditions de l'Envol

L'HOMME REJETÉ.

LE MONDE ENCERCLÉ.

MON THÉÂTRE D'OMBRES.

FORCALQUIER (album).